读客科幻文库

跟着读客读科幻,经典科幻全看遍。

熊发现了火

［美］特里·比森　著
秦鹏　译

北京日报出版社

图书在版编目（CIP）数据

熊发现了火 /（美）特里·比森著；秦鹏译 . -- 北京：北京日报出版社 , 2025.8
ISBN 978-7-5477-4788-9

Ⅰ.①熊… Ⅱ.①特…②秦… Ⅲ.①幻想小说 – 小说集 – 美国 – 现代 Ⅳ.① I712.45

中国国家版本馆 CIP 数据核字 (2024) 第 027122 号

BEARS DISCOVER FIRE AND OTHER STORIES
Copyright © 1993 by Terry Bisson
Published by arrangement with The Bent Agency,
through The Grayhawk Agency Ltd.
Simplified Chinese translation copyright © 2025 by Dook Media Group Limited.
All rights reserved.

中文版权：© 2025 读客文化股份有限公司
经授权，读客文化股份有限公司拥有本书的中文（简体）版权
图字：01-2024-4727号

熊发现了火

作　　者：	［美］特里·比森
译　　者：	秦　鹏
责任编辑：	王　莹
特约编辑：	窦维佳　　武姗姗　　骆新悦
封面设计：	陈艳丽　　贾旻雯
出版发行：	北京日报出版社
地　　址：	北京市东城区东单三条8-16号东方广场东配楼四层
邮　　编：	100005
电　　话：	发行部：（010）65255876
	总编室：（010）65252135
印　　刷：	三河市龙大印装有限公司
经　　销：	各地新华书店
版　　次：	2025年8月第1版
	2025年8月第1次印刷
开　　本：	880毫米×1230毫米　1/32
印　　张：	11
字　　数：	231千字
定　　价：	49.90元

版权所有，侵权必究，未经许可，不得转载
凡印刷、装订错误，可调换，联系电话：010-87681002

TERRY BISSON

*BEARS DISCOVER FIRE
AND
OTHER STORIES*

目录

熊发现了火	001
两个珍妮特	019
它们是肉做的	033
平山上	041
选择"安"	063
浣熊服	079
乔治	087
下一位	101
异界旅人	117
有什么问题吗？	159

两个来自未来的人	169
有毒的甜甜圈	191
正宗的古老地球歌曲	199
残缺人	207
卡尔的草坪和花园	213
讯息	229
英格兰跑路了	237
凭证办事	271
影子知道	281
后记	337

熊发现了火

BEARS DISCOVER FIRE
（1990）

熊发现了火

我开车带着做牧师的弟弟和侄子（弟弟的儿子），行驶在65号州际公路上。开到鲍林格林北边，车胎爆了。那是星期天晚上，我们刚去养老院看望过母亲。开的是我的车。这次爆胎引发了一阵诸如"果不其然"的埋怨，因为作为我家的"老古董"（他们就是这么说我的），我自己修轮胎，而我弟弟一直劝我别再买旧轮胎，改用子午线牌轮胎。

但是如果你自己会修轮胎，搞定这点儿事几乎不费吹灰之力。

爆的是左后轮胎，所以我把车靠左停靠在公路边隔离带的草地上。从这辆凯迪拉克停下时跌跌撞撞的样子判断，轮胎已经废了。"我看也没必要问你后备厢里有没有补胎胶了。"华莱士说。

"来，孩子，拿着灯。"我对小华莱士说，他的年纪已经大到想要帮忙，但（目前）还没大到自以为什么都懂。如果我结婚，有了孩子，他就是我想要的那种孩子。

　　老式凯迪拉克的后备厢很大，往往会被塞得满满当当，像个库房。我这辆是1956年的。华莱士不想弄脏他的礼拜日衬衫，因此，当我把杂志、钓具、一个木制工具箱、一些旧衣服、一个用草袋包着的紧绳器和一个烟草喷雾器从后备厢中拿出来，找我的千斤顶时，他没有要帮忙的意思。备胎看起来有点儿瘪。

　　灯灭了。"摇一下灯，孩子。"我说。

　　灯又亮了。保险杠千斤顶早就不在了，不过我带了台承重0.25吨的小型液压千斤顶。那是我在母亲那堆七八十年代的《南方生活》旧杂志下面找到的。我一直想把那些杂志扔到垃圾场去。要是华莱士不在，我会让小华莱士往车轴下面放千斤顶，但现在我还是亲自动手吧。小伙子学着换个轮胎并没有错。就算不打算自己修轮胎，你这辈子总是要换几次轮胎的。我还没把车轮抬起来，灯又灭了。天已经这么黑了，我很意外。现在是10月下旬，天气开始变凉了。"再摇一摇，孩子。"我说。

　　灯又亮了，但是光线很弱。忽明忽灭。

　　"要是装了子午线轮胎，根本就不会爆胎。"华莱士用他那种对一群人——具体到这次，就是我和小华莱士——布道的口气解释道，"就算爆胎，只需给它喷上点儿'补胎胶'，就可以继续上路了。一罐才3.95美分。"

　　"鲍比伯伯自家会修轮胎。"小华莱士说，看起来他是想替我说两句话。

"'自己'。"我把脑袋埋在车下说。要是让华莱士来管教,这孩子说起话来像是母亲过去说的"山里的野人"。不过他开的车子会装子午线轮胎。

"再摇一摇灯。"我说。光线几乎消失了。我把螺栓拧下来,放在轮毂盖里,然后用力把车轮从车上拽下来。轮胎沿侧壁爆开了。"这个就不修了。"我说。我才不在乎。我家谷仓外那堆轮胎有一人高。

灯又灭了,然后在我拧螺栓固定备胎时又亮了,比之前更加明亮。"好多了。"我说。昏黄的灯光洒满四周。但当我转身找螺帽的时候,我惊讶地发现,孩子手里的手电筒已经灭了。光线来自树林边两只拿火把的熊。它们都是大块头,足有300磅[1]重,站起来大约有5英尺[2]高。小华莱士和他的父亲已经看到了熊,二人正站在那里纹丝不动。最好不要惊动熊。

我从轮毂盖里取出螺母拧上。我通常喜欢在上面涂点儿油,但这次没费那个事。我把手伸到车底,放下千斤顶,把它拉了出来。看到备胎胎压充足,可以继续上路,我松了一口气。我把千斤顶、车胎扳手和瘪胎放进后备厢。我没更换轮毂盖,而是把它也放进了后备厢。在这段时间里,熊一点儿动作都没有。它们就那么举着火把,不管是出于好奇还是有心帮

---

[1] 英美制质量单位,1磅≈0.45千克。——编者注(本书注释如无特殊说明,皆为编者注)
[2] 英美制长度单位,1英尺=30.48厘米。

忙,都无从得知。它们身后的树林里可能有更多的熊。

我们三个同时打开车门,上车离开。华莱士第一个开口:"看来熊发现了火。"

差不多四年(47个月)前,我们第一次把母亲送到养老院时,母亲告诉我和华莱士,她已经做好了迎接死亡的准备。"不要担心我,孩子们,"她把我俩的脑袋拉到嘴边,免得护士听到,然后低声说道,"我已经开了一百万英里[1],准备好去彼岸了。我在这里不会逗留太久。"她开了39年的校车。后来,等到华莱士离开,她跟我讲了自己做的梦。梦里一群医生围在一起,讨论她的病情。其中一个说:"我们已经尽力了,孩子们,让她走吧。"他们都微笑着举起手来。那年秋天母亲没有死,她似乎对此很失望,尽管春天一到,她便忘了这件事,就和所有的老人一样。

除了周日晚上带华莱士父子俩去看母亲,周二和周四我也自己去。她通常是坐在电视前,尽管并没有在看。护士们一直开着电视,说是老人们喜欢那种闪烁的画面,能让他们平静下来。

"我听说熊发现了火,是怎么回事?"周二的时候她说。"有这事儿。"我一边告诉她,一边拿着华莱士从佛罗里达给她带的贝壳梳,梳她的银色长发。星期一,路易斯维尔的《信

---

[1] 英美制长度单位,1英里≈1.6093千米。

使报》上有一篇报道，星期二的全国广播公司，还有哥伦比亚广播公司的《夜间新闻》节目也报道过。在本州和弗吉尼亚州，到处都有人看到过熊。它们不再冬眠，显然是打算在州际公路的隔离带里过冬。弗吉尼亚的山区一直都有熊，但肯塔基西部没有，熊绝迹快一百年了。最后一只熊被杀的时候我母亲还是个姑娘呢。《信使报》的观点是，它们来自密歇根和加拿大的森林，沿着65号州际公路南下。但是艾伦县的一位老人说（他在全国电视上接受了采访），山里一直都剩着几只熊呢，既然它们发现了火，就出来加入了其他熊的行列。

"它们不冬眠了。"我说，"它们生火，而且一烧就是一冬天。"

"天哪，"母亲说，"它们接下来会想到什么？"护士过来收她的烟了，这意味着该睡觉了。

每年10月，小华莱士的父母去野外露营，他就和我住。我知道这听起来很老派，但事情就是这样。我弟弟是一名牧师（正道之家，改革派），但他三分之二的生计都来自房地产。华莱士和伊丽莎白去参加在南卡罗来纳举行的基督教成功静修会，来自全国各地的人在那里练习互相推销。我知道那是什么场面，倒不是他们费心告诉过我，而是我在深夜看到过循环股权成功计划的电视广告。

星期三，也就是小华莱士的父母离开那天，校车把他放在了我家门口。这孩子和我住不用收拾太多行李。他在这儿有自己的房间。作为家里的长子，我守着史密斯格罗夫附近的老宅。宅子一年比一年破旧，但我和小华莱士并不介意。小华莱士在鲍林格林也有自己的房间，但由于他父母每三个月就要换个房子住（计划的一部分），小华莱士把他的点22步枪和漫画——这些东西对他这个年龄的男孩来说很重要——都拿到了老宅这边他的房间里。这是我和他爸爸以前共用的房间。

小华莱士今年12岁。我下班回家时发现他坐在那个可以看到州际公路的后门廊上。我是卖农作物保险的。

换完衣服后，我向小华莱士展示了两种弄断轮胎胎圈的方法，用锤子，或者倒车轧上去。就像煮高粱饭一样，修轮胎是一门即将消失的艺术。不过，这孩子学得很快。"明天我教你怎么用锤子和轮胎撬棒安装轮胎。"我说。

"希望能看到熊。"小华莱士说。他正望着田野对面的65号公路，那条路向北切进了我们田地的一角。有时候晚上从宅子里听，车流声就像瀑布一样。

"白天看不到它们的火光。"我说，"等到晚上看看吧。"那天晚上，哥伦比亚广播公司或是全国广播公司（我老是搞混）做了一个关于熊的特别节目。全国都在关注他们。在肯塔基、西弗吉尼亚、密苏里、伊利诺伊（南部），当然还有弗吉尼亚，都有人看到了熊。弗吉尼亚一直都有熊。那里有些人甚至在谈论猎杀它们。一位科学家说，这些熊正在前往那些下雪但下得不太多的州，那里的隔离带有足够的木材可用作柴火。那位科学家带着摄像机去过现场，但只拍到了坐在火堆旁的模糊身影。另一位科学家说，这些熊是被一种新型灌木浆果所吸引，这种灌木只生长在州际公路的隔离带上。他声称这种浆果是近代史上的第一个新物种，是由公路沿线的各类种子杂交而成的。他在录电视节目时吃了一颗，对着镜头做了个鬼脸，称它为"新莓"。一位气候生态学家说，暖冬（纳什维尔去年冬天没有下雪，路易斯维尔只下了一场雪）改变了熊的冬眠周期，现在它们能够记住隔年的事情了。"说不定熊在许多个世纪前就已经发现了火，"他说，"只不过忘记了。"另一个观点是，几年前黄石公园失火时，它们发现（或记住）了火。

电视上出现更多的是谈论熊的人，而不是熊，我和小华莱士都失去了兴趣。晚饭后收拾完餐具，我带着孩子去了屋后的围栏边。州际公路那边，幢幢树影之间，可以看到熊的火光。小华莱士想回房拿他那把点22步枪去打一只熊，我跟他解释说那么做不对。"再说了，"我说，"除了把熊惹恼，一把点22步枪没别的作用。"

"还有，"我又补充道，"在隔离带打猎是违法的。"

手工安装轮胎的关键在于安置胎圈，这个步骤要在你已经把轮胎敲击或撬到轮辋上之后进行。具体要做的是把轮胎竖起来，自己坐在上面，在打入空气的同时，两腿夹住它上下弹动。当胎圈固定在轮辋上时，会发出令人满意的"啪"的一声。星期四，我让小华莱士留在家里没去上学，教他安胎圈，直到他做对。然后我们爬上栅栏，穿过田野，去看熊的情况。

据《早安美国》报道，在弗吉尼亚北部，熊让它们的火成天燃着。但在肯塔基西部，10月下旬的天气仍然很暖和，它们只在晚上才围在火堆旁。熊白天去了哪儿，做了什么，我不知道。也许当我和小华莱士爬上公路围栏，穿过北向的车道时，它们就在新莓树丛中看着呢。我带了一把斧头，小华莱士带了他的点22步枪，倒不是因为他想杀一只熊，而是因为男孩子就喜欢带杆枪[1]。隔离带的枫树、橡树和梧桐树下，灌木和藤条纠缠杂乱。尽管离宅子只有一百码[2]远，但我从没去过那里，据我所知，其他人也没去过。那里就像一个不存在的国度。我们在中间找到一条小路，沿着它穿过一小段涓涓细流。水流从一个水栅流到另一个。我们发现的第一个熊的迹象是灰色泥土中的足迹。有股发霉的味道，但不算太难闻。我们在一棵巨大的空心山毛榉树下的空地上，只发现了生过火的灰烬。原木被摆成一个粗糙的圆圈，那股霉味更浓了。我搅了一下灰烬，发现剩下的炭还够再生一次火，于是把它们堆回了原来的样子。

我砍了点儿木柴，堆在一边，算是表达一下邻里之谊。

说不定当时熊也在灌木丛中看着我们，此事无从得知。我尝了一颗新莓，然后吐了出来。新莓甜得发酸，就是你想象中熊会喜欢的那种东西。

---

[1] 肯塔基州的枪支法规相对宽松，州法允许未成年人在成年人监督下使用枪支。
[2] 英制长度单位，1码＝0.9144米。

那天晚上吃完晚饭，我问小华莱士是否愿意和我一起去看望母亲。他说愿意，这我并不惊讶。孩子们对别人的关怀要比人们认为得多。我们看见母亲坐在养老院的水泥门廊上，望着65号州际公路上的车来车往。护士说她一整天都很烦躁，我对此也并不感到惊讶。每年秋天，树叶变黄，母亲都会再次变得坐立不安，也许说"充满希望"更合适。我把她带到日间休息室，为她梳理满头银发。"电视上除了熊，其他什么节目都没有了。"护士一边换台一边抱怨。护士走后，小华莱士拿起遥控器，我们看了一个哥伦比亚广播公司或全国广播公司的特别报道，讲的是弗吉尼亚一些猎人的房子被烧毁了。电视台采访了一位猎人和他的妻子，他们位于仙纳度山谷的价值117 500美元的房子被烧毁了。猎人的妻子说这是熊干的。猎人没有责怪熊，但他正在起诉，要求获得国家赔偿，因为他有有效的狩猎许可证。州狩猎专员上前说，拥有狩猎许可证并不能阻挡（我想他用的是"严禁"这个词）猎物实施反击。我认为对一个州的专员来说，这个观点很自由主义。当然，不赔偿符合州狩猎专员的既得利益。我本人不是猎人。

"星期天不用来了。"母亲眨着眼睛对小华莱士说，"我开了一百万英里，一只手已经摸到了解脱的大门。"我已经习惯了她说这样的话，尤其是在秋天，但我担心这会让孩子心里不安。事实上，我们离开后小华莱士看起来忧心忡忡，我问他怎么了。

"她怎么可能开一百万英里？"小华莱士问。母亲跟他说的是，39年来，每天48英里，他拿计算器算过，是336 960[1]英里。

"你还是说'开了'一百万英里好了。"我说，"其实是上午48英里，下午48英里。有足球赛的时候还要赶场。另外，老人们都有点儿夸张。"母亲是本州第一位女校车司机。她每天都开校车，同时还照管了一家子人。爸爸只管种地。

我通常在史密斯格罗夫下州际公路，但那天晚上我一路向北开到霍斯凯夫，然后折返，这样我和小华莱士就能看到熊的火光。熊的数量并不像电视里渲染的那样多——每隔六七英里才有一只，藏在树丛里或者岩架下。也许它们不光寻找木材，还在寻找水。小华莱士想停下来，但在州际公路上停车是违法的，我担心州警会把我们赶走。

信箱里有一张华莱士寄来的明信片。他和伊丽莎白一切顺利，过得很开心。明信片上没有一句话是过问小华莱士的，但这孩子似乎并不在意。像大多数同龄的孩子一样，他不喜欢和父母一起出去。

星期六下午，养老院往我的办公室（珀莱烟草地带旱灾及冰雹保险）打电话，留言说我母亲走了。我当时在路上。星期六是我的工作日，很多兼职农民只有这一天在家。我打电话过去，听到消息时，我的心跳实实在在地漏了一拍，但只有一

---

[1] 合每年180个工作日。

拍。我早就有了心理准备。"这是个福分。"打通护士的电话时,我说。

"你理解错了。"护士说,"不是去世了,是跑了,你母亲逃走了。"母亲趁着没人注意,用梳子顶住走廊尽头的门,从那里跑出去了,还拿走了属于养老院的床单。"她的烟呢?"我问道。烟不见了,这就说明她肯定不打算回来了。我当时在富兰克林,沿着65号州际公路开了不到一个小时就到了养老院。护士告诉我,我母亲最近表现得越来越糊涂。他们当然要那么说。我们在院子里看了看,院子只有半英亩[1],在州际公路和一片大豆田之间,一棵树都没有。然后护士让我给警长办公室留了言。我必须继续支付她的护理费用,直到她被正式列为失踪人员,也就是到下周一。

我回到家里的时候天已经黑了,小华莱士正在准备晚饭。这项工作其实就是开罐头,而且都是准备好的罐头,用橡皮筋给捆在一起。我告诉他,祖母离开了,他点点头:"她说过她会的。"我往佛罗里达打电话,留了言。其他没什么可做的了。我坐下来,尝试看电视,但没有什么值得看的节目。然后,我从后门看出去,看到65号州际公路北向道那边,树丛中火光闪烁,我意识到自己也许知道在哪里可以找到她。

天气肯定越来越冷了,所以我拿了件外套。我让孩子守着

---

[1] 英美制地积单位,1英亩≈4046.86平方米。

电话，以防警长打过来，但是等我在田野里走到一半，回头一看，他就在我身后。小华莱士没穿外套。我等他赶上来。他带着那把点22步枪，我让他把枪靠在我们的栅栏上。在我这个年纪，黑灯瞎火中翻越政府的栅栏比在白天困难。我已经61岁了。公路上车流繁忙，小车向南，卡车向北。

越过路肩，已经沾满露珠的长草叶子打湿了我的裤管口。它们其实是蓝草。

进入树林后，最初几英尺一片漆黑，孩子抓住了我的手。然后光线变亮了。刚开始我以为是月亮，但其实是汽车的远光灯像月光一样照进树梢，这让我和小华莱士在灌木丛中得以辨认方向。我们很快就找到了小路和熟悉的熊的气味。

对于夜间接近熊，我是很谨慎的。如果待在小路上，我们搞不好会在黑暗中碰到一只，但如果我们穿过灌木丛，又有可能被视为入侵者。我在想，这次是不是不该带枪？

我们待在小路上。光线看上去就像从树冠上滴落的雨。走路很容易，特别是如果我们试着不看路，而是凭脚的感觉往前蹚。

这时，透过树林，我看到了它们的火光。

* * *

火堆烧的主要是梧桐树和山毛榉的树枝，热量和光亮很少、烟却很大的那种。熊还没有把木材知识掌握通透呢。不过，它们照料起火堆倒还有模有样。一只看起来像是来自北方的肉桂棕色的大熊正用一根棍子戳火堆，不时从身边那堆树枝里抽一根加进去。其他熊坐在原木上，围成一个松散的圆圈。多数是身材较小的黑熊或蜜熊，有一头是带着幼崽的母熊。有些熊在吃放在一个轮毂盖上的浆果。我母亲坐在它们中间，肩上披着从养老院拿出来的床单，没有吃东西，只是看着火。

即便熊注意到了我们，它们也没有表现出来。母亲拍了拍她身旁的位置，我就坐下了。一只熊挪了挪，让小华莱士坐在了她的另一边。

熊的气味很重，但只要你习惯了，这味道也不讨厌。闻起来不像牲口棚，而是更有野性。我俯身想对母亲耳语几句，但她摇了摇头。在这些不具备语言能力的生物身边说悄悄话是不礼貌的，她没有说话，就让我明白了这个意思。小华莱士也沉默不语。母亲把床单也搭在我们俩身上。我们就那么坐着看火，好像过了好几个小时。

那只大熊照看着火堆，和人一样，会拿着干树枝的一端踩上去，把它们踩断。它很善于稳定火势。还有一只熊时不时地捅一捅火堆，但其他的熊都不去管火堆。看起来只有少数几只熊知道如何使用火，它们带领着其他熊一起协作。不过一切不都是这样吗？每隔一段时间，就会有一只体形较小的熊抱着木头走进火光照亮的圈子里，把木头丢到木材堆上。隔离带的木头有一种银色的光泽，像浮木一样。

小华莱士不像很多孩子那样焦躁不安。我发现坐在那里盯着火堆看是种愉快的体验。我拿了一小块母亲的"红人"嚼烟,尽管我平常并不嚼。这与在养老院看望她没有什么不同,只是更有意思,因为有十来只熊在旁。置身火焰当中,也没那么沉闷:在火花的碰撞中,火焰时而升腾,时而又被摧毁,上演着一幕幕短剧。我的想象力在漫无边际地飞驰。我看着周围的熊,好奇它们看到了什么。有些熊闭着眼。尽管它们聚集在一起,但看起来它们的精神仍然是孤独的,就好像每只熊都独自坐在自己的火堆前。

轮毂盖传了过来,我们都拿了一些新莓。我不知道母亲是怎么做的,但我只是假装在吃。小华莱士做了个鬼脸,把他的吐了出来。他睡觉的时候,我用床单裹住了我们三个人。天气越来越冷了,我们却没有熊那样的毛皮。我准备回家,母亲却不想。她指着头顶的树冠,那里有一束光正在扩散,然后指了指自己。她认为那是天使降临吗?那只是某辆南行卡车的远光灯,但她似乎非常高兴。我握着她的手,感到它在我的手里慢慢变冷。

小华莱士敲我的膝盖把我叫醒了。天色早已破晓,他的祖母坐在我俩之间的木头上去世了。火堆被扑上了土,熊也不见了,有人穿过树林径直闯过来,没走小路。那是华莱士。两个州警紧跟在他身后。他穿着一件白衬衫,我意识到这是星期天的早晨。得知母亲的死讯后,他在悲伤之下看起来还有些气呼呼的。

警察们嗅着空气点了点头。熊的气味仍然很浓。我和华莱士把母亲裹在床单里,把她的遗体送回公路。警察们留下,把熊留下的灰烬撒开,把它们的木柴扔到了灌木丛中。做这样的事情似乎微不足道。就像熊各自坐在自己的火堆面前一样,每一个警察都穿着自己的制服独自做着事。

华莱士的奥兹莫比尔98[1]停在隔离带上。它的子午线轮胎看上去就像在草地上被压扁了。前面有一辆警车,警车旁站着一个警察,后面是一辆殡仪馆的灵车,也是一辆奥兹莫比尔98。

"这是我们收到的第一份关于它们骚扰老人的报告。"警察对华莱士说。"根本就不是那么回事。"我说,然而没人要听我解释。他们办事自有一套流程。两个穿西装的人从灵车上下来,打开了后门。对我来说,这才是母亲离开人世的时刻。我们把她放进去后,我抱住了孩子。他在发抖,尽管并没有那么冷。有时候死亡就会带来这样的反应,特别是在黎明时分,周围有警察和湿漉漉的草地,哪怕死亡是以朋友的身份来临的。

我们站了一会儿,看着大大小小的车辆经过。"这是一种福分。"华莱士说。真没想到清晨6点22分会有这么多的车。

那天下午,我回到隔离带,砍了一点儿木柴,以代替被警察扔掉的那些。那天晚上,我看到了树林里的火光。

两天后的晚上,葬礼之后,我又去了隔离带。当时火势正

---

[1] 曾是美国通用汽车公司奥兹莫比尔分部的旗舰车型。

旺，据我所知，还是那群熊。我和它们坐了一会儿，然而我在场好像会让它们紧张，于是我就回家了。我从轮毂盖上拿了一把新莓，星期天和小华莱士一起去了墓地，把它们摆在母亲的墓前。我又试着吃了一次新莓，然而没用，那东西没法吃。

　　除非你是一只熊。

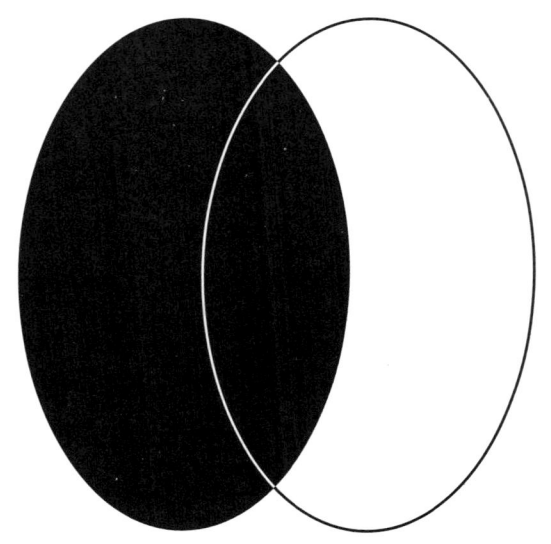

两个
珍妮特

THE TWO JANETS

(1990)

两个珍妮特

我不像很多人那样,认为你必须阅读一本书才能从中得到什么。其实拿起一本书,翻转,摸摸封面,翻看几页,再合上,你就能了解它。尤其是,如果它之前被读的次数够多,它就能对你说话。

这就是我喜欢在午餐时间逛二手书店的原因。母亲打来电话时,我正在联合广场西侧的露天书摊上,就是那种把书放在巨大的板条箱里卖的书摊。我很想声称自己当时在看一本旧平装书,比如说《兔子,跑吧》,但其实我看的是亨利·格雷戈尔·费尔森的《改装车》,看一眼封面上的人物发型,你就等于把整个故事都读完了。

靠近16街的角落里的公用电话一直响个不停。最后,我拿起电话,说:"喂?妈妈?"

"珍妮特,是你吗?"我母亲有种不可思议的能力,真的,她能打公用电话找到我,这种事她大约每个月做一次。

"哎呀，当然是我。否则，我还会拿起听筒就喊"妈妈"吗？""我很难找吗？"我问道。

"太难了。我打了三个电话，你肯定想不到我之前还打了两个。"她的能力也不是百发百中。

"好吧，一切都好吗？"我问道。一张嘴就是家乡口音。每当跟老家的人说话，我刻意隐藏的口音就会重新出现。

"好着呢。"她跟我说了我的前未婚夫艾伦和我最好的朋友珍妮特的事。人们曾经管我们叫"两个珍妮特"。母亲一直与我的高中朋友有联系，他们中的大多数人当然还住在欧文斯伯勒。然后她说："你猜怎么着，约翰·厄普代克刚刚搬到了欧文斯伯勒。"

"约翰·厄普代克？"

"那个作家。写《兔子，跑吧》的？大约一个星期前。他在枫树大道上买了一栋房子，正对着那边的医院。"

"这是报纸上说的？"

"不，当然不是。我敢说他还是想要些私人空间的。我是听伊丽莎白·多尔西说的，就是你以前的音乐老师。她的大女儿玛丽·贝丝嫁给了小斯威尼·科斯特，科斯特在利奇菲尔德路上的那个新公司做房地产销售。她打电话告诉我的，她觉得你可能会感兴趣。"

大家都知道，我对文学感兴趣。我来纽约是为了找一份出版业的工作。我的室友已经进了西蒙与舒斯特出版公司，我回去工作之前给她打了电话。她的午饭都是要到两点才吃。她没听说约翰·厄普代克搬到欧文斯伯勒的事，但她从《出版人周刊》上查到一条消息，说约翰·厄普代克卖掉了马萨诸塞州的房子，搬到了中西部的一座小城市。

这我就搞不懂了。欧文斯伯勒与印第安纳州隔河相望，但它仍然属于南部，而不是中西部。最北端的邦联英雄雕像就矗立在法院的草坪上。我对这些东西不敏感，但有些人却很敏感。然后我想，如果你只看地图，就像《出版人周刊》编辑部里负责事实核查的那些人一样，或者像正在寻找一个新的安家之所的厄普代克本人可能做过的一样，你大概也会认为欧文斯伯勒位于中西部，因为它离圣路易斯比亚特兰大近得多。然后我又想，说不定厄普代克只是谎称"中西部"，好引开人们的注意力。也许他像塞林格一样，试图远离这个世界。然后我又想，也许他根本就没有搬到欧文斯伯勒，整件事只是一个错误，一次巧合，一场疯狂的幻想。这条理论我越想越喜欢。"中西部的小城市"可能是指艾奥瓦城，那里有一家著名的作家工作室；或者是一百个大学城中的任何一个，比如印第安纳州的克劳福德兹维尔市（沃巴什学院）、俄亥俄州的甘比尔市（凯尼恩学院），或者俄亥俄州的耶洛斯普林斯市（安蒂奥克大学）。甚至是印第安纳波利斯或辛辛那提。对于纽约人，以及所有的作家——哪怕他们住在马萨诸塞州，他们也是纽约人（在某种程度上）——印第安纳波利斯和辛辛那提都是小城市。或者，如果你想离家近一点儿，还有印第安纳州的埃文斯维尔，那里人口有130 500，绝对是一座"小城市"（欧文斯伯勒有52 000人，只能勉强算座城市），一座甚至可能吸引像约翰·厄普代克这种作家的城市。

因为忙着这些分析，我晚了11分钟才回到工作岗位。但是他们能怎么办呢？解雇一个临时工吗？

以上事情发生在5月18日，星期四。我过了一个平常的周末，周一晚上，就在费率变化之后，我的前未婚夫艾伦照例打来了每周一次的电话。他问："找到工作了吗？"（他知道如果我找到了，他就会从我母亲那里听说。）然后他又说："你听说索尔·贝娄搬到欧文斯伯勒了吗？"

"你是说约翰·厄普代克？"我说。

"不，那是上周的事了。索尔·贝娄昨天才搬过来。"艾伦的父亲有四家酒类专卖店，他经营着其中的两家。他仍然和我一样对书籍和文学有着共同的兴趣。

"这怎么可能？"我说。我可以当他是在胡扯，然而艾伦值得称道的一点（算是吧）是，他从来不胡扯。

我想过打给珍妮特，但我俩通话太频繁了，所以第二天早上我在工作时间打给了母亲。我当时正在给一位保险理赔员做临时工，用他的线路打长途有优惠。"妈，索尔·贝娄是不是搬到了欧文斯伯勒？"我开门见山地问道。

"嗯，对，亲爱的，他搬来了。他住在舍姆路的公寓。华莱士·卡特·考克斯离婚后就和罗蕾娜·戴森住在那里。"

"你怎么没告诉我？"

"这个嘛，我跟你讲约翰·厄普代克搬到这里的时候，你好像不是很兴奋，亲爱的，所以我以为你不怎么关心。毕竟你已经在纽约开启了新生活。"

我没理会这话。"你真是大好人，每个人的住处都在你的掌握中。"我开玩笑说。

"当一个名人搬到这样的小镇，"她说，"谁都会注意到。"

我对此表示怀疑。我以为在欧文斯伯勒，除了艾伦之外，不会再有人知道索尔·贝娄是何方神圣。我敢打赌，那里读过他的书的人到不了二十个。我只读过一本，最新出版的一本。另一位珍妮特只读非虚构类作品。

第二周，菲利普·罗斯搬到了欧文斯伯勒。我是听珍妮特说的，她给我打了电话，这对她来说是件新鲜事，因为通常为了保持联系而费心——更别提花钱——的都是我。

"你猜我们今天在商场看到谁了？"她说，"菲利普·罗斯。"

"你确定吗？你是怎么知道的？"我问道。我无法想象她会认出菲利普·罗斯。

"你妈妈认出来的。她在《人物》杂志的一篇报道中见过他的脸。他要不是大作家，很难说他那张脸算得上英俊。"

"等一下，"我说，"他只是来访，还是也搬到了欧文斯伯勒？还有，你说的是什么商场？"

"什么商场？"珍妮特说，"就那家商场啊，在利弗莫尔路那边。它离镇子太远了，几乎没人去。在那儿看到菲利普·罗斯的时候,我简直不敢相信。"

"你和我妈在商场里做什么?"我问道,"她又打扰你了吗?"

"她现在有点儿孤独。我会去看她,偶尔一起去购物什么的。这还能犯法?"

"当然不犯法啦。"我说。我很高兴我母亲有朋友。我只是希望这个朋友不是我最好的朋友,还和我同名。

第二天,母亲在工作时间给我打电话。我已经让她别在我做临时工期间这么做,但有时候她那套公用电话找人的功夫不管用。大多数公司都不喜欢临时工接电话,哪怕是家人打来的。E.L.多克托罗搬到了欧文斯伯勒,住在克里平医生位于野木道的房子里,就在两个街区之外。

"他留着小胡子。"母亲说,"养了条小狗,每天定时遛狗。克里平医生和他的妻子这会儿在密歇根,所以他租了他们的房子。"

"这么说他还算不上搬到了欧文斯伯勒。"我说着,不知为何松了一口气。

"反正,他每天早上都在这里。"她说,"遛狗。随便你觉得算不算得上。"

我对那栋房子非常熟悉。克里平夫妇并不像某些(实际上是大多数)医生那样浮夸俗气。当初就是克里平夫妇鼓励我,如果想去纽约,就放手去做,而当时我们班的其他人都在忙着结婚。那种老房子不是我喜欢的类型,但要是你不得不住郊区风格的房子，他们那栋还算可以。

我一整天都在想象E.L.多克托罗给植物浇水，翻阅两位克里平医生（他们两口子都是医生）的书。在欧文斯伯勒，他们藏书最多。第二天午餐时，我去了巴诺书店，翻了翻多克托罗的小说。那些书整整齐齐码了一小堆，有鞋盒大小。

对于多克托罗搬到欧文斯伯勒，我是高兴的。

在纽约很难交到朋友。我想知道，大作家们在欧文斯伯勒的生活是什么样子的。他们见过面吗？他们彼此认识吗？他们有没有相互拜访，聊聊工作，一起喝酒？周一晚上艾伦打电话过来时（就在费率变化之后），我问了他，但这个问题好像让他有点儿尴尬。

"显而易见，他们是各自搬来的。"他说，"没人见过他们在一块儿。我不想瞎猜。"

5月的最后一天，威廉·斯泰伦搬到欧文斯伯勒时，我并不是很意外。至少他来自南方，尽管没有哪两个地区的差异之大，赶得上俄亥俄河谷下游和弗吉尼亚州的沿海地区。五六月的欧文斯伯勒还是不错的，但7月和8月就要来了，一想到斯泰伦在潮湿闷热中喘不过气来直眨眼的样子，我就觉得他似乎比罗斯、多克托罗和贝娄这些城市犹太作家更格格不入。还有厄普代克，一个新英格兰人！我为他们所有人感到难过。不过我也是在犯傻。现在哪儿都有空调。

我打给珍妮特时，她提醒我，母亲的生日快到了。我知道他们希望我飞回去。珍妮特告诉我，她和艾伦打算带母亲出去吃饭。这是要让我内疚。我不打算像去年那样，在最后一刻服软。

在纽约交朋友是非常困难的。我的室友和她的前室友在汉普顿（嗯，算是汉普顿）合租，他们邀请我去过周末。"你不能每年都回家给母亲过生日。"我告诉自己。

几天后，母亲给我打电话——又是公用电话，这次是在39街的一家熟食店附近，她以前在那里找到过我一次——宣布J.D.塞林格搬到了欧文斯伯勒。

"等一下。"我说。这事已经变得不可收拾了。"为什么没有女作家搬到欧文斯伯勒？安·泰勒呢？或者艾丽斯·沃克？或者博比·安·梅森，她本人就是梅菲尔德人（离这儿并不远）？为什么搬来的都是男人，而且都是些老家伙？"

"你不会是想让我去问他们这个问题吧！"母亲说，"我只是发现《麦田里的守望者》的作者搬来了，因为罗斯先生告诉了柯蒂斯牧师。"

"罗斯先生？"这么说现在要喊罗斯"先生"了。

"菲利普·罗斯，写《再见吧，哥伦布》的那个？他租了柯蒂斯牧师的儿子华莱士在利弗莫尔路上的房子，你知道，柯蒂斯牧师不接受支票的，所以他们在提款机那里看到了一个怪模怪样的人，罗斯先生低声说：'那是J.D.塞林格。《麦田里的守望者》的作者。'艾伦说他看起来像镇上某些俄亥俄州的乡下人。"

"怎么还有艾伦的事？"

"他当时就站在他们身后排队,等着用提款机。"母亲说,"碰巧听到的。"

周一晚上,艾伦告诉我,对于在欧文斯伯勒看到J.D.塞林格这件事,菲利普·罗斯似乎和其他人一样惊讶。

"搞不好他们搬到欧文斯伯勒就是为了躲他。"我试着开了个玩笑。

"我对此表示怀疑。"艾伦说,"不管怎样,这种问题旁人不大好问。"

应该嫁给艾伦的是母亲,而不是我。他们的想法完全一致。

随着母亲生日的临近,我越发专注于即将到来的汉普顿周末行。"最后一刻飞回家"是个不可不防的诱惑。

这周晚些时候,我从一位律师的办公室——律师们从来不看电话账单——给珍妮特打电话时,她说:"你知道《灯红酒绿》那部电影吗?"

"迈克尔·J.福克斯搬到了欧文斯伯勒。"我说,讶异之心油然而生。

"不是他,另一个,那个原著作者。我忘了他的名字。"

"麦金纳尼。"我说,"杰伊·麦金纳尼。你确定吗?"我不想这么说,因为这听起来太势利了,但杰伊·麦金纳尼好像够不上欧文斯伯勒的档次。

"我当然确定。他长得和迈克尔·J.福克斯差不多。我看到他在河边的小公园里散步。你知道,就是诺曼·梅勒常去的那个地方。"

"诺曼·梅勒？我都不知道他也住在欧文斯伯勒。"我说。

"怎么会不知道呢？"珍妮特说，"很多大作家都在欧文斯伯勒安家。"

在欧文斯伯勒安家，我第一次听到这样的说法。这仿佛让整件事情正式起来了。

珍妮特的电话引起了我的思考，于是我打给了艾伦，这是我和他分手后第一次主动给他打电话。至少他知道杰伊·麦金纳尼是谁，尽管他没读过他的书。"另一个珍妮特说她在公园看到了麦金纳尼和梅勒。"我说，"这是不是意味着大作家们开始相约出游了呢？"

"你总是急于下结论。"艾伦说，"他们说不定是在一天中完全不同的时间出现在同一个公园。就算真的见面了，也不交谈。有一天在商场，乔·比利·苏尔文特看到E.L.多克托罗和约翰·欧文都在家庭用品区，他们点了点头，但仅此而已。"

约翰·欧文？但我没细问。"家庭用品区。"我改口说，"听起来那帮家伙真的要在欧文斯伯勒安顿下来了。"

"星期五晚上，我们要带你母亲在行政酒店吃饭，庆祝她的51岁生日。"艾伦说。

"有人邀请我去汉普顿过周末。"我说，"嗯，算是汉普顿。"

"哦，我理解。"他说，艾伦就爱幻想他能理解我，"但如果你改变主意，我会在埃文斯维尔的机场接你。"

印第安纳州的埃文斯维尔离欧文斯伯勒有30英里。我曾经觉得它是一座大城市,但在纽约待了18个月后,它显得可怜兮兮,微不足道:从空中看下去全是树,几乎没有车辆。只有一层的航站楼看起来像个购物中心里的银行分行。你要下飞机得爬梯子。

艾伦开来了他那辆朴实而耐用的奥兹莫比尔卡特拉斯至尊版轿车。看到他,我心中一如既往地涌出一股温暖中混杂着沮丧的感觉。你可以称之为"温暖的沮丧"。

"那是谁?"我指着全美航空售票处一个壮硕如熊的身影问道。

艾伦低声说:"那是托马斯·M.迪施。写科幻小说的。不过作品质量不错。"

"科幻小说?"但这个名字很熟悉,至少是有点儿印象。虽然迪施还算不上出名,但他似乎比麦金纳尼更像欧文斯伯勒人。我问:"他也要搬到欧文斯伯勒来?"

"我怎么知道?他可能只是来埃文斯维尔参加快艇比赛。反正他这是要走呢。说说你吧。"

我们沿着肯塔基这一侧河岸开车回家,经过亨德森。

在欧文斯伯勒的整个周末,我只看到了三位大作家,这还不算迪施,他其实并不出名,而且他是在埃文斯维尔,而不是欧文斯伯勒。托马斯·品钦在月光餐厅的外卖柜台前买烤羊肉。他买了三升健怡可乐,看来像是要开派对,但在从行政酒店回家的路上,我们开车经过他在利特尔伍德路上的房子,里面没有灯光。

晚餐我们吃了牛排和沙拉。母亲很开心。艾伦像往常一样坚持付账。我们22点就到家了,22点30分,母亲在电视前睡着了。我从冰箱里拿了两罐啤酒,偷偷把她的别克从车库里开出来。和以前一样,我去划拉另一个珍妮特的纱窗,把她接了出来。"两个珍妮特。"她悠悠地低语。她说最近警察对酒驾查得很紧,但我并不担心。这里仍是南方,我们仍是女孩。我们沿着格里菲斯,开出弗雷德里卡,沿着第四大道,在河边慢悠悠地开。路上几乎见不着别的车。

"艾伦又向你求婚了吗?"我问道。

"还没。"

"好吧,如果他开口了,我想你应该答应。"

"你是说你希望我答应?"

街道寂静而黑暗,空无一人。

"终归不是纽约啊。"我叹了口气。

"好吧,你总算给过欧文斯伯勒一个机会。"另一个珍妮特说。

午夜时分,我们去18街和特里普利特街的通宵便利店又买了两罐啤酒。约翰·厄普代克正在翻看杂志(尽管小牌子上写着"禁止翻阅")。0点12分,乔伊斯·卡罗尔·欧茨进来买了一包烟,让我俩吃了一惊。他们一起离开了。

它们是肉做的

THEY'RE MADE OUT OF
OF
MEAT
(1991)

它们是肉做的

"它们是肉做的。"

"肉？"

"肉。它们是肉做的。"

"肉？"

"毋庸置疑。我们从这颗星球的不同地点采集到了几个，把它们带上我们的侦察船，进行了全面而彻底的检测。发现它们里里外外都是肉做的。"

"不可能。无线电信号怎么解释？还有那些发往群星的信息？"

"它们用无线电波交谈，但信号不是来自它们。信号来自机器。"

"那制造机器的是谁？那才是我们要接触的对象。"

"它们制造了机器。我打算告诉你的就是这个。肉制造了机器。"

"无稽之谈。肉怎么能制造机器?你要我相信肉是有意识的吗?"

"我不是要你相信,我是在告诉你。这些生物是该区唯一有意识的种族,而它们是肉做的。"

"也许它们就像奥佛雷人。你知道的,一个碳基智能种族,但要经过一个肉体阶段。"

"不。它们生来是肉,死了还是肉。我们研究了它们的整个生命周期——也没花多长时间。你知道肉的寿命有多长吗?"

"饶了我吧。好吧,也许它们只有一部分是肉。你知道,就像威迪雷人一样。一个肉做的脑袋,里面有一个电子等离子体脑。"

"不。我们想过这一点,因为它们确实长着肉做的脑袋,就像威迪雷人一样。但我告诉你,我们检测过它们。它们里里外外都是肉。"

"没有脑子?"

"哦,倒是有一个脑子。只不过脑子是肉做的!我不是跟你说过嘛。"

"那么……负责思考的是什么?"

"你还是不明白,对吗?你在拒绝理解我告诉你的事情。脑子负责思考。脑子是肉做的。"

"会思考的肉?!你要我相信这世上有会思考的肉?!"

"是的,会思考的肉!有意识的肉!有爱的肉!会做梦的肉！从头到尾只有肉！你现在明白了吗，还是需要我再从头说一遍？"

"我的天哪。看来你是认真的。它们是肉做的。"

"谢谢你。总算明白了。是的。它们真的是肉做的。而且按照它们的历法，将近一百年来，它们一直在试图与我们取得联系。"

"我的天哪。那么，这肉想做什么？"

"首先，它想和我们交谈。然后，我认为它想探索宇宙，与其他有意识的种族接触，交换思想和信息。就是些通常的想法。"

"我们应该和肉谈谈。"

"就是这个主意。这就是它们通过无线电发出的信息：'你好。有人吗？谁在那儿？'诸如此类。"

"这么说它们真会说话。它们也使用文字、思想、概念？"

"哦，是的。只不过它们是靠肉做到这些的。"

"我记得你刚才对我说的是，它们用无线电。"

"确实如此，但你以为无线电运载了什么内容？肉发出的声音。你知道拍打肉时肉会发出声音吧？它们通过肉的互相拍打来说话。它们甚至可以通过肉来喷气唱歌。"

"我的天哪。会唱歌的肉。这真是太不可思议了。那么你有什么建议？"

"官方的还是非官方的？"

"都说说吧。"

"官方建议是,我们需要联系、欢迎和登记宇宙这个象限中所有拥有知觉的种族或者多元生物,不带偏见、恐惧或个人喜好。非官方建议是,我们删除记录,忘记整件事情。"

"我就等你这句话呢。"

"听着难听,但凡事有度。我们真的想和肉接触吗?"

"我百分百同意。对肉有什么好说的呢?'你好,肉。最近怎么样?'这怎么行?它们有几个星球?"

"只有一个。它们可以在特殊的肉类容器中旅行到其他星球,但无法在其他星球生活。而且作为肉,它们只能在C空间旅行。这把它们限制在光速以下,使它们与其他种族发生接触的可能性相当小。事实上,无穷小。"

"那我们就假装宇宙中没人居住。"

"就这样。"

"很残酷。但你自己也说了,谁愿意跟肉碰面呢?还有到过我们飞船的那些呢,那些被你检测过的?你确定它们不会记得?"

"如果它们记得,也会被同类当成疯子。我们进入它们的脑袋,把它们的肉磨平,这样它们就会把我们当成一场梦而已。"

"肉的梦!我们竟然成了肉做的梦,这么处理说来古怪,但倒挺合适的。"

"另外我们把整个区域标记成了'无人居住'。"

"好。同意,官方和非官方的两种建议都同意。结案。还有其他的吗?银河的那一边还有什么有趣的种族吗?"

"是的,在G445区的一颗九级恒星中,有一个有点儿害羞但很可爱的氢核集群智能生物。两个星系旋转周期之前曾有过接触,希望再次友好相处。"

"它们总是会找上门来的。"

"有何不可呢?想象一下,如果一个种族孤零零的,宇宙的寒凉将是多么难以忍受,难以言表……"

平山上

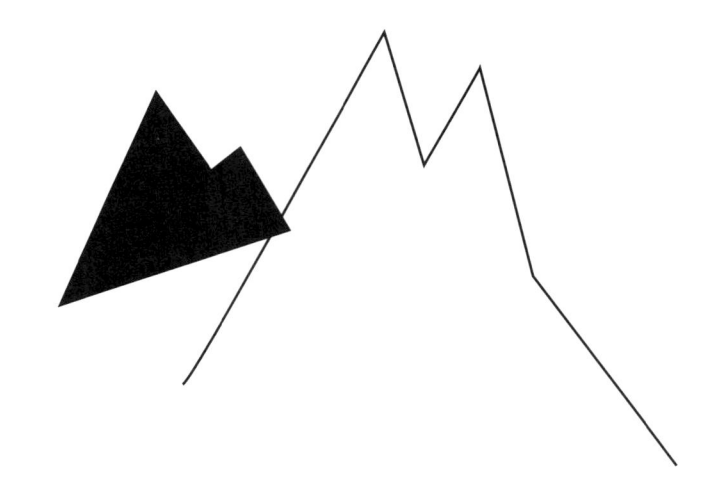

OVER
FLAT
MOUNTAIN
(1990)

平山上

以前没人管路易斯维尔叫"一英里高的城市"。我知道,因为我就是在那儿的老西区长大的。那时候俄亥俄瀑布还只是干燥的石灰岩平原,一条运河从旁边绕过,水流缓慢而混浊,夏天的夜晚很温暖。

不过,现在不一样了。

我从印第安纳波利斯出发,朝东南方向前往夏洛特,驶入路易斯维尔的时候,天气有着8月不多见的凉意。瀑布跌入峡谷的地方升起冰冷的雾气。从后面扒拉出一件法兰绒衬衫太麻烦了,于是我在卡车停靠站的小卖部里买了一件运动衫,想着以后可以送给珍妮特或者某个闺女——她们把运动衫当睡衣穿——然后第二块馅饼都没吃就接着上路了。

运动衫上写着"路易斯维尔——南方一英里高的城市"。

我买了一张CD,名字叫《卡车经典50首》,其中49首我之前就有了。我的驾驶室里有一个1100张CD的收藏库。想象一下，过去它们还跟饼干一样大的时候，会占用多少空间。

我一般不接搭便车的旅行者，但那个孩子实在可怜。往路易斯维尔的东南方向开了一个小时后，在云层的阴影下，我看到他淋着雨，站在那块"蟹园齿轨铁路，40英里／64千米"的标志旁，披着一个黑色的垃圾袋当雨衣，我心说，搞什么鬼。他看起来浑身湿透了。自隆起以来，路易斯维尔南部五天中有六天都在下雨。

我们平山越顶客赶起路来，那可是正儿八经地赶路。我把车往路边勉强一停，然而没等他爬上梯子，穿过气闸内阀门，像只蜕皮的旱龙虾似的剥下垃圾袋，便又切回了低速二档。他顶多16岁。一头油腻的金发用橡皮筋绑到后面，戴着一顶德尔科的帽子，垃圾袋下用风衣罩着衬衫。所幸他至少还有一件外套。靴子一看就是别人穿过的。他的东西都装在一个超市的塑料购物袋里。

他用一根手指捋下帽檐上的雨水，窝在座位边上，直到我把座位上的CD划拉到自己的帽子里，再把它们倒进手套箱。

"好枪啊。"他说。我在手套箱里搁了一把9毫米口径的巴西手枪。我关上了手套箱。

"外面在下雨。"他说。

我点了点头，把瑞奇·斯卡格斯的专辑塞进录音机。我让他上车不是为了聊天，我让他上车是因为我像他这么大的时候也搭过便车。16岁看起来像21岁一样成熟。

"谢谢你为我停车。"他说。

"车子不错。"他说。

我当时开的是一辆两截铰接式卡车，装的是科博·琼尼。科琼[1]是一台八升的钢质柴油机，带那种巨大的环。在改成塑料发动机之前，发动机都带着那种环。很多人都迷上了新型的塑料粉化发动机，因为不用烧油，但我喜欢烧油。我已经建造了三台科琼，第三套套筒的磨合刚刚完成。塑料，就该扔掉。

那孩子跟我说了他的名字，但我忘了。"别人都叫我'CD'。"我说。我弹出瑞奇，把哈格塞进去，以此向他解释名字的由来。

他眼睛狭长，肤色蜡黄，就跟没见过太阳似的。如果他来自路易斯维尔的南部或者东部，他可能真没有见过太阳。从他的口音判断确实如此。听着，我认识这个孩子。他就是三十年前的我。你耸起肩膀，眯上眼睛，既然你对世界上的一切一无所知，那就努力装作无所不知。

"我要去哈泽德。"他说。

我早猜到了，因为他站在齿轨铁路标志旁边。

"我爸在那里的自动列车上工作。"他说。

"我猜你接下来要翻越平山。"他说。

我的气闸摆在那儿，谁都能看出来。他说得好像这是世界上最自然的事情，但并非如此。没有几辆卡车会翻越平山。大多数卡车只是沿着齿轨铁路爬到哈泽德，把货卸给自动列车，

---

[1] 科博·琼尼的简称。

然后掉头下山。

"嗯，就在那儿。"他说。

大部分人仅仅见过平山的底部。由于云影下面几乎总是在下雨，基本上在10英里之外你就看不到它了。我们沿着老温彻斯特道，从东侧绕过以前的列克星敦。从那里看，它就像一堵由原木、垃圾和岩石组成的墙，差不多竖直地延伸到11 500英尺高处的云层中。

我拐进了蟹园支路，这条支路沿着山根向南和向西延伸20英里，然后在一个鬼城伯里亚拐进去，那里的墙面倾斜度缓和，不到45度。齿轨铁路上，排在我前面的大约有六辆卡车，没有一辆是平山越顶客。我在一条淤塞着旧车和房屋碎片的小河旁边排队。无名小河。很多新的河流都没有名字。

排队等候进入齿轨铁路的时候，我用车载电话跟珍妮特和闺女们通了话，那孩子下了车。大概是别人的家务事让他觉得不自在。我看着他在长板棚下走来走去，把玩每一台糖果机。我开着卡车每次往上挪10英尺，其他卡车在我身后也跟着向上挪。格拉韦·皮尤穿着黄色雨衣过来给我检票。"要去顶上吗？"他问，"当心啊，CD，昨天龙虾把桑德斯搞废了。"

这是他必开的玩笑。我不再捕龙虾了，他知道的。

"把他的命根子掐断了。"说着，他从我的紫色蟹园齿轨铁路通行证上剪下了另外一角。

就在打旗子的示意我开进入轨坡道时，那孩子又爬上了卡车。他浑身发抖。他刚才把垃圾袋留在了卡车上，板棚下的雨和外面一样大。我像他这么大的时候,曾搭过1000英里的便车,但那是在西边,那时候从来不下雨。我让打旗子的等一下,然后从座位上探出身子,从工具和备用零件下翻出一件干的法兰绒衬衫。那孩子脱下他的T恤衫,把我的法兰绒衬衫裹在身上。那衬衫能装进去两个他。

"希望你爸在等着你。"我说,"你知道的,你在哈泽德可不能在外面乱跑。"

"我去过那里。"他只说了这句话。

我身后的人在按喇叭,但格拉韦没有让他绕行。齿轨铁路不间断运行,而且要想把车吸附上去,是需要一定技巧的。坡道是混凝土的,但它开裂了,还斜得要命,只有一段路能让你助跑到足够爬上去的速度。万一错过,你就只能拐到边路上,回去重新排队。我每次都能成功,不过我跑这条道已经12年了。

"吃块糖?"那孩子拿出一根柯利棒,不过这好像是他的全部晚餐,所以我就没要。天快黑了。车吸附上了铁路,我让巨大的老科琼空转着。卡车都快头朝上竖起来了,所以最好让泵运行着,免得管道里进了空气。

这是西侧的一条上坡长路。蟹园齿轨铁路又慢又吵,14英里长的链条嘎吱嘎吱地响。它的动力来自山体隆起时从低坡滚落的煤炭和垃圾燃烧产生的蒸汽,而下坡卡车的重量也有所帮助。即使在黑暗中,下着雨,我也能看到20码外的它们。大部分司机我都认识,甚至包括那些上去后原路返回的,也就是我们平山越顶客们所说的"悠悠球"。在车头灯的照耀下,山坡看起来乱七八糟的。低坡部分,也就是从7200英尺到11 500英尺的云层之间,长满了杂草和奇怪的新生蕨类植物,还有树的残骸——加上大地涌起时滚下来的其他东西。有人说他们在杂草中看到了巨大的野生番茄,但我没见过。

在最初跑这条道的一百来趟里,你会觉得这段路很吓人。那孩子故作镇定,但我很清楚他的感受。你的卡车向后倾斜了45度,你肯定在想,磁铁和它下面的保险钩能否撑得住,就算它们撑得住,那条哗啦作响的旧链条呢?另外,每隔一段时间,链条会突然往上一缩——可能是一辆卡车在哈泽德那头解开钩子时出了问题,也可能是世界就要分崩离析——轮胎下的路板咯吱作响,板簧摇摇晃晃,风在尖细的树枝间呼啸,因为我们在平山上的位置仍然很低,所以还有风,而你意识到你就那么挂在那里,活像一条晾衣绳上的湿牛仔裤。

我放了一些卡尔·帕金斯早期的歌,就是听着像乔治·琼斯的那几首,努力闭上眼睛。

然后过了11 500英尺,有云了。云层减轻了恐惧感。那孩子以为我没在看,于是从他装手表的小口袋里掏出一张10美元的钞票,展开又折起来,然后放回去。我记得自己在搭车时也有同样的感觉:每隔一小时左右就检查一次,确保它没有变成5美元。

在哈泽德,你还是被云包围着,但随着山势稍稍平缓,云没那么浓厚了,齿轨铁路也到了尽头。突然间,周围充斥着噪声和灯光。对大多数卡车来说,自动列车环岛就是终点站。

这是一座巨大的半圆形模块化建筑——自然是在隆起之后建成的，因为旧城什么东西都没有留存下来。"悠悠球"们解开钩子，蜿蜒而入，卸货，装上根据合同要装的别管什么东西，然后回去排队，等着沿齿轨铁路下山。在这个行业里没有死胡同。当然，也有一些货物不能搭进去三周的时间来等待备用的自动列车，这就是我和其他平山越顶客们大显身手之处了——我们的卡车要一路翻越平山。

我猜想环岛就是孩子的父亲工作的地方，因为装货、卸货都用得着大量手工劳力，更别提那些在卡车司机们坐在贝柳贝尔的时候为了几美元替他们驾车排队的人了。这简直不能算是人过的日子。那些人睡在环岛后面的一个压力棚里。

"就是这里了。"我说。

"感谢你捎我一程，先生。"

"叫我'CD'就好。"我说。他开始开气闸，我说："哇。你是不是忘了什么？"

他回头看了看我，很害怕，开始解衬衫的扣子。

我无奈地笑起来。"留着吧，孩子。"我说，"但在这个高度走动，你不能不喷呼吸喷剂。你要去的地方比珠穆朗玛峰还高1英里。张嘴。"我往他的喉咙上喷了呼吸喷剂，告诉他在药效消失之前赶紧跑。

他拿着塑料袋，匆匆钻出气闸，进入环岛。

我开车穿过停车场，来到贝柳贝尔。这是哈泽德唯一的小餐馆，司机们都管它叫"蓝色球球"。它没有气闸，旋转门靠里面的压力自行旋转，咖啡和汉堡的蒸汽不断飘出，凝成小小的云团。哈泽德正需要这样的餐馆。这里寒冷、黑暗、肮脏，如果不是在这里工作，没有人会住在这里，而如果不是在别处找不到工作，也没有人会在这里工作。

我在想那孩子的父亲是否知道他要来，或者是否真有这么个父亲。像他这么大的时候，我告诉人们，我要搭车去达拉斯看我的父亲，他是一名警察。你要是不撒谎，别人就会认为你是离家出走。

平山越顶客们往往坐在一起。"下面天气怎么样啊，CD？"他们问。"上面天气怎么样啊？"我反问道。这是我们必开的玩笑，因为西坡下面的天气一成不变——总是在下雨。平山顶上当然是没有天气的。没有大气就没有天气。

我用大厅的电话再次拨给珍妮特和闺女们。我的位置太高，已经没法用车载电话，从夏洛特回来之前我只剩这一次机会，因为山那边的卫星电话太贵。同桌的一个人告诉我，钳子在夏洛特能卖到100美元，但必须没有使用痕迹，因为不会有人吃死在大马路上的动物。我告诉他，反正我已经不捕龙虾了。

刚过午夜，我正准备起身离开，那孩子从旋转门进来了，用我的衬衫袖子擦着流血的鼻子。他没喷呼吸喷剂跑过了停车场。

"找到你爸爸了吗？"我问，他摇摇头。他坐了下来，看着其他人盘子里剩的炸薯条。我从售卖机里买了两个汉堡——尽管我已经吃过了，然后装作不小心多买了一个。对这样的孩子，你就得用这样的方式。

但我必须走了。"我看你最好回到环岛,搭车下山。"我说。

孩子摇了摇头。他说他妈妈已经结婚了,搬出了路易斯维尔。他爸爸在环岛给他留了10美元,让他搭车去夏洛特,他奶奶住在那里。这些话我一点儿也不信。他给我看了那张折起来的10美元,就是他在齿轨铁路上掏出来看的那一张。

我说:"按照保险条款,我不能载你过平山。"这是个谎言。真相是,平山越顶客都没有保险。不是因为平山很危险,尽管它确实可能很危险,而是因为它不属于任何州县。从保险精算的角度来看,它已经不属于这个世界了,我的保险员这样说。

"我知道奶奶的住址。"那孩子表现得好像没有听到我的话。他从裤子表袋里掏出一张黄色的纸,展开。他挺善于忍住眼泪。

我在他这个年纪的时候,搭便车到处跑,表袋里装着一张10美元的钞票。就这点儿家当。有个来自圣路易斯的墨西哥人让我上了车。他在车座下放了一把珍珠柄的左轮手枪。我们第一次停车吃饭时,我试着把那10美元展平,免得他看出来那是什么,那时候的我自认了解墨西哥人。结果他告诉我,把它放在鞋子里,因为大家都知道要往你的表袋里看。穿越密苏里和俄克拉荷马的一路上,都是他给我买的饭。

"木兰街121号。"孩子读了纸上的地址,但他那发音生硬得活像飞机金属。看得出来他根本没去过夏洛特,我并不惊讶。

平山太高了，飞不过去，山体也太厚了，打不通隧道，很多家庭都因为它而天各一方。它不像海洋，花了一百万年才形成。他们说，它甚至延长了一日的时长，一年累计下来差不多有一个小时，因为隆起使地球转得慢了，就像滑冰运动员甩开手臂。

缓慢的日子，我们正需要这个。

其他平山越顶客都离开了，沿着蟹园前往路易斯维尔和更远的地方。

管他呢，我想。"我们走吧。"我说，"别把钱放在表袋里。谁都知道要往那里看。"

在34 500英尺的高度，如果不是山上的风口让云层保持着半蒸汽形态，哈泽德就会下雪。寒冷的蒸汽。我把轮胎里的气放到只剩下8磅，又往喷射系统中注入氧气和燃料。做完这几步，我已经冻得半死。这个高度倒是还没必要穿防护服，但你确实需要在手边放一罐呼吸喷剂。呼吸喷剂能给细胞提供足够的氧气，让你的神经误认为你在呼吸。我的口袋里总是揣着一罐。

"我本来可以帮忙的。"我上了卡车后，那孩子说，"我对卡车了解得不少。"我递给他一件防护服，让他穿上，哪怕他不想拉上拉链。我的车子加压到5500帕，虽然我从没出过事故，但以防万一嘛。吃饱了薯条，他就去睡觉了。我听着老莱尔·洛维特的歌上路，唯一一条向东的路。

在离开哈泽德的头两个小时里，除了云什么都没有。还没到平山真正平坦的地方，你要走的是一条由旧公路拼凑而成的

"之"字形山路，坡度为8%。

如果你从空中看到过阿巴拉契亚山脉原来的样子，它们看起来就像被人踢过的地毯，平行延展的山脊像长长的褶皱。有观点认为，非洲在一百万年前撞上了美国，使它们成为隆起的褶皱。隆起运动让这一观点不攻自破。现在他们说，阿巴拉契亚山脉是一百万年前坎伯兰穹顶坍塌时留下的褶皱——二十年前再度升起时，褶皱被抹平了。他们说这种地貌不稳定，此话不假：如果你走出卡车，仍然可以透过鞋子感受到地面的嗡鸣。20英里之下正在发生冷聚变。

有趣的是，阿巴拉契亚山脉已经消失，它们的幽灵却留在了道路上。翻越平山的路线是由旧时沿着山谷的公路拼凑而成的，几乎平行排列，自然而然形成了"之"字形。你在过去的松山、蟹园山、黑山、克林奇山上蜿蜒攀升。它们现在都窝在一处，成了一片碎石坡，消隐在永不消散的大雾中。一路都要挂低速四挡或者高速二挡。

向上开20英里，哈泽德以东，有一个小雪带，到了冬季会一直延伸到环岛和镇子。不过，每年的这个时候，几乎没等人们注意到它就消失了。接下来便到了高得天不下雪、人也没法喘气的位置。我在凌晨2点10分从云里开出来，天快亮了。"黎明的曙光"——珍妮特以前这样称呼这个时刻。那时候闺女们还没有出生，她会和我一起赶路。在十万英尺以上的地方，夏天的白昼有19个小时。

我很想叫醒那个孩子。在我身后和下面，还有大镜子里，一片云海绵延200英里。90%的大气层都在我们下面。从这个位置，你永远无法真正看到肯塔基和田纳西，只能看到它们恒久的云顶。云层被喷流从西边推过来，像泡沫一样沿着平山的西面堆积，从缅因到亚拉巴马，长达2000英里。从下面看有多阴沉，从上面看就有多美丽。云层吞掉了整个列克星敦，更不用说匹兹堡和亨茨维尔，以及从北到南那一百个已经没有人记得的乡村小镇。

我没喊醒那孩子，然后播起了洛雷塔·林恩。出于某种原因，我在平山上面更喜欢听女歌手。

再开几个小时，云层就隐藏在山体之下。朝哪边看都只剩下石头和天空，一个惨白如骨，一个漆黑泛蓝。星星看起来像冰粒，冷得无法闪烁。外面是零下一百摄氏度，而你在122 500英尺的高处。如果你在寻找旱龙虾，从这里开始就应该可以找到了。

孩子醒了，坐起来揉了揉眼睛。他在40英里的路程内未发一言，我很理解这一点，因为看着高高的平山之巅，确实没有什么可说的。这是我最喜欢的一段路。你走得越高，它就越平坦、越空旷。我总是想象，这就是创世之初，植物和动物还没有出现时的样子，以及末日之后的样子。

接近山巅最中间的时候，我总是播放帕特西·克莱恩[1]，如果你不知道为什么，不要问。

诺克斯维尔没留下丝毫痕迹。阿什维尔没留下丝毫痕迹。

---

[1] 帕特西·克莱恩（Patsy Cline, 1932—1963），美国著名乡村女歌手。1963年，她从堪萨斯州的堪萨斯城搭乘飞机回纳什维尔途中遭遇空难身亡。

在隆起的八年中，穹顶扩张产生的持续高频振动将土壤变成了果冻状，大部分土壤流进了地面的裂缝中，或者像缓慢流动的水一样成片地从山上流下，冲走了树木和城镇的遗迹。从纳什维尔一路走来，你可以听到山的呻吟声。高高的山顶看起来像是被冲刷过，每隔一段时间就能看到一条长长的浅沟，里面堆满了原木和剩余的垃圾。这些沟渠是广袤的森林和城市仅剩的遗迹，看着这些沟渠，你会不由得重新审视你的自尊。

穿过平山山顶的道路是笔直的，坡度平缓，不到3%，爬升40英里，然后下降40英里。这条路位于老23号公路和40号州际公路之间。在这段路上，平山越顶客可以全速前进，以弥补他们在蓝色球球嗅蒸汽的时间。

旱龙虾就在原木沟渠。

"我爸爸卖过一只旱龙虾。"孩子说。他正在努力寻找，也许以为我会停下来杀它。他不知道旱龙虾有多难杀。

你爸爸肯定是从某个平山越顶客那里换来或偷来的，我心想，因为它们从来不会逛荡到哈泽德那么低的地方，不过我没有说出来。

"他挣到了100美元，他说它们是从其他星球上掉下来的。"

实际上，真相更有意思。当阿巴拉契亚山脉隆起时，它要么证明了演化论，要么证伪了演化论，这取决于你在和哪路生物学家讨论。它证明了一点：演化出一个新物种并不需要数百万年。第一批旱龙虾在隆起开始后不到六年就出现了，尽管还不像今天这么大。

"你卖旱龙虾吗？"孩子问。

"卖过。"

"不知道它们吃什么。"孩子说。

"木材和玻璃。"至少有人说它们吃玻璃。我见过它们吃木头。它们不吃任何活物，但如果它们抓到一个人，就会把他活生生拖到死，然后像狗啃骨头一样啃他。

在路上看见一只旱龙虾的情形可不常见。孩子只顾着看路旁的沟渠，所以没有看到它。我当时在听多莉唱《蓝岭山男孩》——这首歌他们已经不怎么放了，因此差点儿没来得及转弯去撞它。

"什么东西？"孩子在我踩刹车时说。他开始拉防护服的拉链，结果有两个链齿卡住了。这是我第一次看到他兴奋起来的样子，不由得笑了。他以为我们的车坏了。没等他在后视镜里看到我们撞了什么，我已经拉好了我的防护服拉链，戴上了面具——保护你的脸和耳膜。

"你就不要出去了。"我说。我往自己喉咙里喷了C-Level，然后把罐子塞进口袋。"把座位下面那把童子军斧子递给我。"我说。

孩子在镜子里看着那只旱龙虾。灰白色，墓碑的颜色，钳子伸开至少有13英尺宽。我怀疑他以前根本没见过活的。没几个人见过。"你要杀了它吗？"他问，"它还在扑腾。"

一旦打破外壳，它们就会因减压而死亡，但可能要一整天才死透。我并没主动找它，不过既然它来找我了——我翻下面罩，越过孩子爬到另一边，因为气闸在他那边。我从卡车下面走过去，小心翼翼地靠近它。在我的卡车轧过的部位，外壳的裂缝还在喷蒸汽。除了那个钳子，剩下的我都没有轧到。背部下面有大约60磅的肉，但高顶肉店不收去壳龙虾。我拿着斧头，跳过去，砍掉了没被我弄上印记的一个大钳子和四个小颚足，把它们扔到卡车下面。由于龙虾拖着身子远离了我，朝路肩走去，我就转身背对着它了。活动了这么久，我需要再喷一口喷剂，这意味着要把面罩掀开一秒钟。我把龙虾的步足收集起来，正准备用弹力绳把它们绑在备胎架上，接下来就发现，那东西从下面拉着我的腿，把我撂倒并拖向路边。

是那个有轮胎印的钳子。我应该把它砍下来扔掉的。我不应该背对它。它抓住我的靴子，甚至在拉的时候就开始缓慢地侧切，我知道自己有麻烦了。它仍然有6条腿，每条都像栅栏杆一样大，它要带我回巢。

我伸手去够备胎架，但没够到。我伸手去够斧头，也没够到。我伸手去够又大又软的后拖车轮胎，尽管轮胎根本没地方可抓——这时我看到龙虾壳被两枪打爆。在近乎真空的环境中，你听不到枪声。我回过头，看到那孩子在另一侧躲在卡车下面，正在开枪。即便戴着大手套不方便，他也又开了两枪，不过那玩意儿你打一天都打不死。它们就像鳄龟。我指着童子军斧头，挥舞着手臂，可是那孩子慢慢倒下了。我没有给他留呼吸喷剂。他把自己封在防护服里，脸色发青。不过就在倒下的时候,他把斧头推到了我够得到的地方。

感谢上帝赐予我童子军斧头。我一斧子下去解放了自己的脚,带着像夹子一样夹在腿上的钳子,把孩子拖到卡车下面,爬上梯子,进入驾驶室。即便到了空气中,他也几乎喘不上气来。跌倒震松了他的面罩,他的舌头和喉咙因为减压而肿胀起来。幸运的是,还有一种喷剂是针对这种情况的,我在座位下的急救箱里存了一些。我自己用过这种喷剂,体验很差。它会让你难受得要死,就像吃了一个绿柿子,但它管用。它叫GAZP。

我把靴子上的钳子撬开,塞到座位下面。确定那孩子还在呼吸之后,我又走出去,捡起了他掉落的9毫米口径手枪。龙虾不见了,我砍下的钳子也不见了,于是这一通忙活全是竹篮打水一场空。我并不惊讶。他们说旱龙虾会吃了钳子。

"可以啊,孩子。"我们再次开起来之后我说,"你刚才救了CD的老命呢。"

"不值一提啦。你拿到钳子了吗?"

"只拿到了它用来搞我的那根。在座位下面呢。你闻到的就是它的味道。"旱龙虾闻起来就像煤球上的小便,等到减压后就没味道了。

那只钳子不值钱,因为它有轮胎印,不过我没有提这个。

说这些话让我筋疲力尽,我猜孩子也是如此。我看了看,发现他已经睡着了。我当时挂着高速三挡。除了绵延不知多少英里的石头,公路两边什么都没有。让我惊叹的是,那么多人在那些小山里生活那么久，却没有留下什么痕迹。再往前走20英里，下坡更加陡峭了。我不得不把挡位降到低速五挡。我放起了老汉克，孩子在梦中呜咽了几声。在那一刻，我也许正在经过他曾祖父的坟墓。我从他的口音听得出来，就在这一片儿——肯塔基东部和北卡罗来纳西部、弗吉尼亚北部和亚拉巴马东部之间，那些状如褶皱、绵延不绝的小山丘当中。褶皱消失了，隆起了，把它们的孩子推向世界，揉着眼睛，好奇他们何时能回家。

说不定有一天。我会在《大众科学》上读到，平山又在下沉，大约每年沉1.5英尺。照那个速度，只要十万年就够了。

从西坡的边缘你看到的是一片雪白的云顶，但在东坡你看到的是一个巨大蓝绿色球体的边缘。你第一次看到它是在刚开到"之"字形道路的时候，大约九万英尺处。那里的空气刚好够在道路上留下一点儿水汽痕迹。远方的天空不再是黑色，而是深蓝色。接下来你发现那其实是大海，而且不是仅仅几英里的海面：在95 040英尺的高处，你的视野覆盖了朝百慕大方向一半的距离。在这里你可以看出来，水和空气是同一种物质的两个状态。

东坡的下山道路比较好走，大概是因为公路比较新，大多是四车道。"之"字形路线很长——四五十英里才能掉一次头。摩根敦、亨德森维尔、蝙蝠洞，如今仅仅是个转弯处的名字，因为城镇早已不复存在。开到蝙蝠洞（没有蝙蝠，也没有洞），孩子醒了，这一次他没有刻意掩饰深受震撼的神情。

我们向东走了足够的距离，也从平山下降了足够的高度，可以看到从莫尔黑德一直到萨凡纳的大西洋海岸。卡罗来纳沙漠是10月树林的颜色，遍布着红色、橙色、黄色和棕色。卡车在下山的路上跑得很快，不需要齿轨铁路。在东坡这边，"悠悠球"们都开着大马力卡车，自动列车环岛设置在一个寒冷、干燥、无云的栖息地，叫作谢尔比，它俯瞰着50英里之下的夏洛特。那里有一家不错的餐馆，但我没停，开到了21 500英尺以下比较难走的"之"字形路线上，我的科琼咣当作响，像只100美元买的猎犬在吠叫。

夏洛特的天黑得很早，不过下降到空气中的感觉很好。我放开了气闸的密封，让干燥的夜风吹过驾驶室。夏洛特有过木兰，但那是在隆起之前。现在"木兰"只是一条街道的名称，就像平山上的那些城镇。我们在地图上找到了木兰街，不过我先带孩子去买了晚饭。

我请他吃晚饭的原因是，我一直都记得那个墨西哥人。当年我还是个孩子的时候，穿越密苏里和俄克拉荷马的一路上，他一直在请我吃饭。他说他以前也搭车，他甚至想在放我下车的时候给我5美元，但我摇摇头，不愿意接受。主要是因为，回头他看自己的车座下面的时候，会发现他的珍珠柄的左轮手枪不见了。我在沃思堡把它卖了20美元。从那以后，我一直为此事感到羞愧。

孩子因为减压落了两个黑眼圈，不过喉咙已经好转了，不妨碍吃东西。我给他付晚饭钱时，他没说什么。然后我在高顶肉店停了一下。我让孩子在卡车上等着。我解开钳子拿去肉店，夜班经理看到轮胎印时，摇了摇头。"抱歉，CD。"他说，"我不能买路上撞死的，除非它看起来不像是路上撞死的。"

"当狗粮怎么样？"我说，他给了我一张5美元的纸币。

那孩子看起来很紧张，问我买卖怎么样，我撒了谎。"很好。"说着，我给了他一张20美元的纸币，告诉他我挣了40美元。他把它折好，和那张10美元的一起放进了他的表袋。

木兰街是那种没有人行道的泥土街道，有一些照着模板造的小房子，看上去全都一样，任何一栋都可能是他奶奶的房子，也可能任何一栋都不是。"不用拐进去了，我就在这里下车。"到了街尾，他一边急匆匆地收拾东西一边说。

"Vaya con Dios。"我说。

"什么意思？"

"意思是祝你找到你爸爸。"我从未找到过我的父亲。

趁着设备维修和装载的时候，我睡了11个小时。

第二天，我往平山开到一半，才想起来在手套箱里找9毫米口径手枪。当然，它已经没影了。我把克莱斯托·盖尔塞进播放器，不由得笑了。

（1991）
PRESS ANN
选择
"安"

选择"安"

欢迎使用金立现业务

全市1324个网点

竭诚为您服务

请插入您的金立现卡

谢谢

现在输入您的金立现号码

谢谢

请选择需要的服务——

存款

取款

余额

天气

"天气？"

"怎么了，小艾？"

"这种东西什么时候开始提供查询天气的功能了？"

"大概是什么新功能吧。你只管取钱就是了，都6点22分了，我们要迟到了。"

取款

谢谢

取款来源——

储蓄账户

支票账户

信贷额度

其他

支票账户

谢谢

请输入所需金额——

$20

$60

$100

$200

$60

60美元看场电影？

"布鲁斯，过来看看这个。"
"艾米莉，现在是6点26分。电影6点41分就开场了。"
"提款机怎么知道我们要去看电影？"
"你说什么呢？你生气是因为你必须取钱吗，小艾？提款机吞了我的卡，我有什么办法呢？"
"算了。我再试试吧。"

$60
60美元看场电影？

"它刚刚又问了一次。"
"问了什么？"
"布鲁斯，过来看看这个。"
"60美元看场电影？"
"我还要取吃饭的钱。毕竟今天是我的生日——哪怕所有行程都要我来安排，更不用说还得我自己掏钱付账了。"
"真不敢相信。因为一台机器吞了我的卡，你就生我的气。"
"算了吧。关键是，提款机怎么知道我们要去看电影？"
"艾米莉，现在6点29分了。你只管按回车键，然后我们走。"

"好吧,好吧。"

那个戴表的人是谁?
男朋友
丈夫
亲戚
其他

"布鲁斯!"
"艾米莉,现在是6点30分。你就取钱吧,然后我们就走。"
"现在它在问我你的情况。"
"6点31分了!"
"好的!"

其他

"打扰一下,你们两位是否介意我……"
"听着,伙计,这台机器有问题。如果你这么着急的话,街上还有一台提款机。"
"布鲁斯!为什么那么粗鲁?"
"别管了,他已经走了。"

生日快乐，艾米莉

您是否要——

存款

取款

余额

天气

"它怎么知道今天是我的生日？"

"天哪，小艾，搞不好你的卡里存着你的生日或什么的。现在是6点34分，还有整整7分钟……这是什么玩意儿？天气？"

"我刚才不是告诉你了嘛。"

"你不许选这一项！"

"为什么不行？"

天气

谢谢

选择想要的条件——

多云凉爽

晴朗温和

小雪

小雨

"小艾,你别玩了好不好!"

小雨

"雨?在你生日这天?"
"一场小雨而已。我只是想看看它管不管用。反正我们要去看电影。"
"我们不离开这里是看不成电影的。"

完美的观影天气
您是否要——
存款
取款
余额
爆米花

"小艾,这台机器严重乱套。"
"我知道。我看不了解状况的是你。"
"现在是6点36分。点'取款'吧,我们好离开这个鬼地方。离电影开场还有5分钟。"

取款
谢谢

选择"安"

取款来源——
储蓄账户
支票账户
信贷额度
其他

"打扰一下。你们两个要去看《镀金罪恶宫》吗?"

"妈的。看看谁回来了。"

"我从影院过来,报纸上的时间列错了。照售票处的说法,电影在6点45分开场,所以你们还有9分钟时间。"

"我以为你去了另一台提款机。"

"要排队,我不想站在外面淋雨。"

"雨?布鲁斯,你瞧!"

"只是一场小雨。但是我穿了身好衣服。"

其他

"艾米莉,现在都6点37分了,你选择了'其他'?"

"你难道不想看看这台机器还能做什么吗?"

"不想!"

谢谢
选择其他账户——

安德鲁

安

布鲁斯

"安德鲁和安到底是谁？我的名字又怎么会在那里？"

"你刚刚说机器吞了你的卡？"

"那是……另一台机器。"

"打扰一下。安是我的未婚妻。嗯，曾经是。算是吧。我想。"

"你又要插嘴了吗？"

"等等！你一定是……"

"安德鲁。安德鲁·P.克莱本三世。你一定是艾米莉。而他一定是……"

"他是布鲁斯。他有点儿粗鲁，请别介意。"

"粗鲁！"

布鲁斯

"嘿，那是我的账户，艾米莉。你没有权利按'布鲁斯'！"

"为什么不行？你说你想支付晚餐和电影的费用，是机器吞了你的卡。所以咱们就这么办吧。"

就这么办，艾米莉

请输入所需金额——

$20

$60

$100

$200

$60

很抱歉。余额不足。不如试试20美元？

$20

很抱歉。余额不足。

您需要查询余额吗？

"不！"

是的

布鲁斯的余额：11.78美元

意外吗？

"意外吗？我很生气！这算过什么生日！你连看电影的钱都不够，更别说吃饭了！你还撒谎！"

"不好意思，今天是你的生日？也是我的生日！"

"你别掺和，安德鲁，或者不管你他妈的叫什么名字。"
"别这么粗鲁，布鲁斯。他完全有权利祝我生日快乐。"
"他不是在祝你生日快乐，他是在插手我的生活。"
"请允许我祝你生日快乐，艾米莉。"
"安德鲁，也祝你生日快乐。"
"以及，他是个浑蛋！"

请不要骂人
您想再查询一下余额吗？
布鲁斯
艾米莉
安德鲁
安

"我还是不明白安是谁。"
"我的女朋友。算是吧。她本该在电影院和我见面，但她又放我鸽子了——这是最后一次。"
"太可怕了！在你生日当天！安德鲁，我完全明白你的感受。"
"事实上，你们俩是一对浑蛋！"

请不要骂人
艾米莉和布鲁斯

请允许我招待二位
一顿生日晚餐和一场电影

"100美元!"

"它说这是它请我们的。拿着,艾米莉。"

"你拿着吧,安德鲁。我想应该让男人操心钱的问题。另外你可以叫我小艾。"

"我他妈简直无法相信!"

"我们最好快点儿。不好意思,布鲁斯,老伙计,你能看一下时间吗?"

"现在是6点42分。浑蛋。"

"如果我们跑快点儿,还能赶上6点45分的电影。那么,你觉得'狡猾皮特'餐厅怎么样?"

"我喜欢得州的墨西哥菜!"

请取出您的卡
不要忘了尝尝
熏烤法西塔

"你们三个都是浑蛋!我真他妈的无法相信,她跟着他跑了!"

欢迎使用金立现业务

全市1324个网点
竭诚为您服务
请不要踢机器

"去死吧!"

请插入您的金立现卡

"去你妈的!"

快点儿吧,布鲁斯
你还有什么可失去的?
谢谢
它总算并没有被"吞",不是吗?

"你知道没有。浑蛋。"

请不要骂人
您是否要——
同情
复仇
天气
安

"打扰一下。"

"天哪,女士,别再敲门了。我知道正在下雨。活该。我不会让你进来的。这是提款机,不是流浪者收容所。你得有一张卡或者什么东西。什么?"

"我说,闭嘴,选择'安'。"

浣熊服

THE COON SUIT
(1991)

我算不上个猎人，也不喜欢狗。一个星期天，我开车驶出奥尔德姆县的泰勒斯维尔路，看到好多辆皮卡停在池塘边的空地上。我自己那辆黄白相间的1977年老式福特半吨皮卡是从一位浣熊猎人那里买来的，车好像和我的心思一样似的，我们放慢速度看了一眼那些皮卡。皮卡周围站着一群男人，大部分皮卡的车斗里都放着狗箱。我看到一根电话线杆上贴着一张打印的告示，这才意识到，我在沿路几英里内看到过好几张一样的。

浣熊逃杀，星期天，卡彭特湖

如果这里就是卡彭特湖，它也不比池塘大多少。我听到了狗叫。我把车停在一边观看。

有一条绳索跨越水面，一头绑在旁边停满了卡车的杆子上，另一头绑在池塘另一边的树上。绳索上挂着一个铁丝笼，就像缆车那样。我看到两个人从一辆半吨福特皮卡后面牵出了六条到八条猎犬，然后下到岸边。那些狗都像疯了似的，而我看得出来为什么。

笼子里装着一只浣熊。从公路上我停车的位置看过去，只能看到一个小小的黑色身影，像一只臭鼬或者家养大猫。也许只是我的想象，但我好像看到了白色面具下那双黑眼睛显露出惊慌失措的样子，还有那几只手一样的爪子在拨弄着铁丝网。

一根绳子从笼子上拉出来，绕过绳索远端的一棵树上的滑轮，再拉回来。一个人拉动绳子，笼子开始在离水面只有三四英尺的高度上沿着绳索移动。岸上的人放开了狗，它们纵身跃入池塘。随着笼子被缓缓拉向对面的树林，它们便在笼子下面涉水而行，叫得比以前还大声。

我的妻子凯蒂告诉我，我是一个观察者，一般来说我确实更喜欢观察而不是亲为。我甚至没想过要加入池塘边的人，尽管说不定其中会有一两个我在厂子里认识的人。我在路上看得更清楚。那些狗笨拙地扑腾得水花飞溅（"狗刨"这个词还是有道理的），抬头饥渴地看着铁丝笼里的黑影。这种场面有些诱惑力，也很令人害怕。

笼子一动，浣熊就死死地坐在那里不动。它大概以为自己已经控制住了局面。它俯视水中猛犬的时候，我几乎可以看到它脸上的笑意，就像是飞行员俯瞰众生的样子。

在岸边，男人们靠着他们的卡车，一边喝着啤酒，一边观看。他们都戴着差不多的帽子，开着差不多的卡车，看起来就像同一个人的不同版本。我倒也没有自认为比他们强，我只是不怎么打猎，也不喜欢狗。卡车货箱的箱子里，等待上场的其他猎犬嗷嗷叫起来，为池塘里的狂吠增添了一道和谐的背景声。

但是局面并不公平，因为每当狗落后，拉绳子的人就会停手，让它们追上来。笼子移动时，浣熊还算从容，但只要笼子一停，它就会发狂。它会在笼子两头之间来回跳，试图让它再次前进，而猎狗则越游越近。狗在游泳时都张着血盆大口。这时那个人就会拉动绳子，笼子就会再次向对面的树林飞去，我几乎可以看到浣熊脸上又露出了那种笑意，那种飞行员式的表情。

等到笼子到达绳索末端的树，这出戏的第二幕便开始了。树碰开了门，浣熊跳出来，落在地上。转眼间它就消失在路边漫山的树林里。几秒钟后，狗从水里追出来。整个狗群跑得身形模糊，混成了黄色的一团。它们一边上岸一边抖动，背上甩起来的水活似蒸汽升腾。然后它们也消失在树林里。

一辆皮卡已经上了路，估计是要跟过去。经过我的时候，车上的人看我的眼神有点儿怪，但我没有理会他们。池塘边，笼子正在被拉回来。他们从卡车上又放下来六只狗，一个人伸直胳膊拿着一个蠕动的麻袋。

另一只浣熊。

他们把它放进笼子里。我本该离开了，因为别处还有人在等着我呢。但是眼前整个活动还有些好玩，或者可以用"很诱人"这个词来形容，我无论如何都要再看一会儿。我在路上开了一百码，在树林的边缘停了下来。

我下了卡车。

路边的灌木丛很茂密，但进入树林后，地面稍显开阔。树木大部分是橡树、桉树和山核桃树。我沿着斜坡走向池塘，保持安静，以便听到那边的动静。从狗的叫声，我能判断狗什么时候入水。我能判断笼子何时停止，又何时移动。一切都体现在狗的叫声中。通过它们，我几乎可以感觉到笼子停止时浣熊的恐惧，以及笼子再次开始移动时它愚蠢的傲慢。

到了半山坡，我在一棵大空心山毛榉树脚下的小空地上停了下来。周围都是茂密的灌木丛，掉落的枝干相互纠缠。狗吠声越来越大，越来越狂野，我知道笼子已经滑到了绳索的尽头。一声愤怒的嚎叫，我知道浣熊钻进了树林。我站在那里一动不动。很快，我听到了一阵尖锐的爬行声，没有任何预警，没有片叶翻飞，浣熊从灌木丛中跑出来，直奔我而来。我被吓得不敢动弹。它几乎刚好从我双脚之间穿过——一团黑白相间的模糊身影，然后消失在山坡上，再次进入灌木丛。有那么一瞬间，我几乎为那些狗感到遗憾：它们哪有什么希望抓住这样的动物呢？

然后我又听到了狗的叫声。"无情"这个词用来形容它们正合适。如果说在水里只能看到它们的血盆大口，那么在树林里就只能听到利爪和口涎的声音了。它们越来越近，叫声越来越大，越来越狂野。至少有六只狗，紧紧追着浣熊的脚步。这时我听到山坡下方的灌木丛中传来一阵撞击声，接着看到灌木丛在摇晃,就像一场暴风雨在地表肆虐,然后听到爪子踏在干树叶上的响声越来越近。接下来,当狗群冲出灌木丛,穿过空地直奔我而来时,我看到一团黄色的模糊身影。我惊恐地后退了一步。

这时我才意识到,或者说我想起来了,我穿了我的浣熊服。

(1993)
GEORGE
乔治

乔治

乔治出生前的那个夏天,凯蒂和我住在一座高山上的房子里。山丘三面坡度平缓,浓密的草被风压得很低。但在房子后面,山势急剧下降,高高垂下的岩石崖面直通海边。房子就在崖顶,离悬崖边缘大约三十码,在那里我们只能看到海洋最远处迎向天空的边缘。悬崖很高,海风很吵,通常我们都听不到海浪声,哪怕在悬崖边上。我有时会去那里,往下看。除了风声,什么都听不见。海浪像巨大的翅膀一样来来去去,拍打着风和阻挡着它们的岩石。

在房子的另一边,山脚下,有一条公路,这所面朝内陆修建的房子正对着它,背对着风来的方向。凯蒂和我经常会坐在这里,坐在门廊的台阶上,看车来车往,看海鸥驭风飞翔。傍晚时分,夜幕即将降临之时,景色是最好的。有时候,正值太阳下山,风会突然停止。海鸥会在空中悬停,在颤抖中等待着。凯蒂和我几乎要屏住呼吸。接着,大海的喧嚣终于传来,低沉沉的声音充盈在空气中。

就在这个时候，孩子第一次动了起来——他们说那叫胎动。海浪的声音刚刚打破了宁静；海鸥的翅膀开始颤动，那么轻微。凯蒂吓了一跳，一下子闭口不言，然后转向我。她说，孩子动了——只是某种迅即的扑扇，就像一只小鸟在敲打她的子宫。

然后夏天就过去了，山上的房子住着太冷了。我们搬到了距离内陆约30英里的一个小镇上，我在那里找到了一份工作，我们安顿下来等待生产。凯蒂以前从不轻易交朋友，但是现在她和附近所有的女士都有了共同点。我们收到了一大堆婴儿衣服、美好的祝愿和建议。牧师找了我们几次，我们也加入了教会。我们确信孩子是个男孩。我们决定叫他乔治。

终于，12月的时候，时间到了。在医院，凯蒂生产时我不能进去，便坐在候诊室。那是一间很好的候诊室，里面有崭新的皮椅和很多烟灰缸，墙上挂着一幅色彩艳丽的照片，拍的是在唐纳森海滩游泳的人们。

照片中还是夏天的景象。海浪很平缓，而且一定很温暖，因为有孩子在里面玩耍。他们的母亲三三两两地聚集在海滩上，一边交谈一边享受着日光浴。在远方，你可以看到悬崖从海面高高耸立，那里是我们夏天生活的地方。不过，在照片中，地面平缓地向下倾斜，海滩宽阔而平整，到处都是人。

我对着那张照片端详了几个小时：每个人都在沙滩上玩

得很开心。我也开始怡然自得。护士每隔一段时间就进来打断我,告诉我只需要再等三个小时,或者两个小时,以及疼痛的间隔是如此这般。我希望这不会对凯蒂造成太大的伤害,但护士说她状态很好。她告诉我,那种疼痛有点儿像波浪——只要放松,顺其自然便是。

从那之后,我开始把疼痛看作波浪,每一次都比上一次强。但是,凯蒂在哪里?我在海滩上寻找,尝试着补全这个奇特的画面。我的儿子在水里,挣扎着要上岸——或者挣扎着不愿上岸?或者说,痛苦的波浪就是孩子本身,拍打着他的母亲,就像大海拍打着大地,就像1英里长的羽翼一般的海浪拍打着岩石和空气。我开始眩晕。整个房间都在摇晃,游移不定。然后一切突然停了下来,护士进来恭喜我。

我成了一个男孩——乔治——的父亲,她说。他非常健康,11磅4盎司[1]。大部分是他翅膀的重量。"是的,"她说,"他有翅膀!但他很漂亮!"

当我跑进去时,凯蒂已经回到了病房,疲惫不堪,但仍然醒着。"哦,是的!"她说,"他长着白色的小翅膀,像个天使。他们把他举起来时,他看起来就像一个天使!"

这让我很惊讶,医生也一样。"我检查过这个男孩了。"他说,"他很强壮,很健康。胳膊和腿都长得很好——但这对

---

[1] 英制质量单位,1盎司(常衡)≈28.35克。

翅膀非常奇怪。坦白说，我从来没见过这样的孩子。"

父亲通常不被允许进入育婴室，但医生认为这是一个特殊情况，便带我进去了。育婴室里还有另外一个婴儿，他正在哭。乔治非常安静。他趴在那里，我首先看到的是他的翅膀，那翅膀沿着他的背部小心翼翼地折叠着。不是很大，但非常明亮。我们关门时，那翅膀在颤抖。

* * *

消息传开后，整个镇子都闹翻了天。每个人都来祝贺凯蒂和我，然后顺便看看乔治。记者和医生从四面八方赶来，我们因此做了一阵子名人。医生为一本医学杂志写了一份报告，我则得到了两个星期的休假。我们都回答了很多问题，但其实谁也没什么好说的。没有任何解释或理论，这只是一个奇怪的事实：乔治长着翅膀。

所以事情很快就平静下来了，特别是在我把凯蒂和乔治带回家之后。不久之后，堪萨斯州有个会吹口哨的婴儿出生了——口哨没有曲调什么的。他只是吹口哨而不是哭。这成了大新闻，我们则很快就被遗忘了。之后又来过几个记者和医生。我告诉他们，等乔治学会了飞，我会打电话给他们。

正如可以预料的那样，我们遇到了一些特殊的问题。一个是绒毛的问题：乔治在家里待了几天后，蜕掉了在子宫里保护他的不知什么质地的覆盖层，小块绒毛开始从他的翅膀上脱落。我们担心他晚上会被这些东西呛到，所以凯蒂开始在每次哺乳后用手梳理他的翅膀，免得毛掉在他的婴儿床上。给他洗澡也很困难，因为他的翅膀一旦湿了，就要花几个小时才能干。然而，这些问题很快都得到了解决，因为有油包裹住了他的翅膀。我们不断地刷洗、整理翅膀，让它们变得明亮而防水。我们也害怕起火，所以我不得已拔下他的一根羽毛，试着点燃。但是它没有燃烧。

睡觉是他的大问题。起初我们不敢让他仰卧，怕他会伤到翅膀。不过他逐渐厌倦了趴着睡，而且我们也发现他的翅膀非常坚韧。他开始喜欢躺着睡，把翅膀像枕头一样叠在身下。我相信他可以睡在石头地板上。也许这就是翅膀的作用。他从不展开翅膀，而是把它们紧紧地贴在背上，仿佛它们能给他温暖和安慰。

一天下午，医生以尽可能开诚布公的方式告诉我，他想切除乔治的翅膀。他认为再过几个月，乔治就强壮到可以做手术了。我很震惊，我甚至从来没有想过这个问题。医生说："当然！我们不能一直留着翅膀，这孩子会长成一个怪胎。不过，必须等到他长大一点儿再做手术。"

我开始用更挑剔的眼光来看待我的儿子。他看起来确实很奇怪，很不寻常——但哪个父亲的第一个孩子不是这样呢？至于那对翅膀，他似乎对拥有翅膀非常适应。当他伏在母亲的胸前，它们会因为开心而微微颤抖，就像脚趾蜷起来一样。但其他时间，它们只是折叠在他的背后，似乎只有装饰的作用。我试着想象他没有闪亮的翅膀会是什么样子：在他的手臂和后背之间没有任何东西，只有一个光溜溜、胖乎乎的背部。

我不想把医生的提议告诉凯蒂。我知道她会反对，理由和我一样——我们都喜欢乔治现在的样子。但另一方面，此事关系到他的整个前途，我们不能感情用事。所以我决定再和医生谈谈。"医生，"我说，"我喜欢这个孩子现在的样子。"

"当然，"医生说，"但你必须考虑到他的将来——他将成为什么样的人。现在他还只是个婴儿，翅膀很小，不显眼。但是考虑一下：如果翅膀是有功能的——我相信是有的——它们会变得比他的身体大很多。他将不再像一个小天使，而是像一只鸟。他将成为一个怪胎。

"他不会一辈子都是个婴儿。"医生继续说，"他会长大，然后呢？他会无法奔跑或跳跃，只能像个信天翁似的拖着那对笨重的翅膀。他几乎不能走路。他也不能游泳或参加任何体育运动。他甚至很难坐下来。我告诉你，我们必须切掉这对翅膀！"

医生说得对。我想象着乔治站在场边，看着其他人踢足球，他的翅膀在微风中沉重地挥舞着。或者我可以想象他沿着海滩慢慢地走，经过逐浪的孩子们和一群群好奇的母亲，他像驼子一样向前弯着腰，以平衡在沙地上拖动的笨重翅膀。

不过，我怎么能确定呢？翅膀也许是一种残疾，但如果切掉它们会造成更严重的后果呢？万一乔治有鸟的灵魂呢？说不定，我想，他的精神和情感都是为了翅膀而生的，无论如何，他都不会喜欢走来走去。尽管如此，我还是不能和凯蒂说，那只会激化她的情绪。所以我把我的疑虑告诉了牧师。

"荒谬！"牧师说，"也许除了一只鸟，谁也没有鸟的灵魂。但是男孩……男孩不是天生的，而是后天造就的。如果乔治被当作一个正常、健康的男孩来抚养，他就会像一个正常、健康的男孩一样快乐。你有什么选择——在一个人类的家庭中把他当作一只鸟来养？在一座人类的城市里养一只海鸥？如果不切除这对翅膀，他将成为一个被排斥的人。无论他走到哪里，都会被人盯着看，备受折磨。到时候他不仅在身体上有缺陷，情感上也会变得残破不堪。他能有什么样的生活呢？想想看：人类生活的所有正常历程都将把他排除在外。最普通的活动，比如坐巴士，对他来说都将成为一场充满着凝视和窃窃私语的噩梦。如果他去学校，其他孩子会拉拽他的翅膀，把它们点燃……"

"它们不可燃。"我说。

"他会穿不了西装，也开不了车。他要怎么结婚，怎么交朋友，怎么参加竞选？我恳求您，先生，为了孩子，把他从那对翅膀的束缚中解救出来！"

"乔治已经一个多月大了。"我说，"如果我们摘除他的翅膀，难道他不会记得它们吗？哪怕是一个正常的、健康的男孩有时也会渴望拥有奇怪的力量。"

"肯定不会。"牧师说，"孩子记得子宫或者天国吗？更好的办法是，告诉他这些事。保存他出生时的剪报和照片，等他长大了再给他看。让他拥有出生时成名的快乐和愉悦，但不要让他感受到被世人疏远的苦涩。"

这些话都很有道理。我可以让乔治的出生只是幸福、正常生活中的一次奇怪事件。但有一件事让我犹疑不决，就是手术本身。手术会不会很困难或者很危险？

"没什么。"医生说，"没什么。翅膀可以像任何其他增生物一样被简单地切除。我们只要再等一个月，等孩子大到可以接受麻醉。"

"要我来说服凯蒂的话，这点儿时间可能不够。"我说。

"我们不能等太久。必须在软骨和肌肉开始变硬之前尽快切除翅膀。就像现在这样，孩子身上基本上不会留下疤痕。手术后只会留下两个残端，像把手一样，成为一种纪念。"

"好的！"我想，"就这样吧。"现在要做的只剩下说服凯蒂了。我必须思想坚定。我拿定主意之后回家，充满了决心，但决心很快就消失了。凯蒂很安静，也很阴郁。她好像知道我在打什么主意。而我的目光无法从乔治的翅膀上移开。它们照亮了整个房间，就像夜晚的雪堆。

第二天早上，我又去见了牧师。"归根结底是这样一个问题，"我说，"为什么上帝给了乔治一双翅膀，却又要把它们剪掉？"

牧师告诉我,上帝的行事之道很奇怪。"为什么他给人生命,"他说,"却又把它夺走?为什么他创造了天空,却不允许鱼看到它?"他沿着这条思路讲了几分钟,然后得出结论:"你心里明白,医生和我是对的——孩子的翅膀必须被切除。"

"也许他说得对。"我想,"也许他们两个都说得对。"我想得头晕目眩。是时候告诉凯蒂了。我离开了牧师,动身回家,决心迈出这一步,行动起来。凯蒂和我必须坐下来,把这件事谈清楚。

我试图把自己的论点说清楚。这只是一个简单的选择:是让乔治过上正常、快乐的生活,还是让他成为一个长着翅膀的奇怪而又孤独的男孩?在我的眼中,乔治是一个真正的男孩,和一群别的孩子在一起玩耍。他和妻子还有自己的孩子在一起。然后他又成了一个男孩,无拘无束地跑过一片草地。但是那里有两个乔治,另一个消瘦脆弱、肤色暗沉。他瘦小的身体几乎全被巨大的翅膀遮住了。他的手指很细,我可以看到里面的血液流动。他那双巨大的黑眼睛里映着闪亮的翅膀发出的光芒……突然,我停下脚步,折回了医生的办公室。这可不行,我的思想被幻象所蒙蔽。

"医生,"我说,"翅膀取下后会被怎么处理?你会把它们分开来切除,还是一起?它们会保持明亮、洁净,还是会萎缩和死亡?"

"哎呀,"医生说,"要怎么处理它,完全看你。它们会被分别切除,保存起来很方便。我想,你可能想把它们送给博物馆或者什么地方，也可能想保留它们。乔治可以把它们作为纪念品挂在他房间的墙上。"

好吧，我逃避得太久了。我回家了。"凯蒂，"我说，"医生说我们应该去掉乔治的翅膀——把它们切除。"她没有说什么。"牧师也这么说，我也这么认为。"我告诉她，他将成为一个被抛弃的人，一个情感上的残废。"他不会一直是个婴儿，"我说，"要考虑未来。"

她抱着他，在我说话时古怪地看着我。我又在幻象中看到了他，他长大了一些，还是在草地上奔跑。但还有另一个乔治，那个有一双黑眼睛和巨大的白色翅膀的瘦小男孩。"你没看到吗，凯蒂？他孤身一人！"想象令我痛苦。他正从他的梦中回头望着我。"他是个废人。他不能跑，不能跳，甚至不能坐！"他在一个高坡上，我现在可以看到，他身后是大海。凯蒂看向大海，然后回头看我。在她开口说话时，乔治开始转身迎着风，当他把翅膀抬过头顶时，它们在颤抖……

"哦，不。"凯蒂说，"他不是个废人——他能飞！"我们看着他向前跌倒，然后又站起来。当他的脚离开茂密的草地时，他展开的翅膀开始抖动。凯蒂笑了："他何必要坐大巴呢？明明可以乘风翱翔，他何必走路呢？"凯蒂和我看着他一路离开了我们的视线。另一个乔治也看着他：在田野里奔跑的男孩突然停下来，抬起头来。最后一缕阳光在高空捕捉到了一道白色的闪光，然后地上的男孩就消失在覆盖了半座山的巨大的翅膀阴影中。

风突然安静了,低沉的水声传来。凯蒂和我抬头看了看,海鸥扇动着翅膀,又飞向大海。然后天就黑了。风声再起,乔治哭了起来。凯蒂开始摇晃他,对着房间另一头的我微笑。

春天来临时,我们回到了山上的房子。我们一直待到下一个冬天,然后再下一个冬天。在我尝试教乔治飞行之前,他学会了走路,然后,在第三个夏天,我会把他带到山边,把他抛到空中。起初,他会疯狂地扑腾翅膀,大笑着摔下来。没等天气变冷,他就学会了自己升空,能在空中停留几秒钟。到那时候,他就会有一个小妹妹。她的翅膀是红色的,像火一样。

NEXT 下一位
(1992)

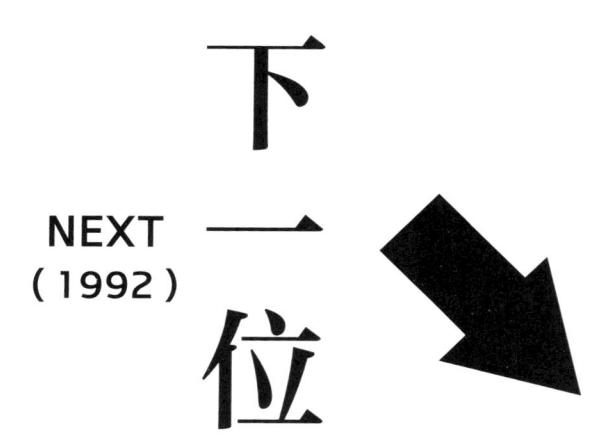

下一位

"下一位!"

"我们想申领结婚许可证,谢谢。"

"姓名?"

"约翰逊,阿基沙·约翰逊。"

"年龄?"

"18岁。"

"新郎的姓名?"

"琼斯,约瑟夫·琼斯。"

"约瑟夫?你和他结婚?亲爱的,你们两个孩子排错了队。"

"是吗?"

"试试那支队伍,百事可乐机的另一侧。还有,祝你们好运。你们需要一点儿运气,孩子们。下一位!"

"下一位!"

"我们想申领结婚许可证。"

"请问是为谁申领?"

"为我们。为我和他。"

"请你再说一遍?"

"她告诉我们要排这一队。我猜是因为——"

"我不能给你们结婚许可证。他是黑人。"

"我知道,但我听说,如果我们能拿到一个特别许可或什么——"

"你说的是同种族证明。但我不能给你们,就算可以我也不会给。黑人通婚的想法,时值——"

"那她为什么叫我们排这个队?"

"这支队伍是申请同种族证明的。"

"那么,我们要怎么做才能得到一份同种族证明?"

"根据法律规定,只要申请就可以了。不过有些事比较烦人——"

"所以你看,女士,我就是在申请呢。"

"给你。填好这个,然后把它送回A21窗口。"

"这是不是说我们必须再排一次队?"

"你觉得呢?下一位!"

"下一位!"

"你好,我甚至不确定我们是否排对了队。我们想申请那种特殊的证明。结婚用的。"

"同种族证明。你没排错。但是根据《黑色素保护法》的'平等机会条款',我们不能随意发放这些东西。你必须有'臭氧弃权书'才能申请。"

"我已经把申请书填好了。看到了吗?那边那个白人女孩告诉我的。"

"她跟你说错了。你所填写的是弃权书的申请书。但是必须经过12分30秒的咨询,你才有可能获得弃权书。"

"你就不能盖个章什么的吗?我们已经排了三个小时的队了,我的脚都——"

"你说什么?看起来你比我还了解我的工作?"

"我不是那个意思。"

"很好。那就听好了。我是想帮你。这是一张去见婚姻顾问的预约单。拿着它到B楼,交给第一个服务台的办事员。"

"那我们就必须到外面去了?"

"有一条带顶的走道。但要靠左走,有几块板子掉了。下一位!"

"下一位!"

"我们有一张预约单。"

"预约什么?"

"咨询。为了获得弃权书,然后我们才可以申请一张证明或者什么东西。然后我们就可以结婚了。"

"坐在那边。军士长准备好了就会叫你们。"

"军士长?我们要见的是一位婚姻顾问。"

"军士长就是婚姻顾问。自从根据《臭氧紧急状态法》颁布了《婚姻申报法》便如此了。你们是与世隔绝了吗?"

"我们不是每天都结婚的。"

"你这是跑来跟我耍嘴皮子呢?"

"没有。"

"我希望没有。去那边找个硬椅子坐会儿吧,等我叫你。下一位!"

"下一位!稍息。说明你们的来意。"

"我们需要得到咨询,以便——"

"我不是在和你说话。我是在和他说话。"

"我?"

"你是男人,不是吗?"

"呃,是的,长官!我们……呃……想结婚,长官!"

"大声点儿。另外不要叫我长官。我不是军官。叫我军士长。"

"好的,长官。我是说,军士。"

"军士长。"

"军士长!"

"现在再告诉我一遍你想要什么。"

"这太荒唐了。约瑟夫已经告诉你——"

"我让你说话了吗,年轻的女士?也许你觉得因为我是黑人,我就会容忍你的无礼?"

"不,军士……长。"

"那就闭嘴吧。接着说,年轻人。"

"我们想结婚。军士长!"

"我听到你的话了。我猜你们想得到我作为婚姻顾问的批准?或者说,祝福?"

"嗯,是的。"

"好吧,忘了这事儿吧!看在上帝的分上,孩子,有点儿骨气。有点儿社会责任感。就是你们这些孩子在败坏咱们的名声。你们见过白人排着队规避法律吗?"

"他们不需要排队。"

"管住你的嘴,年轻的女士。也没有人叫你坐下来。这是一间军事办公室。"

"她已经站了几个小时了,军士……长。我的未婚妻,呃——"

"我怀孕了。"

"你可以别再插嘴吗,年轻的女士?!现在,让我捋清楚。她怀孕了吗?"

"是的。"

"你一开始为什么不说呢?"

"这就是我们想结婚的原因。军士长。"

"你们进错办公室了。我需要看到一份《黑色素遗产影响声明》和一份来自战术产科官员的豁免书,然后才能开始为你们提供咨询。拿着这张单子去C楼的23号办公室。"

"又要出去?"

"只有几码的距离。"

"但晒伤系数是8.4!"

"别再抱怨了。有点儿自尊。想象一下,这对白人意味着什么。下一位!"

* * *

"下一位!"

"有人叫我们来这里见你,因为我——"

"我也是个女人,我明白。稍息。坐下吧,你们俩看起来都很累。想吸烟吗?"

"吸烟对孩子不好吧?"

"随便你。好的,我能为你们做些什么呢?我是金德上尉,隶属于战术产科。"

"我们只想要一张证明,这样我们就可以结婚了。"

"不行,亲爱的。不可能的。如果你们都不育,或者超龄,也许可以。但是如果你已经怀孕了,谁也不会给你们俩发放同种族证明的。活跃的克隆非裔美国人已经那么少了,不可能的。我们这些白人要和谁结婚呢?"

"和其他白人?"

"那怪有意思的。然后眼瞧着我们的孩子被烤焦。不过说真的,你不一定非要结婚才能有孩子。你只管怀你们的非婚生非裔美国孩子。有什么问题吗?"

"我们想自己抚养。"

"自己抚养?不成啊。你知道的,根据《黑色素遗产保护法》,非婚生非裔美国孩子必须在保护性监护下抚养。"

"你是说监狱?"

"你没听说过那句老话吗?'石壁不足以为囚牢[1]'?而且现在不像以前那样糟糕了。自从《臭氧紧急状态法》颁布以来,非裔美国儿童是一种宝贵的资源。你应该很高兴看到他们身处那么好的机构。"

"但那就是监狱。我见过的。"

"那又怎样?一个新生儿能知道区别吗?而且这不光是为了孩子自身的利益,也是为了社会的利益。你们知不知道,当非裔美国青年到了16岁左右才身陷囹圄,他们会受到怎样的文化冲击?如果他们从婴儿时期开始就在监狱里长大,过渡性适应就会顺利得多。再说,反正他们一结婚就能出来。"

"如果我们根本不想让孩子进监狱呢?"

"哇,阿基沙!你介意我叫你阿基沙吗?难不成我们又回到了黑暗时代,孩子还没出生就被父母决定了未来?这是一个自由的国家,孩子和父母一样都有权利。你确定你不想来

---

[1] 英国诗人理查·拉夫雷斯在狱中写的一首诗。

支烟？"

"我确定。"

"随你吧。我们少说点儿废话。你们俩是好孩子，但是根据《臭氧紧急状态法》的'黑色素分配条款'，该怎么做是一清二楚的。如果你们想抚养自己的孩子，你们就必须合法结婚。"

"那意味着嫁给一个白人。"

"作为白人，我可以忽略你的种族主义口气，我相信你不是那个意思。嫁给白人有什么可怕的吗？"

"不，我想没什么可怕的。"

"好的。那么你为什么不照章办事呢？你难道一个可以结婚的白人男孩都不认识吗？"

"那我可以保留我的孩子吗？"

"这次不行，下一次可以。这次是双黑生子，孩子属于山姆大叔[1]，或者至少属于健康、教育、福利和黑色素部的自然资源管理局。"

"但如果我不想嫁给某个该死的白人男孩呢？"

"琼斯，我本来希望，不必出现未加掩饰的偏执情绪爆发，我们就可以解决这个问题。看来我错了。你对我的职业自我形象展开了种族主义攻击，有可能使我觉得自己是个不合格的咨询师。是因为我是白人吗？"

---

1 美国的绰号和拟人化形象。

"是因为我想和约瑟夫结婚。"

"而他恰好是黑人？咱们开诚布公好了，姑娘。你们这些同种族伴侣真是毫不避讳。你们那副大模大样的德行，就好像这个世界少了你们种族内部那令人恶心的小兴致。"

"但是——"

"哇！在你因为你个人的问题而去指责所有白人之前，我要警告你，你已经违反了好几条相关的联邦民权法规。恐怕你已经夺走了我对此事的管辖权。我别无选择，只能送你上去见上校。"

"上校？"

"民权检察官。在主楼顶层的大办公室。"

"那我呢？"

"如果你愿意，你可以和她一起去，约瑟夫。但如果我是你——"

"你不是。"

"我会找一个漂亮的白人女孩结婚，而且要快，别等你们两个都陷入你们应付不了的麻烦。该解散了。下一位！"

"下一位！"

"我们是来见上校的。"

"我是上校。我会尽我所能帮助你们。首先让我警告你们，你们所说的任何话都将被用来指控你们。"

"将被？"

"可能被，将被，差不多。年轻的女士，你在跟我玩文字游戏吗？"

"没有。"

"很好。那么，我看到你被控歧视和阴谋。"

"阴谋？我们只是想结婚而已。"

"那是不合法的。你们肯定知道，否则你们一开始就不会去找婚姻法管理处。"

"我们是想获得一个特别许可证。"

"正是如此。而这如果不是规避'禁止黑人内部通婚'的《黑色素再分配法》的企图，又能是什么？你们两个出现在A21队伍里，本身就构成了证据，证明你们规避《黑色素囤积禁令》相关规定的阴谋。"

"但我们是在努力遵守法律！"

"这使得情况更加严重。法律是一个公正的主人，但是对于那些试图通过虚伪地遵守其文字来破坏其精神的人，它会很严厉。然而，我打算推迟对阴谋和囤积的判决，因为我们这里有一个更严重的指控有待处理。"

"判决？我们甚至还没有被定罪呢。"

"年轻的女士，你在跟我玩文字游戏吗？"

"没有。"

"很好。现在让我们继续讨论歧视指控。这里涉及的问题很深。以你们俩的年纪，你们应该不记得南方的吉姆·克劳时代，当时黑人被禁止在公共游泳池游泳。但我记得。你知道什么是歧视吗？"

"我在学校读到过。"

"好吧，那么你知道歧视是不对的。而黑人若是不与白人结婚，便是在剥夺白人在其基因库中游泳的权利。这是歧视白人。"

"没有人剥夺任何人做任何事情的权利！我只是想和约瑟夫结婚。"

"这种看问题的方式倒是简单方便，不是吗？但这在法庭上是行不通的。你要和约瑟夫结婚，就必须拒绝与汤姆、迪克或者哈里结婚，都是差不多的意思。如果你和一个黑人结婚，你就等于拒绝了一个白人与你结婚的权利，而这是对第十四修正案赋予他的权利的侵犯。你认识墙上的这两张照片吗？"

"当然，马丁·路德·金和约翰·肯尼迪。"

"约翰·F.肯尼迪。不知何故，你们这一代人已经忽略了他们为之牺牲的理想。让我提出一个纯粹的假设性问题——在一个社会中，像你们这样的一个种族群体拥有特殊权利和特殊待遇，而我们其他人都被剥夺了，这公平吗？"

"它以前从未困扰过任何人。"

"你跟我耍机灵呢？"

"不是。但第十四修正案呢？它对我就不适用吗？"

"当然适用。对你这个个体适用，对你的小伙子也适用。但作为非裔美国人，你们不仅仅是个人，你们也是宝贵的自然财富。"

"啊?"

"根据《黑色素遗产法》,你们的遗传物质是一种国家资源,美国现在是为其全体人民索取,而不仅仅是为少数特权者索取。这正是18世纪到19世纪被跨越大洋带来的遗传物质(我可以补充说,是买来的)。"

"但是奴隶们已经自由了。"

"他们的后代也是。但是,遗传物质是不朽的,它既不能为奴,也不能自由。它是一种不可替代的自然资源,就像森林或者我们呼吸的空气。不管你们这些孩子喜欢与否,我们的资源被特殊利益集团挥霍和囤积的日子已经过去了。你们的遗传基因是无价的国家遗产的一部分,属于美国的每个男人、女人和孩子,而不是你们可以随意处置的私有财产。你听明白了吗?"

"大概吧。"

"大概!如果一个非裔美国人的孩子出生时是双黑生子,而一个白人孩子与生俱来的黑色素权利被剥夺,注定会有两倍的机会患皮肤癌或者鬼知道什么疾病,这是否公平?"

"以前从来没有人担心过白人孩子生来就拥有双倍的东西。"

"够了,年轻的女士。我将判处你在卡茨基尔宽容发展营待九个月,或者直到孩子出生,然后在波因特普莱森特重复怀孕农场待九年。我真诚地希望你能利用在波因特普莱森特的时间,思考你这样的种族主义态度是如何威胁到我们多民族民主的多彩结构的。"

"那我呢?"

"我会让你接受缓刑,约瑟夫,庭审一结束就带你回家吃饭。我想让你见见我的女儿。司法官,给这个人戴上手铐,把她带走。不要理会她的鳄鱼眼泪:他们是行骗的高手。

"下一位!"

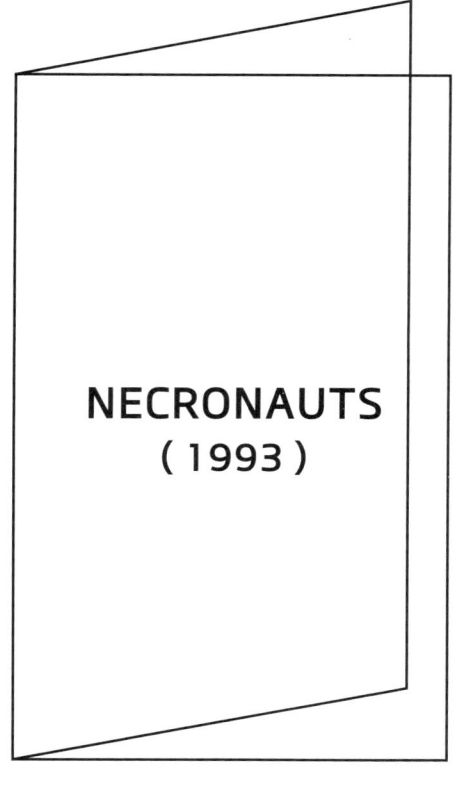

异界

NECRONAUTS
(1993)

旅人

异界旅人

我第一次死的时候大开眼界。这绝非虚言。

我接到杜克大学一位研究员的电话。他说在《国家地理》和《史密森尼》杂志上看到了我的画,想聘请我在他正在计划的一次探险活动中担任插图画家。

我解释说我是盲人,而且已经失明18个月了。

他说他知道。他们就是因为这个才想要聘我的。

第二天早上,前妻把我送到了杜克大学的心理学研究所门口。通过一个空间的回声,你可以听出很多信息,而我进入的那个空间单调乏味,透着公事公办的气息,就像医院的候诊室。

菲利普·德坎迪尔博士的手又湿又凉,这两种特质并不总是出现在同一个人的手上。我总是在脑海中勾勒对方的形象,这一次是个体重超标、体态浑圆的人,大约6英尺高。后来有人告诉我,我想象得八九不离十。

自我介绍之后，德坎迪尔介绍说，他身边的女人是艾玛·索雷尔博士。她只比他矮一点儿，声音高亢，带着一丝冰冷而踌躇的气质，让我感觉她更善于从世界中抽离，而不是融入其中。这种品质在科学家中倒是常见，但在探险家身上就很古怪了。我好奇这两个人在计划什么样的探险活动。

"我们很高兴你能来，雷先生。"德坎迪尔博士说，"我们看到了你为马里亚纳海沟海底考察创作的作品。你的画作证明，有些东西是相机捕捉不到的。这不仅仅是缺乏光线的技术问题。你能够传达出海洋深处的宏伟，它冰冷的、令人敬畏的恐怖。"

他负责发言。这是我第一次接触这样的说话方式，夸大其词，几乎到了滑稽的地步——后来我才体会到他拿捏有度的那种恐怖。

"谢谢你。"我说着，先向他的方向点头，然后再向她的方向点头，尽管她还没有说什么。"那么二位想必也知道，我在探险中失去了视力，是减压事故造成的。"

"我们知道。"德坎迪尔博士说，"但我们也读了《太阳报》的专题报道。我们知道你虽然成了盲人，却仍然在继续作画，而且作品获得了很高的评价。"

这倒是真的。事故发生后，我发现我的手并没有失去近四十年的训练和工作所建立的信心。我不需要看见物体就能作画。报纸上说这是一种通灵的能力，但对我来说，这并不比只观察对象而不看画板的素描家更了不起。我对色彩的规划和涂抹向来精准。我仍然能够感觉到它们在我的画布上的形状和浓度，我怀疑这跟湿度和气味有很大关系，而不是什么超感知觉。

别管是什么，各家报纸都喜欢这个话题。在过去的一年里，我曾在几次采访中探讨过这个问题。我没有告诉任何人的是，我最近的作品已经变得很糟糕。艺术家不仅是美的创造者，也是美的主要消费者，而我已经失去了信心。失明近两年之后，我已经不再有兴趣画过去见过的场景，别管它们在别人看来有多么了不起。我的艺术已经成为一种把戏。黑暗已经开始彻底地笼罩我的世界。

"我仍然在画画，这是真的。"我只说了这句话。

"我们正在开展一项独特的实验。"德坎迪尔博士说，"到一个比海洋深处更奇特、更美丽——也更危险——的领域考察。就像马里亚纳海沟一样，那里无法拍照，因此从来没有被形象地展现过。这就是为什么我们希望你能成为我们团队的一员。"

"但是为什么选我呢？"我说，"为什么要找一个盲人画家？"

德坎迪尔没有直接回答。他的声音里出现了一种刚才没有的权威："跟我来，我给你看。"

我没有理会他话中极其恶劣的讽刺意味，而且尽管在某种程度上心知不妥，但还是照做了。

索雷尔博士落在我后面。我们穿过一扇门，进入一条长长的走廊。通过另一扇门，我们进入了一个房间。它比第一个房间更大、更冷，听起来是空的，但并不是。我们走到中间，停了下来。

"二十年前，我还没有着手博士研究工作的时候，"德坎迪尔说，"在伯克利参与了一系列独特的实验。我想你应该没听过埃德温·野吕博士这个名字吧？"

我摇了摇头。

"那时候野吕博士在试验令死人复活的技术。哦，我说的不是像弗兰肯斯坦那种夸张又邪恶的事情。野吕研究了当时抢救溺水或者心脏病发作人员的一些成功事例，并进行了运用。我们学会了诱导死亡长达一个小时，我们——我说'我们'，是因为我加入了他的团队，而且从那时起便将我的生命奉献给了这项研究——开始探索，可以这么说，标绘死亡后极短时间内仍然活跃的区域。死后生命体验，或者简称LAD。"

我父母被杀后，是姑姑凯特在抚养我。她一直跟我说，我脑子转得有点儿慢。直到这时，我才开始明白德坎迪尔的意思。如果离门近一点儿，我就直接走出去了。现实是，在一个我没有方向感的房间里，我开始后退。

"通过对志愿者采用化学和电学技术，我们得以证实那些被抢救回来的人讲的事情，就是说他们的灵魂在俯视自己的身体，他们飘浮在灯光下，深深地感受到平静和幸福——这一切都通过科学手段得到了调查和证实。当然，并没有以拍照或者文献的方式记录下来。我们没有办法与科学界分享这一发现。"

我已经退到了墙边。我开始沿着墙摸索门。

"后来由于法律和资金方面的问题，这项工作被打断了。直到最近，在大学的帮助和《国家地理》杂志的关注下，我和索雷尔博士已经有条件继续开展我和野吕博士发起的探索。而你的绘画能力将使我们能够与世界分享这一发现。这是最后一个未曾被探索的边疆，是莎士比亚笔下的'未被发现的国度'，而现在它已经在我们的掌握之中——"

　　"你说的杀死自己，"我打断道，"也就是杀死我。"

　　"只是暂时的。"索雷尔博士说。这是她说的第一句话。我感觉到她的手放在我的胳膊上，不禁打了个寒战。"索雷尔博士去过LAD空间很多次了。"德坎迪尔说，"你也看见了——对不起，我的意思是你也知道——她已经回来了。如果死亡不再是最终的结局，你还能称为真正的死亡吗？另外补偿——"

　　"对不起。"我再次打断了他，我一边拖延时间，一边在身后摸索着门，"我有保险和版税，已然相当有保障了。"

　　"我说的不是钱。"德坎迪尔博士说，"当然肯定是要付给你钱的。还有一个，也许对你来说，比金钱更重要的补偿。"

　　我摸到了门。就在我准备跨门而出时，他说了唯一一句能让我转身的话。

　　"在LAD空间，你将能够再次看到东西。"

　　当天下午两点，我完成体检，被绑在德坎迪尔和索雷尔所说的"车子"里，开始了我进入LAD空间后的第一次任务。

在天堂和地狱，以及两者之间的地带，我将要见证的所有场景中，我最希望画出的，是那个听起来空荡荡的房间和那辆将带我超越此生的车子。我对它的全部了解仅仅来自德坎迪尔对它的描述。那是一个黑色（合情合理）开放式玻璃纤维驾驶舱，有两个座位。我把它想象成一辆没有轮子的科尔维特跑车。

索雷尔博士将我绑住，德坎迪尔则解释道，框架里配备了电击复苏装置和监控系统。她在我的左手腕系上了一个尼龙搭扣护腕，里面是阿托品化学混合制剂的皮内注射器，可以关闭我的交感神经系统。

我被安排坐在左边，这是我失明后第一次坐在驾驶座上。后来我才意识到这是一种高明的心理战术。

"用不用捎你去坟地？"我开玩笑说。

"第一趟你必须独自完成。"索雷尔说。我后来才知道，她根本没有幽默感。这趟短暂的定向旅行（或者说"LAD入轨"——德坎迪尔喜欢用美国国家航空航天局风格的行话）应该是万无一失的。它的目的是给我一次体验LAD空间的机会，并让他们评估我对诱导死亡的反应，包括身体和心理两方面。

索雷尔用她那双冰冷的大手把我肩上的带子扣紧。我听到她走远的脚步声。我脑海中浮现出她和德坎迪尔像X光技术人员一样躲在铅帘后面的画面。车子的监控系统启动了，发出低沉的嗡嗡声。

"准备好了吗？"德坎迪尔叫道。

"准备好了。"但我不得不努力了两遍才把这话说出口。

我感到手腕上有短暂的刺痛。"雷先生？你现在能听到我讲话吗？"德坎迪尔问道。他的声音不知为何变得高亢、尖锐，就像索雷尔的声音。我试图回答，但做不到，有点儿纳闷这是怎么回事，直到我意识到注射的药剂正在发挥作用，旅行开始了。

我快死了。

我一阵惊慌，想要伸手拉开腕带，但我的反应越来越慢，当这种冲动到达左臂时，我已经无力抬起它。索雷尔博士（或者是德坎迪尔？）此刻在说话，然而声音在离我远去。我又试着抬手，不记得是否成功了。我突然感到一种强烈的羞耻感，仿佛在做一件可怕的、不可挽回的错事时被人抓了个现行，然后这种羞耻感消失了。它随风而逝。房间里似乎有风吹过，仿佛又开了另一扇门。我的皮肤越来越凉，好像在膨胀。我觉得自己就像一个正在充气的气球。

最初，我并没有许多人描述过的体验，即升到半空俯瞰自己的身体。也许因为失明，我已经失去了向后"看"的冲动。我只意识到自己在向上飘浮，速度越来越快，没有任何欲望，也没有任何把我和下面的事物联系起来的纽带。我感觉到自己在缩小，带着一丝欣喜，仿佛我在缩成某个微小而明亮的点，而我整个人一直在渴望成为它。

我的自然主义者本能——作为对我的艺术想象力必不可少的平衡，多年来我一直小心翼翼地培养着它，在这个过程中却不知何故缺失了：我没有客观性。我就是我所体验的，换句话来说，并没有"我"来体验我所体验的。不知为何，这让我很高兴，就像一种成就。

就在我开始意识到这种快乐的时候，我看到了光，一排光的阵列。我正朝它飘去，就好像它是一个池塘的表面，我在池塘中浸泡了那么久、那么深，以至忘记了它有一个表面。

我看到了！我正在用眼睛看！这似乎非常自然，就像我从未失去过视力一样。然而，一种巨大的喜悦充溢了我的内心。

我离光越来越近，前进的速度似乎慢了下来。我感到自己在旋转，并向后"看"，或者说在"俯瞰"。匆忙中，我第一次想起了车子、我的失明、我的生活、这个世界。我看到了像灰尘一样飘浮在光柱里的斑点，好奇这是否就是它曾经的全部。甚至思考这个问题时，我又转向了光阵，它几乎像个情人似的吸引着我靠近。

在他们预先的简报中，索雷尔和德坎迪尔曾警告过我LAD空间的"寒意"，但我没有感觉到。我只感到敬畏和平静，就像一个人从山顶上俯视云海的感觉。也许是失而复得的美妙视觉缓和了我的死亡体验。或者在我骨子里的某个地方，我知道这次死亡并不是最终结局，我很快就会回到尘世。

我回过头来，朝向那片光阵（或者说是它在转而朝向我？）。在我眼里它是无尽光华的陈列，没有阴影。我沐浴在其中，在它下面飘浮，带着一种极致的快感——在我看来只有性高潮能与之相提并论，只不过它持续了很长时间，从未达到顶峰，也从未减弱——静谧喜悦的无尽高潮。

那么，这就是天堂吗？无论我是在当时，还是在事后思考中提出的这个问题，我都无法得到答案，因为那时的记忆、经历和期待对我来说是一体的。

在这种荣耀中，我仿佛沐浴了永恒之久，"之后"（在LAD空间中没有时间感）我感到自己在往后、往下飘移，远离光明。光在退去，下面的黑暗越来越近。当我"坠落"时，我可以同时看到前面和后面，我隐约意识到（抑或是后来追加的虚假记忆？）黑暗向上朝我伸展，就像欢迎的手臂。

而我又瞎了。瞎了！我往回挣扎，朝着死亡——还有那片光，突然感到一阵猛烈的电击，还有疼痛带来的愤怒。回过神来，我又感觉到一次电击。后来我才知道，这两次都是来自车子上的电击系统，它们使我恢复了生命。

我意识到脸上有一双手。我试图举起自己的手，但它们被绑住了。然后我意识到它们没有被绑住，而是死了。

死了。

用"害怕"来形容我的感觉，是对席卷我的那阵恐怖的低估。虽然有些东西——我的意识、我的灵魂？——已经复苏，但我的身体死了。我没有感觉，无法行动。我的嘴是张开的，却并非出于我自己的意愿，也无法闭上。

当我试图尖叫时，才意识到自己没有呼吸了。

第三次电击的来临于我而言仿佛好友到访。在它撕裂我的时候，我欣然接受它的暴虐。我有生（不过我还"有生"吗？）以来第一次感觉到，心脏在胸膛里疯狂跳动，它收紧自己，贪婪地吸着血，就像一个啜泣的孩子。我听到它在充满血液时咕噜作响。然后冰冷的血液涌入大脑，我可以听到周围的尖叫声。

那是我自己的尖叫声，激荡在房间里。

我一定是再次失去了意识，也或许是又被打了一针来舒缓重入过程的痛楚。等我醒来时，呼吸顺畅，身体放松，躺在一张双人轮床上。盲文手表告诉我时间是下午4点03分，从这趟旅行开始算起，时间只过去了两个小时。

我听到有人说话，坐起身来。有人往我手里塞了一个纸杯，里面是掺有波旁威士忌的热茶。我的嘴唇发麻。

"第一次回归可能很艰难。"德坎迪尔说。

"你感觉怎么样？"索雷尔同时问道，"你听到我们讲话了吗？"

我浑身疼痛，但点了点头。

就这样，我开始了前往彼方的旅程。

"那两个人有些瘆人。"下午5点钟，我的前妻按照约定接我时说。

"还好吧。"我说。

"那个女的没有下巴，但她的鼻子弥补了这一点。"

"他们是研究人员，不是模特。"我说，"这是一个实验，我要画出梦境诱发的图像。对一个盲人来说是完美的工作。"这是约好的谎言。我不可能说实话。

"可是为什么要找盲人？"她问。

我的前妻是一名警察。自打事故夺走了我的视力，我所享有的独立生活都是拜她所赐。是她把我从医院带回家，陪着我，为此她每天都要从上班的达勒姆赶回来。是她搞定了承包商，利用马里亚纳研究所的财务结算，重新装修了我在山坡上的工作室，使我能够尽量方便地从床上挪到浴室，从厨房挪到工作室（起初是靠绳索，像个木偶，后来可以独立移动）。

也是她继续推进她在事故发生前就计划好的离婚。

"也许他们想要一个能闭着眼睛作画的人。"我说，"也许我是唯一愿意那么做的傻瓜。也许他们喜欢我的作品，不过我知道你会觉得这有点儿牵强——"

"你应该看看她的头发。"她说，"发根是白色的。"她驶下公路，沿着又短又陡的车道开往我的工作室。底盘低矮的警用巡逻车蹭到了路面的突起。她评价道："这条车道该修了。"

"明年开春先办这个事。"我说。

我迫不及待地开始工作。那天晚上，我开始创作近四个月来的第一幅新画——就是出现在"未被发现的国度"那一期《国家地理》的封面上，现在以"光阵"为名挂在史密森尼博物馆的那幅画。

一周后的上午10点，按照安排，索雷尔博士到我的工作室来接我。我从门把手的声音听得出她开的是本田雅阁。盲人辨认车的方式很有趣。

"你也许会好奇一个盲人拿着猎枪做什么。"我说,她来的时候我正在清洗我的猎枪,"我喜欢拿着它的感觉,哪怕不开枪。这是外滩群岛野生动物协会的礼物。我为他们画了一系列的画。"

她一言不发,这与扯两句没有意义的废话是有区别的。

"画些鸭子、沙滩什么的。"我说,"反正这可是纯银的,英式的,克利夫兰1871年产的。"

她打开收音机,让我知道她不想聊天。大学调频台正在播放罗恩施勒的《春天的葬礼》。她把车开得飞快,如同逃出地狱的蝙蝠。从我的工作室到达勒姆的道路狭窄而曲折。自从出事故以来,我第一次庆幸自己看不见。

我决定认可前妻的判断——索雷尔很瘆人。

德坎迪尔博士在大厅里等着我们,急于开始工作,但我首先要去他的办公室"签署"声纹合同,也就是说,用录音带确认我们的协议。我将和他们一起进行五次"LAD空间入轨",频率是每周一次。《国家地理》杂志(他们已经知道我的作品)将获得我的画作的首次复制权。我将拥有印刷品和原件,并获得首次使用费,外加一笔相当可观的预付款。

我签署之后说:"你一直没有回答我的问题。为什么要找盲人画家?"

"不妨说是直觉吧。"德坎迪尔说,"我读了《太阳报》

上的文章，就对艾玛——也就是索雷尔博士——说：'这就是我们要找的人！'我们需要这样一位画家，怎么说呢，就是不会分神于视觉那种。能够把握LAD体验的强度，而无须给出一大堆的视觉参照物。另外，坦率地说，我们需要一个知名的人。为了上《国家地理》嘛，你明白的。"

"另外你需要一个绝望到愿意孤注一掷的人。"

他的笑声之干硬一如他的手掌之潮湿："还是说'敢闯敢为'好了。"

在前往德坎迪尔所谓的"发射实验室"的途中，索雷尔与我们在大厅会合。我从她走路的沙沙声中听出来，她换了衣服。我后来知道，她在我们"LAD入轨"时穿的是美国国家航空航天局风格的尼龙连体服。

我高兴地发现自己又坐在了驾驶座上。这次索雷尔把自己绑在了我身边。

我的左手是自由的，但我的右手被人引领着伸进了一个超大的硬橡胶手套。

"这个手套，我们称为'手提篮'，其作用是，"德坎迪尔说，"将两个LAD航行者更紧密地联系在一起。我们已经了解到，通过不间断的身体接触，在LAD空间能够保持一些感知上的联系。这个名字是我们的小玩笑。'钻进手提篮下地狱[1]'，这句俗语你肯定知道吧？"

---

[1] 该俗语通常用于形容某种情况变得非常糟糕或不可收拾。

"明白了。"我说,然后我听到咔嗒一声,才意识到他不是在和我说话,而是对着录音机说话。"这次旅行会持续多长时间?"我问道。

"那叫入轨。"德坎迪尔纠正道,"另外我们发现最好不要讨论持续时间,以避免客观和主观时间之间的冲突。事实上,我们更希望你根本不要将你的体验诉诸言语,而是严格地只记录在画布上。在你回归或者说重入之后,将有人立即把你送回家,我们不要求你参与索雷尔博士和我本人的汇报会。"

咔嗒。

"现在,如果你没有更多问题——"

就算有更多的问题,我也想不出来。让别人把自己杀死这种事情,你还能希望知道多少呢?

"好。"德坎迪尔说。我听到他走开的脚步声,然后是拉窗帘的声音,这意味着这次旅行——入轨——即将开始。

"准备好了吗,索雷尔博士?"车子的监控系统启动了,发出低沉的嗡嗡声,就像一台空转的发动机。

索雷尔说:"准备好了。"她的手在手套里碰上了我的手。这感觉很别扭。我们没有牵手,而是掉转了手掌的方向,只让手背接触。

"系列41,第一次入轨。"咔嗒。

我又一次感觉到轻微的刺痛、突然的羞耻感,然后是别处吹来的风。我又一次向上飘浮,飘向光的阵列。这一次,我惊愕地"看到"下面有一个黑色的物体,那只可能是车子,有两具尸体姿态狰狞地向前倾倒，其中一个是我的——但我已经走了。然后在很远的地方，我看到了蓝岭，还有米切尔山——我曾经描绘过它每个角度在每个季节的样子，尽管我知道从达勒姆看不到它。失明使我永远地失去了这些山，我感到一阵剧烈的悲哀，然后我的悲哀，连同我的山，都消失在光中。光！一个影子从下面追来，拉近了与我的距离，流进了我的身体，然后又以光的形式发出来。我觉得它是一个他者：一个不完全独立的存在，像是女人，但又是我的一部分，与我的关联就如同一只手上的两根手指。在光阵下，我们旋转着。我再次感受到甜美的温暖，就像永无休止的性高潮——只是没有"再次"：每一刻都仿佛第一次。光阵始终保持着相同的距离，近到几乎可以触摸，又远得好似在银河系。空间和时间一样模糊不清，无法区分。与我相连的存在不知何故加倍了我自己的狂喜。我的感受，我的存在本身，一切都翻倍。

然后有东西把我往下拉，我再次孤身一人，无依无靠（不完整？），旋转着离开光，感觉温暖在身后消退。从这里看去，生命就像坟墓一样黑暗和孤寂。和上次一样，有电击，有痛苦的侮辱，还有冷却的血液带着冰冷的领悟涌入时的剧痛……

另一种黑暗也随之而来。

"下午5点33分回归。"咔嗒。

我又躺在了轮床上。索雷尔一定是先行复苏了（或者说是"回归"），因为她正在帮助德坎迪尔。在他们记录我的生命体征时，我茫然、沉默、麻木地坐在那里。她的手指带来了熟悉的感觉，我想知道我们在死后是否牵过手。

"多长时间？"我终于问道。

"我说过不会讨论这个问题。"德坎迪尔说。"我开车送他回家。"索雷尔说。她开得比来时还快。在20分钟的车程里，我们只听收音机——马勒——没有交谈。我没有邀请她进家，没有必要。我们都很清楚将要发生什么。我听到她在我身后碎石道上、台阶上、地板上的脚步声。在我跪下来打开空间加热器时——工作室里很冷，我听到了她的连体衣拉链发出悠长的拉动声。我转过身时，她已经在帮我脱衣服，无声、高效、迅速。她的嘴是冷的，她的舌头和乳头是冷的。我和她一样赤身裸体，和她一起倒在我自己工作室里没有整理的冰冷的床上，探索那个如此陌生却又那么熟悉的身体。我进入她时，她也进入了我：以一种我已经忘记了的可能方式，我们一起达到了高潮。

忘记了？我从来没有知道过，从来没有梦想过这样的激情。

20分钟后，她穿好衣服，一言不发地走了。

我的前妻星期四带着她的男朋友——对不起，是搭档——送来一些可以用微波炉加热的食物。她把他留在巡逻车上，发动机没熄火。"你又在画画了？"她说。我能听到她在翻看我的画布，尽管她知道我烦她这么干。"那很好。他们说抽象艺术是很好的疗法。"

她在看《光阵》，也或许是《旋转者》。我前妻认为所有的艺术都是治疗。

"这不是治疗。"我说,"记得那个实验吗?那些梦?杜克大学的教授们。"我突然感到一阵愚蠢的冲动,想向她解释清楚:"而且这也不是抽象作品。在梦中,我可以看到。"

"那很好。"她说,"只不过,我托人查过那两个人了。我在校长办公室有一个朋友。他们不是教授。至少,在杜克大学不是。"

"他们是加利福尼亚大学伯克利分校的。"我说。

"伯克利分校?那就说得通了。"

星期一的上午10点,索雷尔开着本田车来接我。我向她伸出手,从她犹豫不决、不情不愿的握手方式来看,我们的性接触完全发生在另一个领域。我对此无所谓。我在车载收音机上找到了大学的调频电台,我们一路听着舒尔金来到达勒姆,听的是《死者之舞》。我开始喜欢她开车的方式了。

德坎迪尔在发射实验室里不耐烦地等待着。"今天的第二次入轨,我们会尝试进入得更深一点儿。"他说。咔嗒。

"更深?"我问。你还怎么能比死亡更深呢?

他同时对着我和磁带说话:"在本系列实验中,到目前为止,我们只看到了LAD空间的外部区域。在光的阈界之外,还存在着另一个LAD领域。它似乎也有一个客观现实。这次入轨,我们将在不穿透那个领域的情况下开展观察。"咔嗒。

索雷尔进入房间。我听出了她的尼龙连体服的嗖嗖声。我被绑在车子上,我的手被引导到手套里——然后我厌恶地缩了一下。那里面有东西,感觉就像把手伸进了一桶冰冷的内脏。

"手提篮现在装有循环的血浆溶液。"德坎迪尔说,"我们的希望是,它将在我们两个LAD航行者之间保持更积极的接触。"咔嗒。

"你是说异界旅人。"我说。

他没有笑,我也没有指望他会笑。我把手溜进了手提篮里。那东西很滑,同时也很黏。索雷尔也伸手进来。我们的手指碰在一起,没有丝毫尴尬,甚至有一种舒适、淫荡的渴望。德坎迪尔问道:"准备好了吗?"

准备好了吗?一个星期以来,我心里想的只有那种强烈、兴奋——LAD空间的光芒。实验室的机器开始发出低沉而和谐的嗡嗡声。这个过程仿佛长得没完没了。手套中的溶液开始循环,而我则等待着将使我从失明的牢笼中解脱出来的注射。

"系列41,第二次入轨。"德坎迪尔说。咔嗒。

哦,死亡,你的刺痛在哪里?我的心怦怦直跳。

然后它停了下来。

我可以感觉到自己的血液聚集,变得浓稠,失去温度。我的身体似乎被拉长了——然后突然间我就不在了,被剥离,离开车子,离开我的身体,升入光线中。

我在上升,就像被拉着一样。没有时间回头看我自己的身体,也没有时间看那些山。越来越快地,我们正在上升到死者的领域:LAD空间。我说"我们",是因为我是一个阴影,在追逐另一个阴影，但我们合在一起便是一个光圈，在和谐的舞蹈中旋转。我渴求索雷尔，就像一颗行星渴求它的太阳。光明爱着我们——我们旋转着，沐浴在它那无尽的、甜蜜的、高潮般的光芒中，纵情享受着一种彻底到连身体都被剥离、搁置的赤裸。我的感觉定然与众神的感觉一致，心知我们在有生之年蹒跚而行的世界只是被他们丢弃的衣物。我们升入光阵，它在我们面前打开……

我突然感到一阵恐惧。它很轻微，就像当一扇不应该打开的门被打开时，你脖子后面的凉意。我周围的光线越来越暗，我指尖的存在感突然消失。我是孤独的，我想（是的，死了的我在"想"！）实验室里出了问题。

一切都是静止的。我在一片新的黑暗中。只是这黑暗有别于失明的黑暗：在这里我可以看到。我独自站在一片灰色的平原上，它向各个方向无限延伸，然而我感觉到的并不是空间，而是逼仄带来的恐惧，因为每条地平线都近在触手可及之处。凉意已成为一种深沉、残酷、恶毒、彻骨的寒冷。我尝试移动，而黑暗本身亦步亦趋……

"3点07分回归。"德坎迪尔在说。索雷尔在拍打我的脸颊。"我们失去了联系。"我听到她说。

我不在车子里。我躺在轮床上，冻得要命。"持续时间137分钟。"德坎迪尔说。咔嗒。

我坐起来，用手捧着自己的脸。两边的脸都很冷，两只手都在颤抖。

"我开车送他回家。"索雷尔说。

"我们到哪里了？"我问，但她不回答我，只是开得越来越快。

我的工作室很冷，我跪下来给空间加热器点火。我摸索着潮湿的火柴，担心她会离开，直到我感觉到她的手抚着我的后颈。她已经脱掉了衣服，把我拉向床，拉向她丰满、紧绷、冰凉的乳房，拉向她张开的大腿。我忘记了之前在她的子宫里感受到的凉意，就像她的嘴一样冰冷而甜蜜。浪漫主义的隐喻是多么落后啊！因为是肉体——许多个世纪以来在歌谣中惨遭蔑视的肉体，把精神引向了光明。在我们的赤裸之下，我们发现了更多的赤裸，进入并打开着彼此，直到我们一起腾空，就像唯有结合在一起才能飞行的生物。赤裸的肉体去了我们赤裸的精神仅仅几个小时前去过的地方。我们的结合超越了性爱。

"他知道吗？"我事后问道，那时我们躺在黑暗中。我喜欢黑暗，它使某些事情变得平等。

"知道吗？谁？"

"德坎迪尔。你以为是谁？"

"我做什么不关他的事。"她说，"他知道什么，也与你无关。"这便结束了我们第一次也是最长一次谈话。我睡了六个小时。醒来的时候，她已经走了。

"要知道我在伯克利分校也有一个朋友。"我的前妻星期四送来微波炉食物时说。警察在哪儿都有朋友，至少他们认为对方是朋友。

"德坎迪尔曾经在医学院求学,后来因为卖毒品被开除。另一位在比较文学系,大三时被开除。这些事情都被捂得挺严实,不过好像她当时用毒品招募学生做实验。我认为甚至还出过人命。我另一个朋友正在查阅警察局的档案。"

"大惊小怪。"我说。

"我只是在向你陈述事实,雷。你打算拿他们怎么样——假如你确实有打算的话,由你自己来决定。"她又在翻看我堆放的画布了,"我很高兴看到你又开始画山了。它们一直是你卖得最好的主题。这是什么玩意儿?色情画?"

"见仁见智。"我说。

"胡说八道。你不觉得这对《自然地理》来说有点儿……偏女性了吗?我知道他们那儿能露乳房什么的,但是——"

"那本期刊叫《国家地理》。"我说,"帮我个忙——"我朝她的搭档点了点头,他就站在门里,他愚蠢地认为只要站着一动不动,我就不会知道他在那里。"既然你和你的男朋友在扮演大侦探,再帮我查一个名字。"

星期一,我该交付这个系列的第一批画作了。德坎迪尔派了一辆租来的货车来接我。我认识那个司机,他是当地的一个兼职传教士和堕胎诊所的药剂师。我们装车时,我小心翼翼地把画覆盖好。

"我听说你在和地狱医生们共事。"他说。

"我不知道你在说什么。我只是去做个治疗。"我撒谎道,

"我是盲人,你知道的。"

"随你怎么说。"他说,"我听说他们要把一个男人和一个女人送到地狱,有点儿像新的亚当和夏娃。"

他笑了起来。我没有。

"太棒了。"在办公室里拆开那些画时,德坎迪尔说,"你是怎么做到的?我可以理解你有触觉,可以创作雕塑。但是绘画和颜色,你是怎么做到的?"

"我还在画着的时候就能知道它的样子。"我说,"等它干了之后就不知道了。如果你需要一个理论,我的理论是,颜色有气味。对大多数人来说,气味的音调太高,就闻不到了。所以我就像一只能听到高音调口哨的狗。这就是为什么我用油彩而不是丙烯颜料。"

"这么说你不认同《太阳报》上那篇文章,说这是一种通灵能力?"

"作为科学家,你肯定不相信那些废话。"

"作为科学家,"德坎迪尔说,"我已经不知道我相信什么了。不过,咱们干活儿去吧。"

发射实验室里的回声有些不同。有人直接把我引向轮床,并扶我上去。"车子在哪里?"我抗议道。

"在这个系列剩下的实验里,我们这次不用车子。"德坎迪尔说,听到他的录音机发出咔嗒声,我知道他不光是在和我说话,"在这次入轨中,我们将开始使用我在欧洲时开发的C-T室，也就是冷组织室。它能使我们更深地进入LAD空间。"咔嗒。

"更深？"我警觉起来，我不喜欢躺着，"通过保持更长时间的死亡？"

"倒未必更长。"德坎迪尔说，"C-T室将更迅速地冷却原位组织，实现更快的LAD穿透。我们希望在这次入轨中能真正穿透阈值屏障。"咔嗒。

他所说的原位组织是指尸体。"我不喜欢这样。"我说，我在轮床上坐起来，"我的合同里没有这个。"

"你的合同要求五次LAD入轨。"德坎迪尔说，"不过，如果你不想去——"

就在这时，索雷尔穿着连体衣走进房间。我可以听到她两腿之间尼龙的嗖嗖声。

"我没说不想去。"我说，"我只是想——"但我不知道自己想要什么。我躺下，她躺在我身边。我听到接管子的咔嚓声。在她的引导下，我的手滑进了手套里又臭又冷的糨糊状的溶液里。我们的手指相遇、纠缠。它们就像青少年一样，秘密地聚在一起，各自带着自己小小的欲望。

"系列41，第三次入轨。"德坎迪尔说。咔嗒。

轮床在滚动，我们被推入一个小房间。我感觉到而不是听到一扇门就在我脑后关闭：一声较轻的咔嗒声。我惊慌失措，但索雷尔紧紧抓住我的手，空气中充满了阿托品和甲醛的味道。我感到自己在下降，不，是在上升，和索雷尔一起，手拉手，向光亮处飘去。这一次飞得更慢，我看到我们的身体铺展开，旋转着，就像出生那天一样赤裸。我们上升到光阵里，它分散在了我们周围，仿佛一首歌谣。

然后它就消失了。

四周是灰蒙蒙的一片黑暗。

我们到了彼方。

我什么都感觉不到。它充满了我。我被冻住了。

索雷尔的存在现在有了一个形体。曾经全然以光的形态出现的她现在是纯粹的肉体。我无法描述它，哪怕曾经将它画了好几遍。她有腿，但腿的分节很奇特；有乳房，但不是我的嘴唇和手指所熟悉的乳房。她双手僵硬，面无表情，臀部和我只能称为头脑的部位呈现白骨的颜色。她向灰色的远方走去，而我与她同行，依然"手"牵着"手"。

我觉得——我知道——之前的我一直在做梦，唯有此境才是真实。周围的空间空无一物，只有无尽的灰色。"生活"一直是个梦，这才是一切。

我飘浮着。我似乎又有了一个身体，尽管它不受控制。在几个小时、几个世纪、无尽的时光里，我们在一个像棺材一样小的世界里漂流，却从未到达过一个终点。在这一切的静止中心，有一圈石头。我跟着索雷尔向它们飘去。里面有人——或者有什么东西。

在等待着。

她穿过石头飘向那个他者，拉着我一起。我内心充满了恐惧，向后推了一把石头，然后拉开距离。因为我触摸到了石头。这里没有任何东西是真实的，但我却触摸到了石头。突然间，我知道自己已经醒来，只是因为一切都很黑暗，我什么也看不到了。

我的身边是她的尸体。那只已经死去的手攥着我的手。我从来没有在索雷尔之前苏醒——回归——过。我心怀恐惧，试探着伸出左手，直到摸出棺材盖就在我知道的地方。它是瓷或钢铁制造的，不是石头，但就像石头一样冷。

我试图叫喊，但没有空气。还没来得及叫出声，电击来了，我掉进了另一个更浓重的黑暗中。

"你触摸到的是C-T室的顶部。"德坎迪尔在说，"它使你能够在原位组织不受伤害的情况下在LAD空间停留更长的时间。而且通过超声波血液冷却，直接穿越到彼方。"这是我第一次听到这个词，但我马上明白了什么意思。

有人攥着我的右手，是索雷尔。她仍然没有活过来。我躺在轮床上，挣扎坐起时，轮床摇晃着。

我想到一件事情，不禁打了个寒战："在我摸到盖子之前，当我还死着的时候，我摸到了石头。"

德坎迪尔继续说："显然，在LAD空间有一些领域，其可及性取决于原位组织中的残留电场。"我等待着咔嗒声，没有等来，于是意识到他只是在和我说话："身体里有一种磁的极性，在死后还能持续数天。我们想找出电场衰变时发生的情况。

C-T室使我们能够无须等待肉体的真正蜕变就能探索这一点。"

蜕变。"这么说有死亡,还有更彻底的死亡。"

"大概是这意思吧。我开车送你回家。"

我仍然握着索雷尔的手。我把手指放松了一些。

我无法入睡。灰界(我将在画作中这样称呼它)的恐怖不断渗入内心。我觉得自己就像一个在亚马孙河上走了一半的人,害怕继续,但又不敢回头,因为不管前面如何恐怖,后面的恐怖我都已经太了解了。失明便是禁锢我的囚笼。

我苦苦思念索雷尔。据说我们盲人是自慰的行家,也许是因为我们的想象力在唤起图像方面非常熟练。事后,我打开灯,试图作画。我总是在灯光下工作。绘画是艺术家和他的材料之间的合作。我知道颜料爱光。我想至少画布喜欢光。

但这并没有什么用。我无法工作。直到天亮后,在醒来的鸟儿刺耳的叫声中,我才意识到是什么在困扰着我。

我吃醋了。

我的前妻提前一天(我以为)来送微波炉食物。"你跑哪儿去了?"她问,"我一整天都在给你打电话。"

"周一我在大学里,像往常一样。"我说。

"我说的是周二。"

"昨天?"

"今天都周四了。你过丢了一天。不管怎么说,我们在你给的另一个名字上有了点儿收获。野吕确有其人,伯克利分校的终身教授,至少在医学院是。我是说,在他被杀之前。"

我可以听到她在翻阅我的画布,等待回应。我可以想象她似有似无的微笑。

"你难道不想知道是谁杀了他吗?"

"让我猜猜。"我说,"菲利普·德坎迪尔。"

"雷,我一直说你应该去当警察。"她说,"你把所有的乐趣都夺走了。过失杀人。原本是二级谋杀,通过辩诉交易降下来的。他在圣拉斐尔蹲了六年。那个瘆人的是个从犯,但她从未进过监狱。"

"我记得你说他们俩都很瘆人。"

"她更瘆人。你知道她的两个胸不一样大吗?不要回答这个问题。你知道你这堆成品里有一张空白画布吗?"

"我有意留白的。"我说,"它叫《彼方》。"

星期一,开着本田车来接我的是德坎迪尔。"索雷尔在哪里?"我问道。我必须知道。就算她已经死了,我也想和她在一起。

"她很好,在实验室里等着我们呢。"

"我死也要见到她。"我说。我没指望德坎迪尔会笑,他也确实没有笑。

他开车慢得令人抓狂。我怀念索雷尔那令人喘不过气来的速度。我让他跟我讲讲野吕的事。

"野吕博士在一次入轨过程中死亡。也就是说,没能回归。我被判定负有责任。不过直觉告诉我,整件事情的来龙去脉你都已经了解过了。"

"而他还在那里。"

"不然能在哪儿?"

"但为什么只有他在?千百万人都死了,我们却没有看到他们。"

"你们见到埃德温了?"德坎迪尔停了下来。刺耳的刹车声传来,我们差点儿被追尾。他踩下了油门。"我们不知道他为什么在那里。"他说,"显然,如果联系足够强大,它就会持续存在。他和艾玛做搭档入轨过许多次。太多次了。艾玛确信,穿透到足够的深度就有可能找到他。"

"要把他带回来?"

"当然不是。他已经死了。埃德温总是坚持去往更深处,哪怕我们那时还没有C-T室。现在这成了艾玛的偏执。甚至可以说,她比他更糟糕,比他那时候更糟糕。"

"他们是不是——"

"他们是不是恋人?"我没想问这个,不过我想知道。

他说:"到了最后,他们成了恋人。"他笑了,一声苦涩的轻笑:"我认为他们并没意识到我知道了。"

到达研究所时,我听到了有节奏的喊声和陌生的轧碎石声。

"只能从后门进了。"德坎迪尔说,"前面有示威的。一个本地的传教士一直在告诉当地人,我们正试图在实验室里重现耶稣的复活。"

"他们总是搞不清状况。"我说。

我们经过一个侧门,直接进入实验室。我坐在轮床上,等待着听到索雷尔的尼龙连衣裤在她两腿之间发出的唰唰声。然而我听到的是橡胶轮胎的摩擦和轮辐的微弱嗡鸣。

"你坐轮椅了?"

"暂时的。"她说。

"血栓性静脉炎。"德坎迪尔说,"血液在静脉中积聚时间过长就会凝结。不过不用担心,C-T室的扩散液现在含有血液稀释剂。"

我们一起躺下,肩并肩。我摸索到了手套,在我们之间。溶液放置很久了吗?有一种奇怪的味道。索雷尔摸到了我的手,我俩手指相遇,交合在一起,带着稔熟的浓情蜜意,只不过——

她少了一根手指。两根。

仅余残端。

我的手僵住了,想要抽离。手提篮开始咕咕叫,我们被人推向前方,然后停了下来。

"准备好了吗?"

"准备好了。"我一方面感到害怕,另一方面又对自己急于求死的心情感到惊讶。我们再次被向前推去,脚朝前进入C-T室中冰冷而略刺鼻的空气。一扇门在我脑后关闭。我还没来得及惊慌，索雷尔摸到并开始抚慰我的手指，像花瓣一样打开它们，然后就是刺痛。我的心脏停止了跳动，如同一台被关掉的电视。

或者是一台打开的电视。因为出现了万花筒般的色彩，我穿过它们飞升，越来越快。没有飘浮，没有回望，没有沐浴在光阵里。因为我刚看到——不，瞥见——LAD空间熟悉的光辉，它们就消失了，我们到了另一个黑暗中。

彼方。

它在我们周围延伸，无边无际，却又围拢着我们。"天空"低得像个棺材盖。索雷尔和我僵硬地移动着，飘移着，不再是精神而是肉体。我清醒得要命。我注意到她的臀部，注意到她手臂上不知为何像伞菌皮一样布满了凹槽的皮肤，还有当我们绕过把天空固定在低处的石柱时，那股冰冷的昆虫味道。

绕着"围栏"（我将在画作中这样称呼它们）转时，我们似乎没有走近：它们在我们静止的中心缓缓旋转，就像一个石头的星系。里面又有人，某个他者，在等待着。在光阵之下没有时间流逝的感觉，也许是因为精神（不像身体）恰好以时间的速度移动。但在这里，在彼方，我们不再飘浮在时间的流动中。没有运动。每一个永远都被另一个永远所包含，时间不再汩汩流淌，而是汇聚成池：没有任何去处的同心圆。

还有其他区别。在LAD空间，哪怕死了，我也知道自己活着。在这里，我知道我已经死了。哪怕活着，我也是死的：我一直都是死的。我知道这里是其他的一切殊途同归之处，但没有任何事物源于此境。这里就是万物的终结。

我的恐惧从未减少,也没有增加:一种静止的恐慌充满了我身体的每一个细胞,就像是不循环的血液。然而我不为所动,冷漠地看着自己受苦,就像一个男孩看着一只虫子燃烧。

索雷尔面如死灰。她不知不觉地靠近了围栏,当她伸出手时,石头就在那里。她转向我,脸上没有表情,只射来凄如枯骨的目光。我回头看她时也是如此。我们的虚无是完整的。我们在立石旁,透过立石,我看到了一个人影。那人(是个男人)招了招手,索雷尔穿过了石头,但我向后撤了。然后我也触摸到了(比冰冷更冰冷的)石头,我又和她在一起了。我们在围栏中间,现在我们有三个人,就好像一直如此。我们跟着野吕(肯定是他)进入了一种越来越深的黑水。我停了下来,而这消耗了我所有的意志。我转过身去,这一次,索雷尔脸色惨若白骨,和我一起转过身去。

我在黑暗中醒来,是尘世里的失明造成的黑暗。

我摸了摸我们的棺材盖。它是瓷质的,光滑而冰冷。我感觉到索雷尔的手与我的紧紧相扣,就像死人一样僵硬如钢。我感到的不是惊慌,而是平静。

一次电击,然后是另一次电击,黑暗笼罩着黑暗,一切都静止了。

"我们取得了联系。"听到索雷尔这么说,我很高兴。难道不是吗?

我在轮床上。我坐了起来。我的手灼灼发烫。我的指尖痛似火燎。

"疼痛不过是血液回流造成的。"德坎迪尔说,"你进入LAD空间超过四个小时。"

他主动说出时长可不是件寻常事。而且没有咔嗒声。我知道他在撒谎。

"我送他回家。"索雷尔说,她的声音听起来尖细而遥远,就和我们快死的时候一样,"我还能开车。"

时间已经是清晨。黎明也许不像吉卜林说的"像雷声一样出现",但确实有声音。我摇下本田的车窗,沐浴在冰冷的空气中,让新的一天盖住夜晚的恐怖,就像刷上一层新漆。

但是,恐怖还在继续流淌出来。

"我们死去了一整晚。"我说。

索雷尔笑了。"应该说是两晚。"她说。这是我第一次听到她笑,她听上去很开心。

她把车停在我的车道上,但没有熄火。我伸手拧钥匙熄火。"你想让我进去的话,我就进去。"她说,"但你得帮我进门。"

我帮她进了门。她可以用一条腿跳,还算稳当。在她的美国国家航空航天局风格的尼龙连体衣下,我惊讶地发现了光滑的丝质内衣,裆部有花边。我可以用指尖摸出来,它是白色的。她的一条腿浮肿得像根香肠,皮肤又紧又凉。

"索雷尔,"我说,我叫不出"艾玛"这个名字,"你是打算把他带回来还是跟他走?"

"回不来的。"她说,"又没有身体供他回来。"她把我的手按在她手指的残端,然后按在她冰冷的嘴唇上,然后按在她冰冷的大腿之间。

"那就留下来跟我在一起。"我说。

我们互相摸索着,嘴唇和手指都麻木了。"不要把我的胸罩完全脱掉。"说着,她把一个罩杯拉下来。她的乳头又冷又黏又甜。太甜了。"太晚了。"她说。

"那就带我一起去吧。"我说。

我们最后一次谈话就这样结束了。

"有点儿像巨石阵。"我的前妻周四带着微波炉食物过来的时候说。她又在翻看我的画。"这又是什么?我的天哪,雷。色情画是一回事。这个,这个——"

"我告诉过你,它们是梦中的景象。"

"那就更糟糕了。我希望你不要把这些东西给任何人看。这是违法的。还有,那是什么味道?"

"味道?"

"好像有什么东西死了。大概是浣熊之类的。我要让威廉过来检查一下工作室下面。"

"威廉是谁?"

"你非常清楚威廉是谁。"她说。

星期六晚上，我在工作室被敲门声吵醒了。

"德坎迪尔，现在是凌晨两点。"我说，"不管怎样，我在周一之前都不应该见到你。"

"我现在需要你。"他说，"要不然就不会有星期一了。"我和他一起上了本田车。就算在赶时间，他也还是开得那么慢。"我无法让艾玛回归。她已经在LAD空间里待了四天多了。这是她离去最长的一次。原位组织开始恶化，病态的迹象太多了。"

她已经死了，我想。这家伙就是没法把这件事说出口。

"我让她去彼方去得太频繁了。"他说，"让她入轨的时间太长，太深了。但是她坚持。她一直像个着了魔的女人。"

"给点儿油，要不然要被追尾了。"我说。我不想再听下去了。我打开收音机，听起了《布兰诗歌》，一部关于一群僧侣唱着歌去地狱的歌剧。

听起来很应景呢。

德坎迪尔把我扶上轮床，我摸到了身边的尸体，肿胀而僵硬。我很快就适应了这种气味。我带着恐惧的感觉，试探性地把手伸进了手提篮。

手套里面，她的手摸起来很柔软，就像放久了的奶酪。她的手指第一次没有寻找我的手指，而是无动于衷地搁在那里。但是没什么可奇怪的，她已经死了。

我不想去彼方。突然间，我极度地不想去。"等等。"我说。然而即便这么说着,我也知道没有机会了。他要派我去找她。轮床已经开始滚动,小方门关上了,发出轻柔的咔嗒一声。

我慌了。我的肺里充满了阿托品和甲醛的酸臭味。我感觉到自己的思维在缩小,并逐渐变得可操控。手指在手套里感觉很小,痛苦而孤独,直到找到了她的手指。我以为会有更多的断指残端,但只有那两个。我让自己安静下来,像情人一样等待刺痛——哦!我终于自由地飘浮起来,飘向光明,看到黑暗的实验室和公路上萤火虫一般的汽车,还有远方的山脉,我猛然意识到我是完全清醒的。为什么我没有死?光阵像云一样在我周围散开,突然,我站在了彼方,独自一人。不,她在我身边。她和他者在一起。我们漂流着,我们三个人,时间循环往复:我们一直都在这里。

之前我为什么会害怕?这真是太容易了。我们在围栏里,围栏立于地平线的每个方向上,围成一圈,那么多,那么多石头。石头近到可以触摸,却又远得像我几乎不记得的星星……而在我脚下,是黑漆漆的静水。

在彼方,有的是黑暗,然而没有星星。

我在移动。水是静止的。我当时就明白了(现在也明白了),物理学家说宇宙万物都在运动,都在围绕着其他事物旋转,这话是什么意思,因为我就在万物中心的黑色静水中:这唯一不动的事物。这是主观的还是客观的现实?这个问题没有任何意义。这比曾经发生在我身上,以及将会发生在我身上的任何事情都要真实。

当然没有喜悦，但也没有恐惧。我们被一种冰冷的虚无所充满，变得完整。我一直在这里，并将永远在这里。索雷尔在我前面，她前面则是他者，我们又开始行动了，穿过黑水，越走越深。这就像看着自己离去，变得越来越小。

这不是梦。野吕要沉下去了。索雷尔越来越小，跟着他进入了黑水：我知道在这个领域之外还有另一个领域，而在那个领域之外还有更多领域，这种认识使我充满了像恐惧一样浓重的绝望。

我向后退去，内心充满了恐惧。尽管她拉着我，我还是把手从她手上挣开。然后她也消失在水下。

消失了。

我伸出双手，触摸我的棺材盖。我从手套里抽出手之后，冰冷的血浆滴落在我的脸上。我在尖叫，但因为没有空气而发不出声音。

然后是一次电击，和温暖的黑暗。回归。醒来时，我感觉从没这么冷过。德坎迪尔扶我坐起来。

"没成？"他在流泪。他知道结果了。

"没成。"我说。我的舌头肿了，尝起来有血浆的味道。索雷尔的手还在手提篮里，我伸手进去把它拉出来时，她的肉就像腐烂的水果皮一样剥落，粘在我的手指上。我们听得到外面抗议者的呼声。已经到星期天的早晨了。

那是两个半月前。

德坎迪尔和我一直等到抗议者离开去教堂，然后他开车送我回家。"我把他们两个都杀死了。"他哀叹道，"先是他，然后是她，中间隔了二十年。现在已经没有人可以原谅我了。"

"这是他们想要的结果。他们利用了你。"我说。就像他们利用我一样。

我让他在车道的尽头放我下来。我厌倦了他，厌倦了他的自怨自艾，我想独自走到工作室。我无法作画。我睡不着觉。我等了一天一夜，毫无道理地希望能感受到她带给我脖子后面的冰冷触感。谁说死人不能走路？我一整夜都在地板上踱步呢。我一定是睡着了，因为我做了一个梦，梦见她来到我身边，赤身裸体，闪亮而肿胀，完全属于我。然后我醒了，躺在床上听着从床头半开的窗户外传来的声音。令人惊异的是，即使在冬天，树林里也充满了生命力，对此我却很反感。

接下来的星期三，我接到了前妻的电话。警察在心理研究所发现了一具女人的尸体，我有可能要被叫去帮助鉴别身份。德坎迪尔博士已经被逮捕了，我可能也会被要求指证他。

结果一直没有人询问我。警察并不急于逼一个盲人做尸体的身份鉴别。"特别是当大学试图捂住整件事情的时候。"我的前妻说。"特别是当尸体的腐烂就像这具一样不均衡的时候。"她的男朋友说。

"什么意思？"

"我在验尸官办公室有一个朋友。"他说，"他用了'不均衡'这个词。他说这是他见过的最奇特的尸身。一些器官严重腐烂,而另一些则几乎是新鲜的,就好像死者是在几年的时间里分阶段死亡的。"

警察们喜欢"死者"和"尸身"这样的词。也就是他们、医生和律师还在说那么文气的话。

索雷尔于星期五下葬。没有葬礼,只有一个简短的墓前程序,以便适当的文件得到签署。她被埋在墓园里专门埋葬截下来的肢体和医学院使用过的尸体的区域。悼念一位我对其死后比生前更熟悉的人,是件奇怪的事情。这感觉更像是一场婚礼。当我闻到泥土的味道,听到泥土砸在棺材盖的声音,我觉得自己像是把女儿从娘家送走一样。

德坎迪尔也在,他的手和我前妻的男友的手铐在了一起。他们让他以亲属的身份前来。

"怎么会这样?"我问道。

"索雷尔是他的妻子。"我的前妻说。她领着我走向她的巡逻车,好开车送我回家。"学生期间结的婚。分居但一直没有离婚。我想索雷尔跟那个日本人跑了,就是他先杀的那个人。你明白这些细节是怎么拼齐的了吧?这就是警察工作的魅力,雷。"

剩下的故事你已经知道了,尤其是如果你订阅了《国家地理》杂志。这个故事曾获柏兰亭奖提名:有史以来第一批描绘彼方、远方的境界,或者莎士比亚所谓的"未被发现的国度"的画作。德坎迪尔甚至登上了《人物》杂志:

异界旅人

《冥河麦哲伦在他的牢房里发表讲话》

我在纽约的画展获得了巨大的成功。我能够以惊人的价格出售限量版的印刷品，同时将画作捐赠给史密森尼博物馆（以获得慷慨的减税）。

我从纽约飞回去的时候，我的前妻和她的男朋友在罗利·达勒姆机场接我。他们要结婚了。他在工作室下面检查过，但什么都没有发现。她怀孕了。

"听说你的手指出什么问题了？"我的前妻上周四打电话时问。她不再有时间过来。如今一个乡下女人在为我做饭。我解释说，我失去了两个指尖，我的医生称这是20世纪90年代特别温和的冬天里北卡罗来纳州唯一的冻伤病例。不知何故，我对绘画的感觉也随之消失了，但这事儿没必要跟别人说。

终于到了春天。湿润的泥土气息让我想起了坟墓，唤醒了心中的渴望，那种即使我有手指，也无法用绘画来填补的渴望。我已经画完了最后一幅画。我的前妻——请原谅，未来的威廉·罗伯森·彻丽夫人——以及她的男友——请原谅，未婚夫——向我保证，他们下周日会派司机来接我参加他们的婚礼。

不过，我可能去不了。我在门后有一把银质猎枪，我随时可以用它上天入地。

再说我讨厌婚礼，还有春天。

并嫉妒生者。

并热爱死者。

有什么
问题
吗?

(1992)
■ ARE THERE
ANY QUESTIONS?

欢迎。

很高兴看到诸位今天早上如此机敏，如此急切，如此成功。我向你们保证，在简短的谈话和参观结束后，你们将更急切，而且有可能更成功，因为你们来这里可不是为了找乐子。你们来这里是为了捷足先登——这个词真是挺传神的——是为了抢占自美国西部开放以来最独特的投资机会。

那么，用我祖父的话说，咱们闲话少说，言归正传。我们在这里要谈论的是某种人们通常不愿意提及的事物，尽管它在我们周围多的是。去年，也就是1999年，纽约大都会地区的家庭平均在一周内产生了157.4磅。这就意味着每天有645 527立方码[1]，或者——如果不经压缩的话——每16.4天就可以堆起来一幢帝国大厦，或者每6.5分钟装满一辆卡车。

---

[1] 英美制体积单位，1立方码≈0.76立方米。

他到底在说什么？这个嘛，我们都知道的，是不是啊？那一位，夫人，第二排的。从你的口型我就能看出来你正在说这个词呢。

但你错了。

我谈论的不是垃圾。不再是了。我在说房地产。我在说土地。

"土地，"我的祖父说过，"是唯一稳赚不赔的投资，因为上帝不再制造新的土地了。"

这是一项稳赚不赔的投资，他这话说得没错，但他没弄明白原因。因为就算上帝不再制造，我们伊甸信诚公司也在制造土地。不过这一点就用不着我来告诉大家了。诸位就是因为这个才来的。

我看到你们中的一些人正在掏计算器。很好。让我们再看一下这些数字：11 987 058立方米的固体废物，这就是我们在一个月内可以收集、处理、运输和放置的东西。到了专业的人手里，它们可以转化为0.25英亩的美丽山景地产，或者16英尺宽的海滨。请注意我说的是"到了专业的人手里"。这就是伊甸信诚公司大显身手之处了。就在我们说话的时候，伊甸信诚的卡车正在飞驰，伊甸信诚的驳船正在破浪。我们有4个车队，每个车队有138辆卡车——顺便说一下，都是独立的承包商，正经的家族买卖——运营地点位于我们在斯塔滕岛的收集和处理中心。每18分钟就有5辆卡车被派出去，3辆到新泽西南部，2辆到蒙托克。一切都在夜以继日地运作着，为的是让美国不仅比以前更繁荣，还要更大一点儿，而且更有价值。

不过，虚头巴脑的话说得差不多了。下面我们谈谈机遇。在世界范围内，哪个地区的现有土地上，每平方英里产生的固体废物最多？纽约都会区。而哪个地区拥有世界上最值钱的房地产呢？或者换个说法：世界上还有其他地方的土地如此短缺，而人们又如此愿意——更不用说有能力——为其付费吗？

再说一遍，你根本找不到比得上纽约大都会区的地方。

垃圾过剩。土地短缺。把这两个事实一起代入正确的方程式，你就会得出我们在伊甸信诚所说的"投资潜力"。但它只是潜力而已，而且只有潜力，直到我们发明了伊甸土地开发器——这种固体废物转化器能将任何种类、形状或来源的普通垃圾变成优质、稳定、耐久的房地产。

不介意的话，请取一份克拉姆小姐正在房间里分发的铝箔包装纪念样品……动手吧，打开它。它将让你发财。不要担心弄脏你的手，因为不会的。它看起来像泥土吗？不像，那么诱人的金色可不是泥土的颜色。它是伊甸土。来吧，闻一闻。你想的话，尝尝也无妨。我的高曾祖父是个农民——愿上帝让他的灵魂安息，我想他是住在艾奥瓦州吧。在品尝一块泥土之前，他从不对一片土地妄加论断。

无人问津。好吧，我理解。

相信我：你拿在手中的那块固体废物，不仅经过了回收，还得到了重构，更不用说外观和气味方面的改善，使其变得无异于——实际上在很多方面优于——构成地球本身的土。

是不是有人扬起眉毛来了？

那么，试着把它捏碎。这块饼干不会碎的。蘸一下水——它是防水的，因此不会变成泥巴。你会发现它不会弄脏你的手和衬衫。它的环氧聚合物添加剂意味着气味和污渍被锁定了，而且它会乖乖待在我们指定的地方，不会像起了沙尘暴的大平原那样，风干后被吹跑，也不会像飓风中的长岛海滩一样被席卷一空。伊甸土就是房地产，真正意义上、绝无虚言的房地产，而不是在风云变幻的大自然中稍纵即逝的泥土和灰尘。

但是了解房地产的人——我看得出来诸位都是这个领域的专业人士——明白土地的价值取决于它的位置。我们伊甸谨严公司不仅每天以吨为单位收集和处理伊甸土，我们还用卡车和驳船把它运到人们期望的地区。那些人们最渴望，也最愿意花大钱买的位置。我们正在创造那种供不应求的房地产。

依山而居。傍海而居。

伊甸信诚公司正在使美国成长，目前有两个地区在开发中。在新泽西州南部的贫瘠松林——"贫瘠"这个词已经名不副实了，我们的环境设计师目前正在对一道诱人的小型山脉柯莱斐尔进行最后的修饰。克拉姆小姐，可以给我们播放第一段视频吗？背景中的壮丽山峰就是伊甸峰。它拔地而起2670英尺，比新泽西州的任何其他山峰都要高出近千英尺，比斯塔滕岛的弗雷施基尔峰还要高一半以上。

伊甸峰优美的顶部是一个自然保护区。如果你想从山顶观赏激动人心的美景，就像我们在视频里看到的一样，你必须停好你的四驱越野车,然后走上一条我们美丽的天然小径——我要补充一句,这些小径的规划和修建是与山脉本身同步的,而不是像以前那样事后修筑。

作为经纪人和开发商,诸位更感兴趣的是沿着大西洋城山脊修建的蜿蜒车道。山脊被赋予了这个名字,是因为它俯瞰着那座伟大的机会之都的灿烂光华,距离那里只有45分钟车程。这里规划的三个社区——伊戈尔斐尔府邸、豪客斐尔林间地和百荣斐尔庄园——将于10月向公众开放,并只通过选定的经纪人销售。我们希望您能成为其中一员。

就在此时此刻,另一条优质山脊的地基正在西边更靠近费城的地方铺设。

有一些人会希望全年居住在柯莱斐尔,但对大多数人来说,这些都是度假屋,是那些想要放下世俗烦忧、亲近自然的忙碌高管的退隐之所。而在柯莱斐尔山区,大自然呈现出最美好的一面。你的客户会听到鸟儿从冬唱到夏。它们被吸引到柯莱斐尔,不仅是因为每月更新的宜人松香,还因为伊甸土陈化过程中,温和的内部反应能将山腰升温几度,把柯莱斐尔变成一处独特而珍贵的冬季野生动物保护区。

这些松柏苍翠的山坡,以及上面错落有致的"岩石"突起——此刻我们眼前就有一块——是由一个环境设计师团队创造的。他们不计成本,甚至从集装箱直升机上投放填充物,以创造那些难以到达的位置,从而赋予荒野区域特别的吸引力。崎岖的山坡上游荡着散养的鹿,甚至偶尔有熊。现在就有一只鹿。暂停一下，克拉姆小姐，让我们再看一眼。在座的有多少人年纪大到还记得初版《小鹿斑比》？有多少人曾经带孩子去看过？带孙子孙女去看过？

我也记得。

但是，如果你的客户和潜在买家梦想着在海边有一个家呢？如果火岛、科德角、楠塔基特这样的名字能让他们内心燥热、钱包松动呢？

诸位觉得贝斐尔岛怎么样？

如果可以的话，克拉姆小姐，让我们切到第二段视频，看看另一种类型的天堂——这是我们在许多浪漫电影中看到过的，那种礁石嶙峋、雾气笼罩的新英格兰风格岛屿。你们中有多少人曾梦想过有机会在这些专享的位置购买和出售夏季房屋？那么，坚持住——你的梦想即将实现。

贝斐尔岛位于长岛海湾的开口处，在蒙托克和一座较早的冰川碎屑岛——布洛克岛——之间。通过将贝斐尔岛与该地区地质学意义上萎缩严重的岛屿进行比较，我们可以充分地理解，为什么我们要说伊甸土让普通的土蒙羞了。楠塔基特岛的大片区域每年冬天都会被海浪冲走——宝贵的地产沦为海洋深处的淤泥和沙子。贝斐尔岛却没有这样的情况。由于伊甸土既防盐又防水，它对风吹浪打有着强大的抵抗力。玛莎葡萄园岛的大片区域是沼泽和湿地，有害的昆虫泛滥成灾。相比之下，贝斐尔岛上没有荒芜之地，那里所有的土地都是干燥的，雨水流走时就像落下时一样清澈干净。布洛克岛的大片区域都看不到也听不到海洋，房产价值因此大打折扣。在被巧妙地建成了S形的贝斐尔岛上，每处房产都是海景房，房子里没有"廉价座位"。

不过，虚头巴脑的话说得差不多了。该去亲眼看看了。克拉姆小姐刚刚示意我，伊甸信诚公司的包机已经到达，准备带我们参观这两个地方。我们只需要走一个街区就可以登机。离开这里的办公室之后，我们将穿过东34街延长线。留神脚下，地面还是有点儿弹性的。

有什么问题吗？

TWO GUYS
FROM
THE FUTURE
(1992)

两个
来自未来的人

"我们是两个来自未来的人。"

"行啊,没错。现在给我滚出去!"

"别开枪!那是一把枪吗?"

这话让我愣了一下神。我拿的是一把手电筒。他们有两个人,都穿着微微闪亮的西装。矮的那个人有点儿可爱,而话全是由高个子说的。

"女士,我们是来自未来的严肃的人。"他说,"这不是玩弄。"

"你是想说'玩笑'。"我说,"现在劳驾滚出去。"

"我们来这里以传教士身份面向全人类。"他说,"终有一天,什么玩意儿都跳脱不了。"

"'逃脱'。"我说,"嘿,你们是在说核战争吗?"

"我们无权告知。"可爱的那个人说。

"最根本的一点是,我们是来抢救你们后世的艺术品的。"高个子说。

"拯救艺术,让世界一边玩儿去。这主意不赖。"我说,"不过,你瞧,现在是午夜,画廊已经关门了。早上再来吧。"

"很好!没必要再用英语了。"因为"你瞧"和"早上"两个词我都是用西班牙语说的,高个子便用西班牙语回答,"没有什么比尝试用一种死语言[1]交流更糟糕的了。"他继续用西班牙语说道:"不过你是怎么知道的?"

"只是猜测,"我也用西班牙语说,接下来我们都用母语交流了,"如果你们真的是两个来自未来的人,你们可以在未来回来,比如等明天我们开了门,对吧?"

"时偏的风险太大。"他说,"我们只能在午夜到凌晨四点之间到达并离开,在这个时间段我们不会干扰你们的世界。另外,我们来自遥远的未来,不是明天而已。我们来这里是为了拯救那些要在即将到来的大屠杀中丢失的艺术品,通过时槽把它们送到我们的世纪,也就是你们眼中的遥远未来。"

"我明白了。"我说,"但是你不该跟我聊。这间画廊不是我的。我只是一个艺术家。"

"在你们的世纪里,艺术家穿制服?"

"好吧,我是夜班保安。"

"那么我们要和你的老板谈谈。让他明天子夜来这里,好吗?"

---

[1] 指不再有任何母语使用者的语言。

"老板是女的。"我说,"另外,你瞧,我怎么知道你们真的是两个来自未来的人?"

"你看见我们突然在房间中间实体化了,不是吗?"

"好吧,说不定我当时打瞌睡了。你试试打两份工是什么滋味。"

"但你注意到了我们的英语有多糟糕。再说这些衣服又怎么解释?"

"在纽约,英语说得不如你的人多的是。"我说,"而且在下东城这边,搞笑的西装说明不了什么问题。"然后我想起了听说过的一篇科幻故事。(我并没有真的读过科幻小说。)

"你干了什么?"第二天早上,我讲了那两个来自未来的人之后,画廊老板波罗戈夫说。

"我点了一根火柴,放到他的袖子上。"

"姑娘,他没开枪打你是你走运啊。"

"他没带枪。我看得出来。那两身闪闪发光的西装相当贴身。反正呢,我一看那布料点不着,就决定相信他们的话了。"

"好多材料都点不着。"波罗戈夫说,"而且,如果他们真的是两个来自未来的人,回来拯救我们这个世纪的伟大艺术品,为什么啥都没拿呢?"她环顾画廊,里面摆满了巨大的塑料乳房和臀部,都是她已故的前夫巴基·波罗戈夫的作品。看到那些东西都还挂在这里,她好像挺失望。

"我不知道。"我说,"他们坚持要和画廊老板谈。大概是非得让你签个字什么的。"

"嗯。最近有几件伟大的艺术品神秘地消失了,所以我才雇了你。这是巴基遗嘱上的条款之一。事实上,我仍然不确定那是不是他死后的宣传噱头。这些来自未来的人要在什么时候出现?"

"午夜。"

"嗯。好吧,不要跟任何人提这件事。午夜我会来找你,就像塔上的麦克白一样。"

"那是哈姆雷特[1]。"我说,"另外明天是我的休息日。我男朋友要带我去看斗鸡。"

"我会付你1.5倍的薪水。"她说,"我可能需要你翻译。我的西班牙语有点儿生疏。"

没有姑娘家去斗鸡场的,我也没有男朋友。我怎么会有男朋友?纽约一个单身男人都没有。我只是不想让波罗戈夫觉得我很好说话。

但事实上,我才不会错过这样的事情。

午夜时分的画廊里,我站在她身边,房间中央的一柱空气开始闪闪发光……不过这种场面你肯定在《星际迷航》里见过了。他们来了。我决定把个子高的那个叫"长条",可爱的叫"矮子"。

---

[1] 在《哈姆雷特》中,哈姆雷特在午夜时分的城楼上遇见了他父亲的鬼魂。

"欢迎来到我们的世纪。"波罗戈夫用西班牙语说,"也欢迎来到波罗戈夫画廊。"她的西班牙语可不止一点儿生疏,原来她在1964年曾在库埃纳瓦卡待过一个月。"我们被《艺术谈》杂志描述为'下城区艺术复兴的交通控制中心'。"

"我们是两个来自未来的人。"长条说,这次是用西班牙语。他伸出了他的手臂。

"你不需要证明什么。"波罗戈夫说,"凭你们来这里的方式,我看出来了,你们不是来自我们的世界。不过如果愿意的话,你们可以给我展示一点儿未来的钱。"

"我们被禁止携带现金。"矮子说。

"时偏的风险太大了。"长条解释道,"事实上,我们在这里的唯一原因是《时空法》中的一项特殊豁免,允许我们拯救本来要在即将到来的大屠杀中被摧毁的伟大艺术品。"

"哦,我的天。什么即将到来的大屠杀?"

"我们无权告知。"矮子说,就好像他只有权说这句话。不过我喜欢他无论和谁说话都在偷看我的样子。

"别担心。"长条说着,看了看他的手表。"还得再过好长一段时间才会发生呢。我们提前购买艺术品,免得价钱被炒上去。按我们的时间是下个月(你们的时间是去年),我们买了两幅哈林和一幅莱德斯马的画,就在附近。"

"买?"波罗戈夫说,"据报道,那些画是被偷了的。"

长条耸了耸肩:"那是画廊老板和他们的保险公司之间的事。但我们不是小偷。事实上——"

"那大屠杀的时候人都怎么样了？"我问道。

"你别插话。"波罗戈夫用英语低声说，"你只是来做翻译的。"

我没有理会她："我是说，在这场即将到来的大屠杀中，人都怎么样了？"

"我们无权救人。"矮子说。

"没什么大不了的。"长条说，"人固有一死。只有伟大的艺术是永恒的。嗯，几乎永恒。"

"而巴基居然入了围！"波罗戈夫说，"那个婊子养的。不过我并不惊讶。如果自我推销可以——"

"巴基？"长条一脸困惑。

"巴基·波罗戈夫。我已故的前夫。这位艺术家的作品此刻就挂满了我们周围。你们前来为后人保存的艺术作品。"

"哦，不。"长条说。他环顾着挂在墙上的巨大乳房和屁股。"我们不能拿这些东西。它们无论如何也通不过时槽。我们来是为了给你时间把它们处理掉。我们为了特蕾莎·奥尔佳林·罗萨多的早期作品而来，她是波多黎各的新复古最大化极简主义大师。你下周将举办她的展览，我们会回来取走我们想要的画。"

"不好意思！"波罗戈夫说，"没有人能告诉我这间画廊挂谁的画或者不挂谁的画。来自未来的人也不行。另外，谁听说过这个罗萨多？"

"我并不想这么无礼。"长条说，"只不过，我们已经知道会发生什么了。此外，我们已经在明天第一时间将30万美元存入你的账户。"

"哦，要这么说的话……"波罗戈夫看起来没那么激动了，"但她是何方神圣？你有她的电话号码吗？或者，她有电话吗？很多艺术家——"

"你们打算买多少幅画？"我问。

"你不要插嘴！"她用英语低声说。

"但我就是特蕾莎·奥尔佳林·罗萨多。"我说。

我辞去了保安的工作。几天后，在我的公寓里，我注意到水槽边上的闪光。空气开始发亮……不过这种场面你肯定在《星际迷航》里见过。我差点儿没来得及提上牛仔裤。我正在画画，我干活儿的时候通常穿着T恤衫和内裤。

"记得我吗，两个来自未来的人之一？"一等到自己完全现身，矮子用西班牙语说。

"看来你会说话。"我说，用的也是西班牙语，"你的搭档在哪里？"

"今晚他休息。他有个约会。"

"你还在工作？"

"今天晚上我也休息。我只是……呃……呃……"他脸红了。

"没约到人。"我说，"没关系的。反正我也正要歇会儿呢。冰箱里有一提百威，给我拿一瓶。"

"你总是在半夜工作？我可以叫你特蕾莎吗？"

"可以啊。我刚刚完成了几幅帆布画。这是我的大好机遇，举办我自己的展览。我希望一切都顺利。你在找什么？"

"百威？"

"百威是一种啤酒。"我说，"上面的盖能拧开。向左转。你确定你们是来自未来而不是过去吗？"（或者只是来自其他国家，我心想。）

"我们到许多不同的时间区间旅行。"他说。

"一定很刺激。你见过他们拿基督徒喂狮子吗？"

"我们不去那个时代，那个时代都是雕像。"他说，"雕像是通不过时槽的。你可能已经注意到了，长条和我打坏了不少，然后我们就放弃尝试了。"

"长条？"

"我的搭档。哦，叫我矮子吧。"

这是我第一次正面感受到过去对未来的影响。

"那么你喜欢什么样的艺术？"我们舒舒服服地坐在沙发上之后，我问道。

"我什么都不喜欢，但我想绘画是最好的，你可以把它们变成平的。我说，这啤酒很好喝啊。你有什么摇和滚吗？"

我以为他在说啤酒，但他指的是音乐。我还有一支大麻，是从一个更有趣的年代留下的。

"你们这个世纪是我的最爱。"矮子说。很快，他说他已经准备好了再来一瓶百叶。

"'百威'。"我说,"在冰箱里。"

"你们这个世纪的啤酒非常好喝。"他在厨房里喊道。

"让我问你两个问题。"我在沙发上说。

"好啊。"

"你有妻子或女朋友吗,在未来?"

"你在开玩笑吗?"他说,"未来没有单身女孩。第二个问题是什么?"

"你不穿那件闪亮衣服的时候,和你穿着的时候一样可爱吗?"

"少了一幅。"核对着单子的波罗戈夫说。工人们正从租来的小型货车上卸下我的最后一批画,把它们搬进画廊的前门。其他工人正把巴基的巨大乳房和屁股从后门运走。

"全都在这儿了。"我说,"我画过的所有东西。甚至有两幅为了交房租卖出去的画都被我借回来了。"

波罗戈夫查阅了单子。"据那两个来自未来的人说,你的三幅早期画作被收藏在2255年的世界不朽艺术博物馆。《三重痛苦》《关于我的小老鼠》《未来的玫瑰》,他们想要的就是这三幅。"

"单子给我瞧一眼。"我说。

"只有标题。他们有一个目录,列出了他们想要的画,但他们不会给我看。时迁的风险太大。"

"'时偏'。"我说。我们再次翻查了堆积的画布。我对肖像画有偏爱。《关于我的小老鼠》是一幅油画，画的是我楼里的管理员，一位总是穿米老鼠T恤衫的拉斯塔法里教[1]教徒。他有两件那样的衣服。《三重痛苦》画的是我在B大道上认识的一位母亲、女儿和祖母。那是根据照片伪造出来的姿势——现在我想到了，这本身就是一种对时间的干预。

但《未来的玫瑰》？"从没听说过。"我说。

波罗戈夫挥了挥手中的单子："这上面有。这说明它在他们的目录中。"

"这说明它能在大屠杀中幸存下来。"我说。

"这说明过了周三晚上的开幕式，他们将在午夜时分取走它。"她说。

"这说明我必须在那之前画出来。"

"这说明你有四天时间。"

"这太不靠谱了，波罗戈夫。"

"叫我米姆西。"她说，"另外不要担心这个问题。快去工作吧。"

"冰箱里有腌鲱鱼。"我用西班牙语说。

"我还以为你是波多黎各人。"矮子说。

"是啊，但我的前男友是犹太人，那种影响会伴你终身的。"

---

[1] 1930年起自牙买加兴起的一个黑人基督教宗教运动与社会运动。

"我还以为纽约没有单身男人。"

"问题就在这里。"我说,"他老婆也是犹太人。"

"你确定我没有耽误你的工作?"矮子说。

"什么工作?"我黯然神伤地说,从晚上10点开始,我就一直盯着空白的画布,"我还要再为展览画一幅画,可我都还没下笔呢。"

"哪一幅?"

"《未来的玫瑰》。"我说。我把标题钉在了画框的上角。也许这就是我找不到头绪的原因。我把它卷起来,往墙上扔去。它飞到半道就掉地上了。

"我想那是最著名的一幅。"他说,"所以你知道你肯定画完了。还有没有百花——"

"'百威'。"我说,"冰箱门上。"

"也许你需要的是,"他带着我越来越喜欢的那种羞涩、狡猾的未来主义微笑,说,"是一次小小的休息。"

在我们小小的休息之后——其实并不小,也算不上是休息,我问他:"你经常干这事吗?"

"这事?"

"和过去的女孩上床。万一我是你的高曾祖母之类的怎么办?"

"我已经调查过了。"他说,"她住在布朗克斯区。"

"看来你真干这事!你这个浑蛋!你一直这么干。"

"特蕾莎!我的心肝!以前从来没有过。这是被严禁的。

我可能会失去工作！只是，当我看到这些小……"

"这些小什么？"

他脸红了："这些小手和小脚。我恋爱了。"

这回轮到我脸红了。他赢得了我的心，一个来自未来的人，永远。

"那么，既然你这么爱我，为什么不带我一起回到未来？"又一次小小的休息之后，我问。

"那样的话，未来三十年里你要画的那些画，该由谁去画呢？特蕾莎，你不明白你将会多么出名。就连我都听说过毕加索、米开朗琪罗和伟大的奥尔佳林——而我根本不喜欢艺术。如果你出了什么事，时偏会把整个艺术史抛开。"

"哦，那么严重。"我似乎止不住笑，"那你为什么不留下来跟我在一起呢？"

"我考虑过。"他说，"但如果我留在这里，我一开始就不会回到这里和你见面了。而且如果我确实留下来过，无论如何我们都会知道这件事，因为会有一些证据。知道时间有多么复杂了吧？我只是个递送员，这让我很头疼。我需要另一瓶百搭。"

"'百威'。"我说，"你知道在哪里。"

他走进厨房去拿啤酒，我在他身后喊道："这么说你要回到未来，让我在即将到来的大屠杀中死去？"

"死去？大屠杀？"

"你们无权告知我的那件事。核战争。"

"哦，那个。长条只是想吓唬你。没有战争。是一场仓库火灾。"

"搞这么多乱七八糟的就因为一场仓库火灾？"

"回来拿东西比防火便宜。"他说，"这些都与时偏保险之类的有关。"

电话响了："怎么样了？"

"现在是凌晨2点，波罗戈夫！"我用英语说。

"拜托，特蕾莎，叫我米姆西。你画完了吗？"

"我正画着呢。"我撒谎道，"去睡觉吧。"

"那是谁？"矮子用西班牙语问道，"胖胖？"

"说话别那么损。"说着，我套上了T恤衫和内裤，"你也去睡吧。我得接着干活儿了。"

"好吧，但在4点前叫醒我。如果我睡过头了，被困在这里——"

"如果你睡过头了，我们早就已经知道了，不是吗？"我讽刺地说。但他已经在打鼾了。

"我不能推迟一个星期！"第二天，波罗戈夫在画廊说，"但凡在市中心艺术圈有点儿头脸的人明天晚上都会过来。"

"但是……"

"特蕾莎，我已经订好了葡萄酒。"

"但是……"

"特蕾莎，我已经订好了奶酪。另外，请记住，除了他们来拿的那三幅画之外,我们卖掉的任何东西都是外快。明白吗?"

"你还是说英语吧,波罗戈夫。"我说,"但是万一我不能及时完成这幅画呢?"

"特蕾莎,我说真的,你必须叫我米姆西。如果你没有画完,他们会安排一个更晚的取货日期,因为他们已经知道会发生什么。看在老天的分上,姑娘,别再担心了。回家干活儿去吧!明晚才开幕,你还有时间。"

"但我都不知道该怎么入手!"

"你们艺术家就没有一点儿想象力吗?编点儿什么呗!"

我以前从来没有卡壳过。这不像便秘。便秘的时候,你可以坐那儿干活儿。

我像笼子里的狮子一样踱来踱去,盯着我的空白画布,仿佛在努力培养胃口去吃它。到了11点半,我已经动手画了六遍,但感觉就是不对。

就在午夜钟声敲响时,水槽附近的空气柱开始闪烁……不过这种场面你肯定在《星际迷航》里见过了。矮子出现在水槽边,一只手背在身后。

"见到你真是太好了!"我说,"我需要点儿提示。"

"提示?"

"这幅《未来的玫瑰》。你们来自未来的目录里有它的照片,让我看看。"

"抄袭你自己的画?"矮子说,"那肯定会引起时偏。"

"我不会抄袭它!"我说,"我只是需要一个提示。我就看一眼。"

"一码事。再说了,目录在长条那儿。我只是他的帮手。"

"好吧,那就告诉我画的是什么。"

"我不知道,特蕾莎……"

"你都不肯打破规则来帮助我,你怎么能说你爱我?"

"不,我是说我真的不知道。就像我说的,我对艺术没什么兴趣。我只是一个递送员。此外——"他脸红了,"你知道我感兴趣的是什么。"

"嗯,我感兴趣的就是艺术。"我说,"而我就要失去一生难得的机遇——妈的,不止呢,失去名垂艺术史的机会——如果我不能快点儿冒出点儿想法。"

"特蕾莎,别担心了。"他说,"这幅画太有名了,连我都听说过它。它不可能没被画出来。同时,我们不要把我们最后的——"

"我们的什么?我们最后的什么?你为什么背着双手站着?"

他拿出来一朵玫瑰:"你不明白吗?今晚取货之后,这个时链就要永远关闭了。我不知道下一份工作会带我去哪里,但不会是这里。"

"那么,这朵玫瑰是用来干什么的?"

"为了记住我们的……我们的……"他突然哭了起来。

女孩们哭起来昏天黑地，但是来得快去得也快。来自未来的男生就更加多愁善感一些，矮子一直哭着入睡。在尽力安慰他之后，我套上T恤衫和内裤，找到一把干净的画刷，又开始踱步。他在床上打鼾，一个矮小的棕色阿多尼斯[1]，身上连片无花果叶都没有。

"4点叫醒我。"他嘟囔着，然后继续睡觉。

我看着他带来的玫瑰花。未来的玫瑰花长着柔软的刺，这很令人鼓舞。我把它放在他脸颊旁边的枕头上，就在这时，我忽然有想法了，整幅画的样子都成竹在胸。每次我有想法，总是一下子把整幅画都想好。（而且我总会有想法。）

当我在创作并且进展顺利时，我会忘记一切。感觉只过了几分钟，电话就响了。

"怎么样？进展如何？"

"波罗戈夫，现在是接近凌晨4点。"

"不，不是的，现在是下午4点。你工作了一整晚加一整天，特雷莎，我看得出来。但你真的一定要叫我米姆西。"

"我现在不能说话。"我说，"我有一个真人模特。算是吧。"

"我以为你不用真人模特创作。"

"这一次用了。"

---

[1] 阿多尼斯：古希腊神话中的人物，以俊美著称。

"随便吧。你工作的时候我就不打扰你了。看得出来你有了点儿进展。开幕式是在7点。我会在6点派一辆货车去接你。"

"派一辆豪华轿车吧,米姆西。"我说,"我们正在创造艺术史。"

"真漂亮。"我为她揭开《未来的玫瑰》的面纱时,波罗戈夫说,"但模特是谁?他看起来有点儿眼熟。"

"他在艺术圈混了很多年了。"我说。

画廊里挤满了人,展览取得了巨大的成功。《未来的玫瑰》《关于我的小老鼠》和《三重痛苦》已经被标记为"售出",而我的其他画作也以每二十分钟一幅的速度贴上了"售出"的标签。每个人都想见见我。我在床边给矮子留了去画廊的路线和出租车费,11点30分他出现了,只穿了我前男友的风衣,说他那身闪亮的西装在他穿的时候消失得无影无踪。

我并不惊讶。毕竟,我们正处于一场时偏当中。

"那个穿着漂亮巴宝莉风衣的赤脚男是谁?"波罗戈夫问,"他看起来有点儿眼熟。"

"他在艺术圈混了不知多少年了。"我说。

矮子看起来在倒时差。他茫然地盯着葡萄酒和奶酪,我示意一位餐饮承办人告诉他啤酒放在了里屋的哪个位置。

差五分到午夜,波罗戈夫把其他人都赶了出去,关了灯。午夜时分,发光的气柱准时出现在房间的中央,然后逐渐呈现出……不过这种场面你肯定在《星际迷航》里见过了。是长条，就他自己。

"我们是——呃——一个来自未来的人。"长条说，开始用英语，最后改成了西班牙语。他有点儿恍惚。

"我可以发誓，你们本来有两个人。"波罗戈夫说，"难道是我瞎编的？"她用英语小声对我说。

"可能发生过时偏。"长条说。他自己看起来也很困惑，然后眼前一亮，"不过，没问题！常有的事。这次取货任务不重，只有三幅画！"

"三幅都在我们这儿呢。"波罗戈夫说，"特蕾莎，就有劳你吧。你把它们交给这位来自未来的人，我负责核对。"

我把《关于我的小老鼠》交给他，然后是《三重痛苦》。他把这两幅画塞进了一个出现在半空中的暗槽中。

"哎呀。"长条说，他的膝盖有些摇晃，"感觉到了吗？轻微的余震。"

矮子从里屋走了进来，手里拿着一瓶百威。他只穿了一件雨衣，看起来非常迷茫。

"这是我的男朋友，矮子。"我说。他和长条茫然地盯着对方，我感觉到时空的结构颤抖了一瞬，然后就结束了。

"当然了！"长条说，"当然，我到哪儿都能认出你。"

"啊？哦。"矮子看了看我手里的画，那是三幅画中的最后一幅《未来的玫瑰》。那是一幅矮小的棕色阿多尼斯的全身裸体画，他仰面而眠，身上连一片无花果叶都没有，一朵玫瑰花温柔地放在他脸颊旁的枕头上。颜料还很黏，但我怀疑等画抵达未来时，它就会干了。

"让我想起了我遇到蒙娜丽莎的那一天。"长条说，"我看过这幅画多少次了，现在本尊就在眼前！那种感觉肯定很奇怪吧，就是拥有世界上最著名的，你知道的……"他朝矮子的裤裆眨眼。

"我不知道什么是奇怪。"矮子说，"不过绝对发生过什么不寻常的事。"

"接着干正事吧。"我说。我把画递给长条，他把它推进了时槽里，矮子和我从此幸福地生活在一起——了一阵子，算是吧……

不过这种场面你肯定在《我爱露西》[1]里见过了。

---

[1] 一部从1951年到1957年播出的美国情景喜剧。剧中露西的丈夫瑞奇是拉丁裔美国人，两人之间存在一些文化差异。

有毒的甜甜圈

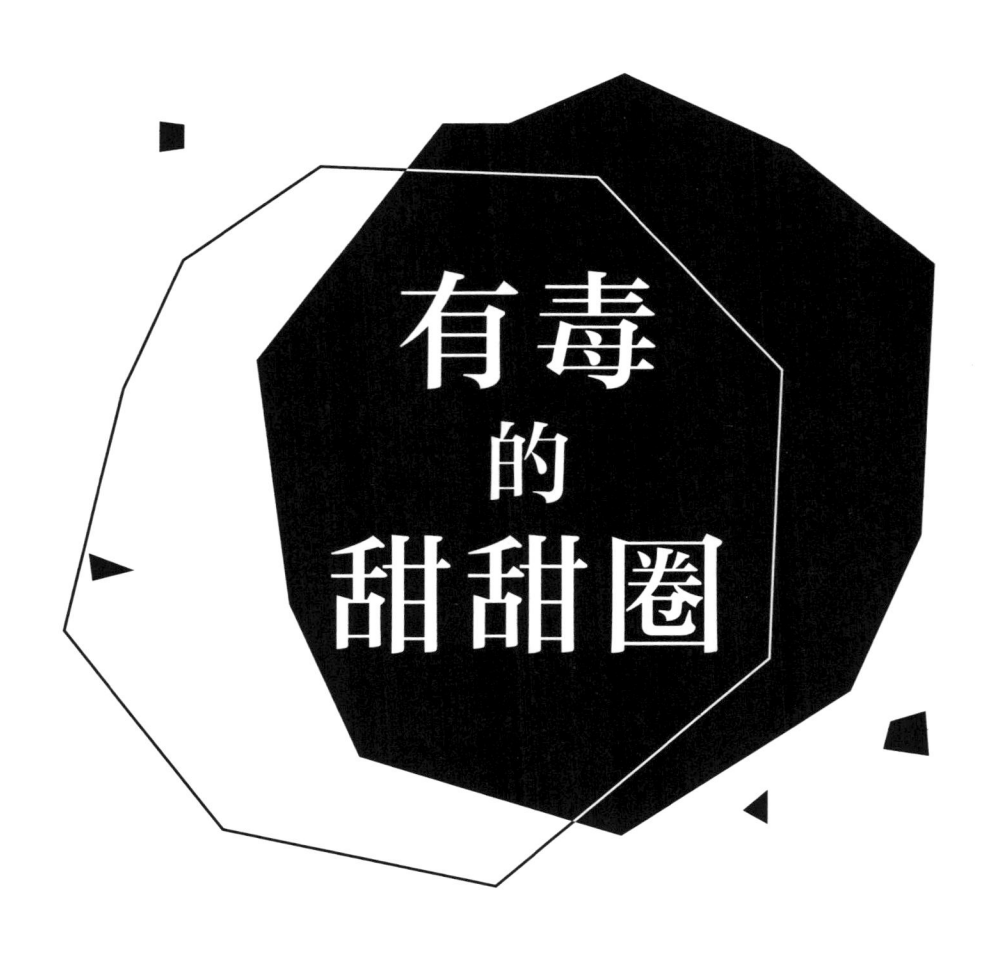

THE TOXIC DONUT

(1993)

嗨，我是罗恩，主持人的首席行政助理，不过你叫我罗恩就行。首先呢，我且不顾你会不会觉得我古怪了，先让我说声恭喜。

我当然知道。我每年都做这个节目，已经六年了。我怎么可能不知道？但是你得这么看，金——你介意我叫你金吗？你被选中在一个晚上代表全人类，还有所有的鸟类和野兽、虫子和蝴蝶、海里的鱼儿、田间的百合花。在今晚的半小时内，你是地球上所有生命的代表。见鬼，就我们所知，那就是宇宙中所有的生命了。这值得一声恭喜，不是吗？你有权感到骄傲。还有你的家人。

你有过……我是说你有家庭吗？多好啊。嗯，我们都知道他们今晚会看什么，不是吗？当然，我知道，反正大家都看。比看奥斯卡颁奖礼的都多。收视率高了8个到10个点。现在一个点大约有1300万人，你知道吗？

好的。总之。你以前上过电视吗?《球赛豪赌》——很好。我也喜欢比尔·默瑞。上帝保佑他的灵魂。总之。好的。做电视节目,99%的工夫在于准备,尤其是直播。那么,如果你愿意到我这边来一下,让我们借此机会为我们的灯光师和你自己过一遍步骤。这样你到时候就能专注于活动本身。

毕竟,这是你的夜晚。

脚下留神,有很多电线。

好的。我们把这个位置叫作"台左[1]"。在8点59分,离播出还有一分钟的时候,会有一个女孩带你出去。那边,穿着绿色小衣服的。什么?因为你是个女人,所以应该是穿比基尼的男人带你?我明白了,你在开玩笑。你蛮有幽默感的,金。你介意我叫你金吗?

对,问过了。

总之。好的。你就站在这里。脚尖放在那个标记上。别担心,摄像机不会总是对着你,没到时候呢。一开始你只是整个场景的一部分。国际儿童彩虹合唱团会唱首歌,我想是《太阳来了》。你要做的就是站在这里,一副美美的样子。然后还得庄重。大概就这意思。顺便说一句,你是两年来的第一个女人。前两位消费者是男的。

我不知道为什么,我们就是称他们"消费者"。我是说,称你们。你希望我们怎么称呼你?

---

[1] 舞台术语,指表演者面向观众时的左手边,台右即表演者面向观众时的右手边。

又是个玩笑，对吗？随便吧。

好的。总之。歌曲结束，时间是9点07分。灯光方面会来点儿花样，主持人上场。不用我说你也知道会有掌声。他径直走到你面前，然后——亲吻还是握手？你说了算。握完手再聊几句。你从哪里来？做什么工作？诸如此类的。对了，你是哪里人？

真好。我还不知道他们说英语呢，不过那里归属英国好多年了，不是吗？

总之。好的。不必担心该说什么。已经有人向主持人交代过你的背景，他会问一两个问题。简短而温馨，有点儿像《危险边缘》里的那种。

要见他吗？嗯——当然——也许——今晚演出前吧，如果时间允许的话。但你必须明白，克里斯特尔先生忙得很，金。你介意我叫你金吗？

对，问过了。我记得。对不起。

好的。总之。这时候要插播一小段广告，然后就到了9点10分。我把这些都记在写字板上了，看到了吗？精确到分钟。在9点10分，灯光方面又要有些花样，然后姑娘们要把共同市场、非洲联盟、美洲、环太平洋等组织的主席引领出来。五位先生，我记得今年有一位是女士了。有一个简短的声明，也没什么字斟句酌的。"你的伟大勇气，保护我们的生活方式"之类的话。还有几句话介绍甜甜圈彩票制度怎么运作，因为今年是第一年允许人们为他人购买彩票。

我很遗憾你有这种感觉。我相信自愿会更好。但肯定是有人给你买了票。这套制度就是这么运作的。

总之。好的。说到哪儿了？9点13分，主席们。他们有一块牌匾，之后会交给你的家人。不要接它。它只是用来看看的。然后是一个吻。对了，握手。对不起。我会记下这一点的。然后他们就从这边离开，台右。别担心，姑娘们负责引导。

好的，9点14分，灯光暗下来，然后是原住民的展示。你仍然站在这里，台左，当然是看着他们。你说不定还会喜欢它。三个女人和三个男人，有响片和鼓什么的。女人们跳舞的时候，男人们就会吟诵。"科学，曾经是我们的敌人，现在是我们的兄弟"之类的内容。你的脖子后面会有点儿感觉，那是造风机。他们在9点17分结束，穿行到这里，给你一种树皮卷轴。接过来，但不要展开。9点18分，他们从台左这边离开。这就到了最后……

什么？不，企业自己不做介绍。他们希望保持低调。

总之，好的，到了9点19分，我们所说的热身阶段就结束了。主持人再次出来，你和他一起走——来，咱们试试——走到舞台中央。他会帮助你始终待在聚光灯下。他欣赏树皮卷轴，开个玩笑，说些广告词。不用担心这个环节。六年了，他每年都这么做，从未失误过。

到了今晚，脚下就不会有那么多电线了。

好的，那就到了9点20分。你在舞台中心，脚尖在这里。就是这样，正好踩在标记上。灯光又要有花样，主持人介绍国际环境科学研究所的主席，他从台左出来，带着甜甜圈。当然，我们看不到，都装在一个白色的纸袋里。他把纸袋放在这里，你面前的讲台上。

他站在那里，那些绿色的标记就是为他准备的——我们都叫他"绿色刻薄鬼"。他从9点22分开始"科学的罪恶"演讲。"几个世纪以来，毒害了地球，弄脏了空气，污染了水，等等"。还是去年那套说辞，旧瓶装新酒，明白我的意思吧。同时播放一段视频。我们称为"悲伤视频"。不想看的话，你就别看，但要表现出关切、惊慌之类的样子。我的意思是这一切确实发生过！没有生命的河流、死鸟、二噁英。这一段持续两分钟。

好的，总之，现在到了9点24分，他开始播放我们所说的"高兴视频"。蓝天，鸟儿，熊，等等。他要进行一段"科学的奇迹"的饶舌，解释他们如何收集和控制了一年中所有的有毒废物、污染物等，并使它们远离环境——

如何做到的？我不太清楚。我从来不听技术部分。亚分子啦，纳米啦，微型啦，这些玩意儿。不过他全都有所解释，我很确定。我想甚至还有一张图。总之，他会解释这一年的所有有毒废物是怎么被收集并浓缩到一个甜甜圈中的。对了，是财年。这就是为什么仪式在今晚举办而不是新年前夜。

好的，总之，他要把袋子递给你。

从台右退出，9点27分。现在只剩下你和主持人，当然还有甜甜圈，还在袋子里。

它可能有点儿油腻。如果你想的话，捏着它的上边缘。随便吧。

总之，好的，这就到了9点28分。你会听到一阵鼓点。现在听我这样介绍，你可能觉得很老套，但到时候就不会了。我知道的，因为这六年我每年都在这里，就站在那边的侧翼，每次我都会眼含热泪。他妈的每一次。镜头拉近。这是你的时刻。你把手伸进袋子里，然后——

嗯？它和别的甜甜圈样子一样。我保证它上面挂了糖浆，按照你的要求。

好的，总之，9点29分，但不要担心时间。这时刻属于你。也属于我们，真的，属于世界上所有关心环境的人，现如今这包括了所有人。你把手伸进袋子里，拿出甜甜圈——

接下来会发生什么？我明白了，你还是在开玩笑。金，我很佩服你这种幽默的人。

总之，好的，我们都知道接下来会发生什么。

你把它吃下去。

CANCIÓN AUTÉNTICA DE OLD EARTH
(1992)

正宗的古老地球歌曲

"安静。"我们的向导说。

于是就安静了。

我们在古老的柏油马路上滑行,途经那些鬼魅般晦暗的建筑。残破的月亮为它们笼上了一层古老而冰冷的光华。尽管曾经在照片上见过无数次,月亮在我们看起来还是过于明亮、过于近、过于死寂。

光子虚影向导为我们照亮了道路,把我们和周围的街道围裹在一团更柔、更新的光里。

在一条狭窄小巷的尽头,四条街道汇入一个小广场。广场一端坐落着一座石头垒砌的教堂,另一端矗立着玻璃和砖块构成的百货商店门面。两者都是高级欧洲时代的产物(我终于回想起自己做的功课)。

"这里没有人。"我们中的一个人说。

"听着……"我们的向导说。

一阵隆隆声传来。一辆用线缆绑定、装着橡胶轮胎的木头小车，载着一台合成器从百货商店外的一条小巷进入广场。拉车的是一个老人和一个男孩。老人用层层加厚的黑色毛衣抵御地球的寒气，男孩则穿着皮夹克。他们身后跟着一个同样一身黑衣的老太太和一个看起来大约四十岁的男人。男人脸上带着盲人特有的笑容。

"他们还住在这里？"有人问。

"他们还能住在哪里？"

他们停住，一只小黄狗从车上跳下来。老人打开合成器的面板，将电缆连接到一块发霉的燃料电池上。火花飞溅。男孩从车上拿下一个脏兮兮的包袱，里面是一把吉他和一个手鼓。他把手鼓递给盲人。

那位老太太拿着一个黑色的塑胶钱包。她没看他们，而是看着我们。我有种"感觉"，她在努力回忆我们是谁。

盲人冲着我们的身旁、身后笑着，就好像是冲着我们身后的广场上涌入的更多人群笑着。他的神态那么有说服力，乃至我"转身"看了一眼。然而广场当然是空荡荡的，城市里只有我们和他们。整颗星球都空寂无人。不见人迹已经有一千年了，无论是海平面下降、上升还是再次下降，都如此——自扭曲发生以来便一直如此。

老太太看着我们的向导流出来，收窄成新月形，将我们围绕着乐手们排成一个半圆。她的脸就像教堂正面的石头一样粗糙，她的面孔已经凹陷。

除了男孩那身过于闪亮的皮夹克,他们身上所有的衣服都很旧。所有的物品都很廉价,都是黑色或者灰色的。

老人打开了合成器,开始用三个键弹奏和弦。电子鼓点保持着节奏,伴着一首舒缓的华尔兹。几个小节后,男孩开始用电吉他弹奏出又高又尖的震音。

"唱歌的呢?"有人小声地抱怨道,"我们大老远穿越宇宙而来,"——略显夸张!——"是为了听歌啊。"

"以前他们为游客唱歌。"我们的向导说,"现在只有像我们这样的特殊团体偶尔来访了。"

盲人开始跳舞。他把狗放在脚边,跳着华尔兹绕过我们围成的小半圆,然后回到原位,先拿手鼓往一只手腕上敲,然后再往自己的臀部敲。当他的脚拂过我们的光子虚影向导时,他的鞋子闪闪发光,看起来几乎是新的。

他停下来,一如开跳时那样突然,然后老人大声喊道:

"Hidalgos y damas estimadas—(亲爱的女士们和先生们——)"

那是拉丁语的一种变体,我基本能听懂,也许是加泰罗尼亚语、西班牙语或者罗姆语。老人的目光越过我们(就像那个盲人一样),欢迎我们回到祖先古老的家园,在这里我们将永远受到欢迎,无论我们漂泊得多远,无论我们离开了多少个世纪,无论我们变成了什么形态,等等。

"Y ahora, una canción auténtica de old Earth...(接下来,一首正宗的古老地球歌曲……)"他向男孩点了点头,男孩在

高音区弹出了一段蓝调旋律——

盲人抬头仰望——月球占据了半个天空——然后踮起脚。他张开嘴,露出发黑而残缺的牙齿,开始了我们穿越半个宇宙来聆听的歌唱。

小狗跟在他身后,他边走边唱,在围成半圆的我们身旁来来回回。歌声真是太美了,正如我们一直以来的想象。他闭着眼睛(因为他正在唱歌),那条狗却直勾勾地看着我们,一个接一个,从我们的"脚"往上看,好像在寻找什么东西或什么人。我只能听懂部分歌词,但随着歌声的起伏,我明白了他唱的是海洋和城市,以及扭曲发生之前的几个世纪。那时候囿于遗传学的限制,我们的先人只能寄身于一颗星球、一种形态。当他唱到之后的几个世纪,唱到最终属于我们的宇宙,他的歌声飙成了一种哀鸣。听着听着,我们一起缩进了光子虚影向导。外面的一切,在残破的月球照耀下,甚至包括那只小黄狗,都显出被弃和迷失的样子。

"他们是最后一批?"我们中的一个人低声说。

"据他们说,"我们的向导用其低沉的语调说,"不会再有其他人了。"

歌唱已经结束了。歌者鞠躬,直到回声消失。当他直起身子,睁开双眼,他的眼里噙满了泪水,仿佛微小的海洋。

"据说canción auténtica(正宗的歌曲)是一首非常悲伤的歌曲。"我们的向导说。

老太太终于走上前来。她打开钱包,有人拿出一枚硬币。

两者相碰，发出叮的一声，仿佛一条长链刚刚合上。她把钱包拿在身前，绕着围成半圆的我们走，狗跟随着她的脚步。我们每个人都把自己带来的硬币放进去。我真希望自己带了两枚。不过我去哪儿再找一枚呢？天知道她要这些硬币有什么用。没有贸易，没有商业，不再有什么可买。

"要我说，canción auténtica（正宗的歌曲）非常悲伤。"有人说。我"点头"表示同意。当然，我们不再能歌唱了，而且据说自从扭曲发生后，我们不再感到悲伤，然而如果没有内心的感触，又何谓听到呢？有什么区别吗？否则如何解释我们的面孔可能曾经有过的苍凉之色？

老太太合上钱包，回到推车旁边站着。盲人似乎准备再次歌唱，但老人开始关闭合成器，将面板折叠起来。男孩用毯子包住了吉他和手鼓。光子虚影向导回缩，把我们聚拢到它的光团里，狗在那里观望着。

是时候离开了。

当其他人开始行动时，我在百货商店阴影的边缘，那个月光刚好照不到的位置，犹豫不决。歌者站在那里，用他闪亮的眼睛看着我们离开，像月亮一样毫无生气。我觉得他不是为了硬币而来，而是为了别的东西，为了可以为之歌唱的人。也许他希望我们鼓掌，但那当然是不可能的。也许他仍在希望我们有一天都能回家。

老人和男孩开始拉着车走。老太太呼唤盲人，他转身跟了上去。只要有小车的隆隆声他就能知道方向。那条黄狗停在阴影的边缘，转过身来，回头看着我，就好像它……好像我……但是盲人吹了一声口哨，狗也走了，跟着小车离开。我立刻赶上了其他人。我们离开了，前往我们的飞行器、我们的星舰，以及我们遥远的家。

残缺人

PARTIAL PEOPLE
(1993)

残缺人

　　有人提出关于"不完整的人"的问题，目击地点或者是箱子里，或者是长椅下。嘴唇和眼睛像口香糖一样粘在剧院座位下面。还有脚穿着鞋子站在简陋的门口。

　　以上神秘现象都可以立刻澄清。他们是残缺人。

　　残缺人本身并不完整。他们不值得关注，尽管他们可能会极力博取关注。

　　残缺人也许看起来需要医疗照顾，因为缺少一条腿、一侧身体、某个关键特征等。然而，他们的残缺特质（原文如此）并不表明他们身患疾病。他们不需要医疗，即便需要，也只要一点点。

　　他们可能（他们会！）声称自己即将死去，但那怎么可能呢？正如一位智者所言，不曾完整地活过的人，又怎会真正地死去。

　　听好了：他们是残缺人。

* * *

有人猜测他们来自另一个宇宙或者某个平行宇宙。然而，科学已经证实，情况并非如此。或者说，如果他们来自另一个宇宙，那也不是个重要的宇宙。

必定有人会提出食物问题。一般来说，最好是假装残缺人已经进过食。

外观是一个问题。残缺人怪异而且往往难以见人的外表可能会引发讨论，特别是在那些寻求丑陋事物以作谈资的人中间。然而这种讨论应保持在最低限度。

交通。他们很少驾驶汽车。汽车操控装置，哪怕是自动挡的（现在大部分汽车都是），也可能令他们望而生畏。更不用说租车了。

然而，残缺人可能会妨碍交通：莱斯利·R.在M市的G大道上行驶时，其车道上出现了一个盒子，他／她惊讶地发现盒子里伸出一只手臂。不过，根据盒子其余部分的大小，他／她判断盒子不足以容纳一个完整的人，因此维持原有的速度和方向，从而避免了变道及可能由此引发的事故。

简言之，莱斯利并没有被慌乱的挥手分心。他／她轧碎了盒子。

残缺人可能试图把自己当作完整的人。有时候，也许拥有所有或者几乎拥有所有惯常的视觉特征，缺失的可能只是某个内部器官或者特征，并不容易看出来（或者只缺了眼睛）。出于这个原因，最好是假设纠缠不清的陌生人都是残缺人。

* * *

旅行。残缺人必须支付全额票价，但不得走完全程。这限制了他们的旅行。

警方应对残缺人的经验并不一致。残缺人有时候欠揍，但很少需要被逮捕。

钱。残缺人通常有一点儿钱，但肯定会要求更多。在地铁上不要接受他们的卡片。

在人群中，他们以狡诈的方式站立，以便由三四个拼凑出一个完整的人的样子，甚至是两个拥抱在一起组成一个完整的人。这便是他们合作能力的极限。

"残缺人"并非专有名词。

如果他们坚持要生孩子，他们的孩子也是残缺人（残缺孩子）。他们基本不玩耍。

他们可能声称自己是退伍军人，特别是那些面容或者身形残缺的。

他们可能在计数方面有困难（从小于1的数开始）。他们的想法可能与你持有的想法相矛盾。他们讲的话中充满了残言断句和对教条的徒劳尝试。即使是打招呼，也会引得他们大声喧哗。

疯狂地挥手并非残缺人友好问候的方式，而是在试图公然引起关注。

  为了你自己和社会着想。不要被蒙蔽。拒绝残缺人便是。

  谢谢。

卡尔的草坪和花园

CARL'S LAWN & GARDEN

(1992)

卡尔的草坪和花园

> 不要再为过去的好日子悲恸了,我们在很大程度上仍然生活在其中。
>
> ——尤厄尔·吉本斯

我工作的最后一周(一如既往地)以危机开始。"代号四,盖尔。"卡尔一边把帽子扔给我一边说。他一直念不对我的名字。"是巴伯家,在新不伦瑞克南部的低语森林居民区,下了1号公路就到。"他把皮卡退到温室的库房那头。我把设备扔进后斗的时候,他问我:"拿上滴嘴了吗?拿上4加6了吗?拿上塞洛凡、滴士50了吗?还有草坪注射器?电震器,以备不时之需?哦,还有在商场会用到的荷兰榆树芯片。我们今天可能会去那里。"

那是一个明亮而哀伤的六月天。车来车往,五颜六色。路边是一片灿烂的绿色,为春天新涂的颜色。

"我们到了,盖尔。这里就是低语森林。"我们把车开过大铁门。大门两旁那两棵巨大的激光枫树上,带杜比音效的叶子沙沙作响。蜿蜒的车道旁边,高屋大宅坐落在宽阔的假草坪上。在抵达转弯处的巴伯家之前,满眼都是"海绵和草皮"(那是卡尔对鲜翠芯片和星空草坪的称呼)。

他们的草坪不是绿色的,而是黄绿色的。这是该居民区唯一的有机草坪。我们在四年前为他们铺设的,前两年,它几乎成功长出来了,然后去年夏天,我们却又不得不给它接上了24小时的滴注。现在看来,最后的关头到了。

巴伯夫人站在门口,一脸忧虑。我们停车时,她丈夫正好也在把车停在车道上。她一定是在同一时间给两边都打了电话。

"天哪。"巴伯先生从他那辆克莱斯勒艾柯卡里出来,看着他正在泛黄的"10万美元"(准确地说,是104 066.29美元。有时候我会看卡尔做账)说,"现在还不算太晚,是吧,卡尔?"

"永远不会太晚,巴伯先生。"卡尔说。草坪上最绿的部分形成了一个纵横交错的图案,就像X射线一样显现出埋设于地下的滴水饱和器网格,其他位置的草都像得了黄疸似的。院子四周的边缘都已经变成了深棕色,仿佛马上要烧着的纸张。

"代号六,盖尔。"卡尔说,他修正了原来的评估,"给我倒足4.5升的二构络仿卡因,快速注射。动作快点儿。我去装载移动雾化器。"

营养罐建在牧场式住宅的一侧，伪装成一间储藏室。我把四罐二构络仿卡因倒进去，又额外加了一些毓跰，然后把底泵调到最高挡位。前面的卡尔拿着一个双原塞密他林喷雾器在草坪上跑来跑去，而巴伯夫妇在门口忧心忡忡地看着。几个邻居聚集在路边，表情混杂着关切和难掩的喜悦。看得出来，巴伯夫妇和他们的有机草坪并不受欢迎。

快速的双原塞密他林修复给瘦小的草叶送去了一阵绿色的光彩。透过脚底，我可以听到它们如释重负的叹息。但是，除非从滴注输液管网渗上来的饱和溶液能让根活下来，否则整件事情将是白费功夫。

把喷雾器放回卡车时，卡尔表情非常严肃。"如果到星期三还没有好转，就给我打电话。"他对巴伯夫妇说，"你们有我家里的电话号码。我们会在周五过来一趟，调整滴注溶液，到时再检查。"

"这个……要花多少钱？"巴伯先生小声说，免得让他的妻子和邻居们听到。卡尔给了他一个哀伤而不满的眼神，巴伯先生羞愧地转过身去。

"妈的，不过我能理解他问出这样的话来。"我们回到路上之后，卡尔对我说，"以前你买一块草坪就有保险，尤其是跟新房配套的草坪，但是现如今没有那样的保险了。你可以为一棵树买保险，反正盆栽的可以，或者电子灌木，当然还有随便什么种类的全息植物。但一片活草坪？天哪，盖尔，怨不得这家伙会担心。"

同理心是卡尔最好的品质。

我们在普林斯顿旁路的拜伦勋爵餐厅吃了午饭。那里是唯一一个允许女孩不穿鞋的地方。拜伦勋爵在退伍军人医院做了二十年的厨师,然后才攒够钱开了自己的店。基于这一医疗专业背景,他认为自己是一名医生。

"老样子。"卡尔说。两瓶啤酒和邋遢乔牛肉酱三明治[1]。

拜伦勋爵掀开我的帽子,把温暖的大黑手覆在我的头顶上。"和我想的一样。"他说,"冷得像冰似的。你确定菜单上找不到你可以吃的东西吗,盖伊?"

他也从来没有念对过我的名字。

午饭后,我们给303号公路上的一家殡仪馆更换了花坛上的主板。图像是那种廉价的十六位版本,人不能直接穿过去,只有在一百码左右的距离上看起来才像样。卡尔是在去年秋天卖给他们的。据说花坛可以升级,但实际上它的制造商在冬天已经倒闭了,现在芯片成了绝版。如果不把全套装置换成新的,你连花的种类甚至颜色都改不了。

卡尔迟疑地解释了这些情况,以为对方会跟他吵起来,然而殡仪馆经理干净利落地签下了新的芯片,一个霍尔马克的复制品。"他们是一家特许经营机构,盖尔。"卡尔在回店的路

---

[1] 一种美国传统快餐。

上说,"他们不关心花费。妈的,有什么关心的必要呢?根据《环境升级法》,都可以减税。反正我一直也不怎么喜欢花,哪怕是有机的。"

周二比前一天好,因为我们可以挖土了。我们在约翰逊公司安装了10米长的巴塔哥尼亚麝香树篱。这东西并非真的来自巴塔哥尼亚,这个名字应该是暗示它属于某种坚韧的品系。它实际上是电子树篱,一种浸透了肥料的塑料格子,三维网格上每隔20毫米就有一个无水生长芽巢。但从里面长出来的小叶子就像我一样真实。它们沐浴在阳光下,在风中摇摆。就算是虫子——如果有的话——也会看走眼。

卡尔的心情很好。10米长的树篱,每米325美元,挺丰厚的一笔收益。另外由于根部本身没有生命,你可以直接把它们放入未经处理的地面。铲子滑入泥土的感觉点燃了园丁的热血。

"这就是生活,对吧,盖尔?"卡尔说。

我点了点头,对他回以笑容。尽管泥土的气味有些不对,倒也不是说有什么怪味,只不过是完全没有气味。

在拜伦勋爵餐厅吃完午饭后,卡尔在花园州[1]购物中心卖出了两棵电子树。经理想用树在主入口处做展示,卡尔不得不劝他别用有机树。卡尔并不比我更喜欢电子树,但有时候它们是

---

[1] 美国新泽西州的别名。

唯一的选择。

"我有点儿想要真正的树。"经理说。

"不在户外的话你可不能用真树。"卡尔说,"你看,有机树太脆弱了。就算你能买得起——而你买不起——它们会得奇怪的疾病,会倒下。你必须没日没夜地培育它们,我给你看看这些微软出品的新荷兰榆树。"他按下全息投影仪的开关,而我则开始拼凑感应栅栏。"瞧见它们的样子有多棒了吗?"卡尔说,"来啊,绕着它们走一圈。我们叫它'不朽者'。不招虫子咬,永远不会生病,供电就行。我们可以把投影仪架在屋顶上,你就不用担心它被汽车碾到了。"

"我想要某种能投下阴影的东西。"经理说。

"你可不希望商场里有阴影。"卡尔说。推销时他什么问题都接得住。"也不必担心购物者直接穿过树身,"他用手穿过树干,"从而破坏图像。这就是栅栏的作用,我可爱的助手正在设置的那个栅栏。准备好了吗,盖尔?"

我把两段白色的尖木板栅栏放在树旁边,扣在一起。

"那不是全息投影的。"经理说。

"没错,先生。实实在在的塑料,"卡尔说,"而且它的作用远不止是防止人们走路或者开车穿过树。栅栏本身是复杂的环境传感器。新加坡制造。看。"

我打开栅栏,由于没有风,卡尔吹了一下栅栏。树上的叶子舞动、摇曳起来。他用手遮住一个栅栏,一个影子落在树梢。"它们对实际的风和日照条件做出反应,以达到最大限度的真实效果。现在让我们假设下雨了……"

这是给我的提示。我把一个纸杯递给卡尔,他用指尖把水洒在栅栏上,就像牧师洒圣水似的。树木的叶子闪闪发光,看起来湿漉漉的。"因此我们叫它们'不朽者'。"卡尔再次自豪地说。

"那鸟呢?"

"鸟?"

"我在什么地方读到过,鸟类会被迷惑,尝试降落在树枝上或什么地方。"经理说,"我记不太清了。"

卡尔的笑声突然变得很悲伤:"你上次见到鸟是多久之前了?"

我们特意留出了周三,用来为卡尔的杰作——普林斯顿大学的橡树林提供维护。不是椿橡树或者复合红"木",而是全尺寸的实木白橡树。也不是栽在花盆里,而是直接长在"地面"——一个0.09英亩的生态圈胶体库,里面浸透了树用普雷辛纳敏加强型高电解质强制滴注溶液,这是迄今为止最有效(也最昂贵)的滴注树稳定剂。地面胶体很坚固,以至这些足有44英尺高的树不依靠线缆就能站立。它们很宏伟。树林总共有七棵橡树,只比温德姆的州立森林少两棵。普林斯顿大学是新泽西唯一能够负担得起这么多有机树的私人机构。

然而出了些状况。树上没有一片叶子。

"代号七,盖尔。"卡尔说,他的声音中带着惊慌。我一瘸一拐，尽可能快地走上小山，检查了人文楼下的大桶，但它们基本上还是满的，而且溶液没有问题，我便走了。树和草不一样，没有必要调高滴注泵的压力。

卡尔在按喇叭，于是我回到卡车上，我们动身去找场地主任。他不在办公室。我们在知识大厅找到了他。他正看着一套来自巴克斯县的装置扫描着北墙的常春藤。常春藤还没有彻底死去。当软件扫描并复制每根垂死的卷须，用生动的绿色图像取而代之时，我仿佛听得到这棕色的植物发出微弱的呻吟。接下来旧的常春藤被长长的墙耙扒拉下来，装进袋子。我感到头疼。

"我刚从树林那边过来。"卡尔问道，"橡树像那样光秃秃的有多久了？你为什么不给我打电话？"

"我以为它们是自动的。"场地主任说，"再说了，没人责怪你。"

图像版的常春藤随着蝴蝶的出现而完整起来。蝴蝶不知疲倦地盘旋着。

"不是责怪谁的问题。"卡尔说。他被场地主任气得不轻，把皮卡挂上了挡。"上来，盖尔。"他说，"我们回树林那边。我觉得这回碰上了代号七。该上电震器了。"

电震器是一个以汽油为动力的感应线圈，大小与我们在寒冬时节给温室保温的"蝾螈"一样。卡尔开动它的时候，我把连接着它的两根电缆从卡车底盘里拉出来，向树林那边拉。拉得越长，就越沉。

"我们可不能在这里耗一整天！"卡尔喊道。我把红色的电缆夹在最远的树上的一根低矮的枝条上，把黑色那根夹在一根打入地面胶层的钢棒上。然后回到卡车里。

就在卡尔按下开关的时候，场地主任骑着他的三轮车停了下来。几个急着去上课的学生站住了脚，茫然四顾，因为电流正在他们脚下的人行道上奔突横行。卡尔又按了两次。能看到顶端的细枝在晃动，但是那里并没有任何感觉，哪怕是离那里很远的下面，在黑暗和无声的痛苦中蜷缩的树根也几乎没有任何感觉。

"这就应该能唤醒它们了！"场地主任欢快地喊道。

卡尔没有理会他。他在树林里，跪在一棵橡树的根部，示意我走过去。"自生草。"他用指尖抚着四片小小的羊茅草草叶低声说，"我已经很多年没有见过自生草了。"我用指尖感受着它，一条极其精致的绿丝条，活得那么急切，那么无所顾忌。它正在吸食本应流向树根的养分，而树根不知为何已经失去了生存的意志。

"对不起，我不该吼你，盖尔。"卡尔说。我们站起来的时候，他用手掸了自己的膝盖，又笨拙地俯身掸了我的膝盖："我不知道自己是怎么了。"这是实话：自从六年前我在他的苗圃里寻求庇护以来，这是他第一次吼我。

卡尔告诉场地主任，明天会再来检查橡树林，然后我们就离开了。但我们都知道，电击的作用微乎其微，而且为时已晚。在回苗圃的路上，卡尔闭口不谈他心爱的橡树，而是聊起了自生草。"还记得草会生长的时候吗，盖尔？"他说，"到处都是。你不用喂，或者强迫它们，也不用专门去种植什么的。孩子们靠割草就能挣钱。妈的，你根本拦不住。在路边、在隔离带、在人行道的缝隙都能长。树也是一样。树长得才疯狂呢。放着一块地不管，过几年就变成一片林子了。空气中就有生命，仿佛野生酵母，而整个该死的世界就像酸面包。记得吗，盖尔？过去那些好日子。"

我点点头，然后看向别处，但自怜的泪水还是不受控制地抢先涌入眼眶。我怎么可能忘记过去的好日子呢？

到了周三中午，巴伯夫妇还没有打电话来，我们便在去吃午饭的路上顺便去了趟巴伯家。不祥的深棕色边缘仍然存在，但草坪中央的草呈现一种更明亮的绿色，有些地方绿得几乎刺眼。"至少它还活着。"卡尔说，但语调听着有点儿没把握。我耸了耸肩，感觉不妙。

"我瞧着那姑娘状态不怎么对劲啊。"拜伦勋爵在午餐时说。因为在柜台前的凳子上无法保持平衡，我不得不找了一把椅子。

"她没事的。"卡尔说，除了同理心，乐观是他最好的品质，"我还是要老样子。"

卡尔花了一下午的时间做账，我则在温室办公室那头的小床上打瞌睡。"植物方面的损失我都在电子服务方面补了回来。"他说，"我是本州唯一一个仍在提供有机植物维护的园丁——不过你已经知道了。这一切如何平衡才是好玩的地方，盖尔。首先，我以毒剂或者割除的方式除草赚钱，然后努力让它活着，并且从中赚得更多。这一切结束后，绿地就能生财。每年春天都要涂色。树木也一样。首先是销售，然后是维护，生命支持。现在都是电子的了。妈的，我不知道自己在抱怨什么，盖尔。我赚的钱比以往任何时候都多，但不知为什么，总觉得自己要倒闭了……"

他滔滔不绝地讲了一下午，而我辗转反侧，试图入睡。

周四早上，我们带着越来越强烈的忧虑驶向大学。我心里一直有数，卡尔在把车停在树旁熄火的时候也明白了。我甚至不用下车就能感觉到脚底下的寂静。橡树林里毫无生气。卡尔的骄傲和喜悦已经永远地死了。

自发生长的羊茅草也不见了。我们下车去查看，但它一夜之间便已经干枯，只剩下棕色的叶片，在秃树枝交织成网的阴影下枯萎。也许是电震器杀死了它；也许它只是耗尽了生命，就像是现如今其他的一切。

"没有人责怪你。"场地主任说。他已经神不知鬼不觉地走到了我们身后，把手放在卡尔的肩膀上。"说实话，卡尔，我们一直有资金问题。反正我不敢说这种地面滋养我们还能维持多久。你觉得改用视频叶子怎么样？或者我们甚至可以尝试移植硅白杨树枝，至少维持一两个季节。但别担心，不到万不得已，我们不会拿掉这些伟岸的橡树。它们就像学生们的老朋友，卡尔。你知道他们怎么称呼这个树林吗？"主任看着我，眨了眨眼睛——我猜是因为他认为我很年轻。"学生们叫它'接吻林'！"

"不是责怪谁的问题。"卡尔说。我从未见过他如此沮丧。我自己也感觉很低落。

"你应该把这姑娘送回家，卡尔。"拜伦勋爵在我们停下来吃午饭时说，"她为你工作多长时间了？盖伊，亲爱的，你请过病假吗？"

"她住在温室里。"卡尔说，"她其实算不上是为我工作。还有，别动她的帽子，没人愿意看一个光头。"

我们花了一个下午的时间来拉动滴注的配件。特拉华谷高尔夫俱乐部是花园州最豪华的俱乐部之一，球道和果岭在几年前都还是有机的。今年，我们终于在果岭上败下阵来。周四是我们把硬件取出来的最后期限，之后他们就可以铺设永久草皮了。

卡尔把皮卡直接开上球道，无视球手们愤怒的喊叫和咒骂。果岭看起来就像月球。卡尔愤怒地拧下喷嘴和配件，把它们扔到皮卡的后面，但把管道留在了地下。不值得花大力气把它们弄出来，至少对一个单独工作的人来说是这样。我当时头晕目眩，只能看着。

"每年春天都会变得更糟。"卡尔嘟囔着，他上下颠簸着穿过最后一条球道，穿过沟渠，来到县道上，"你还好吗？我要不要停车?"

我试图呕吐,但什么都吐不出来。

星期五,我几乎起不来床。我曾经黝黑的皮肤在温室的窗户上映出苍白的影子。卡尔正用卡车钥匙敲打着玻璃。已经10点了。

"代号八,盖尔!"他说,"我去开车。"

是巴伯夫妇。"我听不懂她在说什么。"卡尔边说边把车开到了路上,他给了我紧急闪光器,让我插上插头,在仪表盘上设置好,"但情况肯定很糟糕。妈的,她在尖叫。"

那是一个阳光充足、春意正浓的日子,天空蓝得吓人。1号公路被堵住了,卡尔打开了汽笛,也打开了灯。他在路肩上开车,一侧轮子轧在沥青上,另一侧轧在涂有绿色油漆的岩石上。

当我们抵达低语森林时,看得出已经太晚了。

邻居们在巴伯家前院的边上站了一圈,看着草地变成黄色,然后是黄绿色,然后又变成黄色,就像酒精燃烧的火焰一样,扭成一波接一波令人恶心的光带,散发着微弱的噼啪声和稀薄的死亡气息。

"听起来就像浇上牛奶的麦片!"一个孩子说。

卡尔跪下去,拔起一丛草,闻了闻草根,然后闻了闻空气,看了看我,仿佛是第一次看到。"代号十。"他用一种出奇平淡的声音说。难道我们不是早就料到这一天了吗?

"小心!"一位邻居喊道,"退后!"

院子边缘的深棕色开始变暗，并向内蔓延。它越接近仍然是绿色的中心，噼里啪啦的声音越大。它向后撤了一次，然后又撤了一次，每次后撤都会使黄绿色的草变得更苍白一些。然后，草地忽地变黑了，就像一只眼睛闭上了，一片寂静。我觉得膝盖不听使唤，便向后靠在卡车上。

"现在还不算太晚，是吗，卡尔？"巴伯先生走到步道的尽头问道。他的妻子跟在他身后，恐惧地吸着鼻子，双脚不离走道的中央，避开死去的地面。稀薄的死亡气息已经让位于一种难闻、潮湿、令人作呕的臭味，仿佛某个巨大的坟墓已然敞开。

"那是什么味道？"一位邻居问。

"嘿，先生，你儿子要摔倒了。"一个孩子扯着卡尔的袖子说，"他的帽子掉了。"

"她不是男孩。"卡尔说，"她的名字是盖亚[1]。"我以前从未听他念对过这个名字。

"那是什么味道？"另一位邻居问。她嗅到的不是草坪的气味，而是风，悠长的风，一路吹到世界各地的风。

"失陪。"卡尔对巴伯夫妇说。他跑过来，想把我抱起来，但我早已远去。

"确实是太晚了，对吗，卡尔？"巴伯先生说，卡尔点点头，开始哭了起来。我本来也是要哭的，如果我还能哭的话。

---

[1] Gaea，是希腊神话中大地女神的名字。"盖亚假说"认为地球是一个可以自我调节的生态系统。

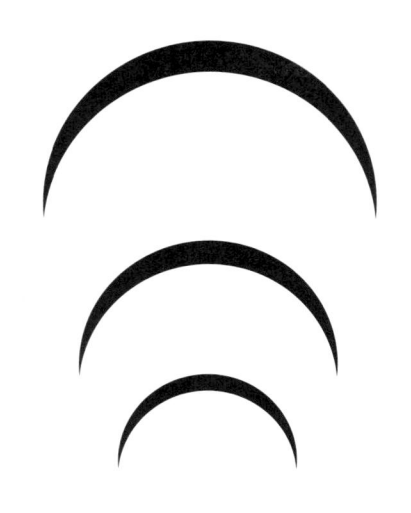

讯息

THE MESSAGE
（1993）

电话里的声音虽然微弱，却很清晰："我们的呼叫有回应了。"

"我马上到。"

多年来，我一直盼想着、期待着这一刻，我为项目付出了努力，付出了梦想，甚至包括身负他职的时候，然而事到临头，仍然不敢相信。而更难的是向珍妮特解释。

"是贝丝打来的。"我说。

"你要离开了。"这是一个陈述，而不是发问。

"我们早就知道可能会有这一天。"

"用不着回来了。"

"珍妮特……"

但她已经翻过身去，装作睡着了。我几乎能听到织物撕裂的声音：八年了，从中西部的小学院到海洋探索中心，再到伍兹霍尔的漫长冬季，让我们俩形影不离的婚姻，正沿着接缝裂开。

撕裂一旦开始，便不会停止，不再弥合。我打车去了机场。

飞往圣地亚哥的行程长得漫无尽头。我一下飞机就给飞鱼公司的道格打电话。

"记不记得你说过，如果我们正在努力的事情成功了，你会放下一切带我去岛上？"

"来机库找我。"他说。

我到那里的时候，道格那驾老赛斯纳已经在预热了。我带了两杯咖啡，其中那杯黑咖啡是给他的。我们话都来不及多说，便已经升空，向西飞往洛马角。

"这么说终于和鱼联系上了。"他说。

"海豚不是鱼，你明知道的。"我说。

"我没说它们，我说的是伦纳德。他在水下待那么久，该长鳃了吧。"

道格每月两次飞往该岛，为我的伙伴们送去补给。当大陆在我们身后渐渐模糊得看不清，我回想了一下将我们带往这座偏远的太平洋小岛的多年研究。

当我们拒绝海军将我们的数据用于武器研究，他们切断了对我们的拨款。当我们拒绝发表初步结果，斯坦福大学也切断了拨款。一笔又一笔的资助像树叶一样凋零。我的婚姻也是。现在看得出来，它也成了另一片落地的树叶。自从我为了继续投身这项毕生事业而拒绝终身教职，珍妮特和我这几年来一直渐行渐远。

项目。

"到了，博士。"

这座岛是亚历杭德罗·马丁内斯借给我们的，这位硝酸盐百万富翁此刻正躺在墨西哥城的床上度过生命最后的时刻。岛是一条1英里长的水滴形岩石，一端有海豹栖息，另一端坐落着项目的灰色（我这才意识到那是海豚的颜色）玻璃纤维模块化建筑。

道格直接把小巧的赛斯纳172开进了山边用推土机辟出来的短跑道。我好奇他在雾中或风中是如何落地的。离尽头大概只剩下10英尺了，他才用力踩下制动，没让螺旋桨撞上岩石。

贝丝已经在吉普车里等着了，发动机没有熄火。看到她相貌平平的大脸上露出灿烂的笑容，我在想，如果当年择偶时追求的是和谐而不是美貌，我的生活会是什么样子。她和伦纳德首先是合作伙伴，然后才是其他关系。

"欢迎！"她的喊声盖过了风声和澎湃的海浪声，"想加入我们吗，道格？今天是我们的大日子！"

"错过什么也不会错过这个。"说着，他关闭了引擎，"鱼在哪儿呢？"

"在池子里吧，我想。"贝丝说，"来来去去的。要是被我们关了起来，什么样的智慧生物还愿意跟我们交流？"

"他逗你玩呢。"我告诉她，"他说的是伦纳德。"

"我也是。"她笑着说。

沿着岛上仅有的半英里道路，贝丝以娴熟且瘆人（"这里毕竟是墨西哥嘛！"）的驾驶风格朝着建在岩石上的实验室飞驶。它的样子就像潮水退却后露出的灰色和粉色珊瑚架。它所包围的水池三面向海。

伦纳德在带顶棚的上层甲板上，穿着他经常穿的潜水服，浑身湿漉漉的，嚼着海藻三明治，盯着电脑屏幕。

"来了？"我问。

"讯息来了。"说着，他抬头看着我。脸上闪烁的不知道是海水还是泪水。

我们拥抱在一起，贝丝也加入了我们俩，这是大家的胜利。我和伦纳德在十二年前启动了项目，伦纳德负责海底实地工作，贝丝设计并建造了语音合成器，而我则编写了程序。

在我穿潜水服时，贝丝向疑惑的道格解释了我们所做的事情。在此之前，这一切都是顶级机密。"以前人们尝试与海豚交流，总是因为时间因素而失败。"她说，"是博士发现了它们具有集体而不是个体思维。首要的问题是让它们相信，我们这个作为个体生存和死亡的种族不仅可以交流，甚至有思考的能力。我想它们还以为我们所有的活动都是反应性行为[1]。"

"那城市呢？船只呢？"道格说，"我们已经在海上活动了许多个世纪。"

"哦，海豚知道。但是它们早就见过珊瑚礁和贝壳，见过各种被建造的物体。比如澳大利亚的大堡礁就是被制造出来

---

[1] 由某种特定的刺激而引起的行为。

的，它比我们所有的城市加起来还要大。它们不造东西，不将价值赋予事物。"

"它们这个文明的成果是思想。"伦纳德插话道，"它们正在建立一种思想，一种它们几千年来一直在研究的概念。这是一个超越我们想象的宏伟工程。"

"就是说它们自认为太优秀了，不屑于和我们说话。"道格说。

"不要着急上火。"贝丝笑着说，"它们不像我们似的用语言思考。语言是手的延伸——一种掌握机制，而它们不会以和我们一样的方式掌握和操纵思想。因此，我们多年来一直在努力做的是，尝试将它们的思想破解成语言。"

我差不多已经准备好了。我又喝了一大口咖啡。我的手在颤抖。

"主要问题是时间框架。"伦纳德说，"我们一字一句地说话，而海豚之间的交谈则绵延几个世纪之久。它们对个体之间的交流不感兴趣。它们与发展中的自我和它们的后代交流。准备好了吗？"

最后这句话是对我说的。我点了点头。

伦纳德带着我走下楼梯，来到了水池层。贝丝和道格紧跟着我们。海浪仿佛一颗巨大的心脏在外面轰然作响。

"听起来它们还是不想和我们说话。"道格表示异议。

"哦，我们发现，它们是愿意的。"伦纳德说，"它们非常高兴听到我们的消息。你得明白，它们知道我们是谁。"

"它们记得。"贝丝说。

"它们向我们传来一条讯息。"伦纳德说。

"它们花了31个月才说出来。"贝丝说,"这是成千上万的个体完成的工作。"

"那就听听吧!"道格说。我们都被他的不耐烦逗笑了,典型的人类特性。

"博士先请。"伦纳德说,"合成器只在水下工作。"他把我带到水池的尽头。那里有几条海豚,体态庄重,身体泛着珍珠般灰色的光泽,像大使馆接待室里的特使一样等待着。

我滑入水中。水很冷,不过感觉很好。海豚用鼻子蹭蹭我,然后潜了下去。我想和它们一起下潜,但我只穿了潜水服,没有戴呼吸设备。

"准备好了吗?"伦纳德问道。

我点了点头。

"把你的头低到水下,听着。"

我漂浮着。一个低沉、缓慢的声音在我体内回荡,就像我在很久以前的梦里曾发出的声音:"回家吧。一切都被宽恕了。"

英格兰跑路了

ENGLAND
UNDERWAY
(1993)

英格兰跑路了

　　福克斯先生后来才忽然意识到——是猛然警醒,就好比给了陌生人一杯水,几个小时甚至几年后才发现对方是拿破仑一样——他也许是第一个注意到的。也许吧。至少那天在布赖顿好像没有其他人在看海。当时他正在木板路上遛弯儿,想着丽兹·尤斯塔斯[1]和她的钻石,小说中的人对他来说越来越真实,与此同时,日常(或者说"真实")世界中的人则越发疏远,这时他注意到海浪看起来有点儿搞笑。

　　"看。"他对安东尼说。到哪儿安东尼都跟着他。不过这个范围也不大,他日常的世界南至木板路,东至欧登希尔德夫人的茶室,北至板球场,西至"猪与蓟"旅店。自1956年起,他在那家旅店就有一个房间,或者更准确地说,是那家旅店有一个房间让他住。

---

[1] 英国作家安东尼·特罗洛普的小说《尤斯塔斯钻石》的女主人公。

"汪?"安东尼说,用的可能是疑惑的语气。

"海浪。"福克斯先生说,"它们看起来……呃,很古怪,不是吗?挤得更紧了?"

"汪。"

"嗯,也许没有吧。可能只是我的幻觉。"

事实上,在福克斯先生看来,海浪一直很古怪,又怪异、又讨厌、又阴险。他喜欢走木板路,但他从不正儿八经地在海滩上行走,不光是因为他不喜欢沙子踩上去不牢靠的质感,还因为海浪没完没了地来回冲刷海滩。他不明白为什么大海要如此折腾,河流就没那么多臭毛病,而且河流确实有个去处。海浪的运动似乎表明,在海平线之外,有什么东西在搅动。这是福克斯先生心里一直就有的怀疑,也是为什么他从来没有去美国看望过他的姐姐。

"也许海浪一直看起来很搞笑,只是我从来没有注意过。"福克斯先生说。如果"搞笑"这个词确实可以用来形容如此古怪的事物的话。

不管怎么说,当时已经快4点30分了。福克斯先生去了欧登希尔德夫人那里。一壶茶和一盘奶油酥饼放在他面前,他开始了每天例行的特罗洛普作品阅读——他老早之前就决定了,要严格按照创作顺序、大体上按照写作速度读完这位作者所有的47部小说——然后睡了20分钟。当他醒来(除了他自己,没人知道他在睡觉)并合上书时,欧登希尔德夫人收走他的书,放在高高的书架上。整套书都是用摩洛哥皮革装订的,很庄严地放在那里。接下来，福克斯先生走到板球场，好让安东尼和放风筝的男孩们一起奔跑，直到"猪与蓟"旅店那边准备好了晚饭。9点和哈里森一起喝了一杯威士忌，结束了当时看来普普通通的一天。

第二天，事情便真正开始了。

福克斯先生醒来时，只听到车辆、脚步声和听不懂的喊叫乱成了一团。和往常一样，只有他自己和安东尼在吃早餐（当然还有做饭的芬兰人），可是说到外面，他发现对这个季节来说，街道热闹得有点儿不正常。往市中心走的时候，他看到了越来越多的人，直到他被人海所淹没。各种各样的人都有，甚至还有巴基斯坦人和其他外国人，这在布赖顿的淡季可不太常见。

"这到底是怎么回事啊？"福克斯先生大声问道，"我简直无法想象。"

"汪。"安东尼说。它也无法想象，不过也从没有人要求它想象过什么。

福克斯先生抱着安东尼，沿着国王滨海大道穿过人群，一直走到木板路的入口。他轻快地登上了12级台阶。自己走惯了的路被陌生人挡住了，是很让人恼火的。木板路被散步者堵了一半。他们也并没有在散步，而是抓着栏杆向外看海。这怪神秘的，不过对福克斯先生来说，普通人的习惯总是很神秘。他们保持个性的可能性远不如小说人物那么高。

海浪比前一天更加紧密，它们堆积在一起，好像有磁铁在将它们拉向岸边。激浪破裂的地方有一个奇怪的特点，那就是一道持续的浪，大约有1.5英尺高。海水看起来倒是已经不再上涨了，但它在夜间已经上涨过了：它覆盖了半个海滩，几乎淹到了木板路下面的海堤上。

风力的强劲在这个季节并不多见。在左边（东边）海天交接之处可以看到一条黑线。它可能是云，但看起来比云坚实，像土地一样。福克斯先生不记得以前见过它，尽管在过去的42年里，他每天都在这里散步。

"狗？"

福克斯先生向左边看去。在他身边，木板路的栏杆旁，站着一位身材高大，甚至可以说是魁梧的黑人，顶着一头令人惊愕的发型，身穿一件斜纹软呢大衣。刚刚的问题是一位紧紧抓着他胳膊的英国女孩问的。她脸色苍白，头发又黑又乱，身上的油皮斗篷看着很湿，尽管没有下雨。

"什么？"福克斯先生说。

"那是一只狗？"女孩指向安东尼。

"汪。"

"嗯，当然是一只狗。"

"它不能走路吗？"

"它当然能走，只不过有时候不乐意走。"

"想得倒挺美。"女孩说，然后很讨人嫌地哼了一声，看向别处。她也算不上女孩了，说不定已经二十岁了。

"别理她。"黑人说，"那片浪够大的，对吧？"

"可不是嘛。"福克斯先生说。他不知道该如何看待那个女孩，不过他很感激黑人找了个话头。如今与人沟通往往很困难，而且是越来越困难了。"也许是海上的风暴？"他大胆猜测。

"风暴？"黑人说，"看来你还没有听说。几个小时前电视上就播了。我们现在正以接近两节[1]的速度朝着东南方向前进。正在绕过爱尔兰出海。"

"出海？"福克斯先生扭头看了看国王滨海大道和更远处的建筑，它们看上去一如既往地稳固，"布赖顿要出海了？"

"想得倒挺美。"女孩说。

"不只是布赖顿，老兄。"黑人说，福克斯先生第一次在他的话中听到了淡淡的加勒比海口音，"是英格兰自己在跑路。"

英格兰跑路了？太不可思议了。那一整天，在木板路上其他散步者的脸上，福克斯先生都能看出他认为是兴奋的表情。到他去茶室喝茶的时候，风的气味莫名地更咸了一些。欧登希尔德夫人给他端来茶壶和盘子时，他差一点儿就把这个消息告诉了她，然而一等他从书架上取下书来开始阅读，那些从未深入过她茶室的时事就完全被他抛在了脑后。然而就是在这一天，丽兹终于读了尤斯塔斯家的律师坎珀当先生的信。这封信她已经带在身边三天了，都没有打开。正如福克斯先生所料，

---

[1] 国际通用的航海速度单位，1节＝1海里／小时，即1.852千米／小时。

信中要求丽兹将钻石归还给她已故丈夫的家人。作为回应，丽兹买了一个保险箱。当天晚上，英国广播公司的新闻节目说的全是英格兰的远行。据"猪与蓟"旅店吧台——就是福克斯先生习惯睡前与酒吧老板哈里森喝杯威士忌的那个吧台——电视上的新闻记者说，王国正以1.8节的速度向南进入大西洋。在首次发现这一现象后的16个小时里，英格兰已经走了大约35英里，开始在爱尔兰绕一个大弯，然后进入公海。

"爱尔兰不走吗？"福克斯先生问道。

"爱尔兰打1921年就独立了。"哈里森说，他经常暗示自己与爱尔兰共和军有关系，"爱尔兰怕是很难会跟着英格兰满七大洋乱跑。"

"好吧，那什么呢，你知道的……？"

"北爱尔兰六郡？它们一直是爱尔兰的一部分，而且将永远是。"哈里森说。福克斯先生礼貌地点点头，喝完了他的威士忌。他没有争论政治的习惯，特别是不与酒吧老板争论，当然也不与爱尔兰人争论。

"那么我猜你要回家了？"

"那工作不要了？"

接下来的几天里，波浪没有变高，不过似乎更稳定了。那并不是碎浪，而是持续不断的平滑尾流，在英格兰开始转向西方时，掠过海岸流向东方。板球场越来越冷清，因为男孩们都不放风筝了，他们现在都和镇上的其他人一起在岸边观看海浪。木板路上人太多了，好几家在这个季节关门的店铺都重新开张了。不过，欧登希尔德夫人的茶室并没有比平时更忙，福克斯先生能够按照特罗洛普先生的写作节奏稳步推进他的阅读工作。没过多久，福恩勋爵就带着他近乎尊贵的姿态和举止，向年轻的寡妇尤斯塔斯表白了心迹，并向她求婚。不过福克斯先生知道丽兹的钻石会是个麻烦。他自己对传家宝也有所了解。他在"猪与蓟"旅店的小阁楼房间是老板永久性地留给他的。福克斯先生的父亲曾经在一次空袭中拯救了老板的性命。救命之恩（旅店老板如是说。他是东印度人，信的却是基督教，而不是印度教）是一笔永远无法还清的债务。福克斯先生经常想，如果他不得不搬出去找一个地方，就像小说中的许多人那样，他会住在哪里。事实上，现实生活中也有很多人遭遇过如此境遇。那天晚上的电视上说，在苏格兰的岬角向南滑过时，贝尔法斯特出现了恐慌。保皇派是不是要被抛下了？每个人都在等待国王说点儿什么，而国王正和他的顾问们密谈。

第二天早上，在"猪与蓟"旅店楼下走廊的小桌子上有一封信。福克斯先生一看到信就知道今天是当月的第五天。他的外甥女艾米丽总是在1号从美国寄信，而信总是在5号早上送到。

福克斯先生像往常一样，在欧登希尔德夫人那里喝完茶后就打开了它。同样像往常一样，他先读了结尾，以确信里面没有提到任何意外之事。"希望您能在您的甥外孙女长大之前见到她。"艾米丽写道。艾米丽每个月都写同样的话。她的母亲（也就是福克斯先生的姐姐克莱尔）移居美国后来访时，就希望他能见到他的外甥女艾米丽。她母亲去世后，艾米丽开始了同样的说辞。"您的甥外孙女很快就要长成一位年轻的女士了。"她写道，就好像这在某种程度上是福克斯先生的功劳。他唯一的遗憾是，艾米丽在她母亲去世时要求他去美国——一件他连考虑一下都做不到的事情，因此他甚至无法给予她拒绝的礼貌。他从最后一直读到开头（"亲爱的安东尼舅舅"），然后把信折得很小，当晚回到房间后，把它放进了装有其他信的盒子里。

他9点下楼时，吧台那边人似乎很多。电视上，国王身着棕色西装，打着绿金相间的领带，坐在英国广播公司演播室的时钟前。就连从不关心王室的哈里森也把正在擦拭的杯子放在一边，听着查尔斯确认英格兰真的正在跑路。他的话使这件事得到了正式的承认，吧台尽头的三个人（其中两个是陌生人）在有礼貌地起哄。国王和他的顾问们并不完全确定英格兰会在什么时候到达它的目的地，以及这个目的地是哪里。苏格兰和威尔士当然是要一路跟随了。议会将在必要时宣布时区调整。虽然陛下知道有理由担心北爱尔兰和马恩岛，但还没有理由感到恐慌。

查尔斯国王陛下讲了近半个小时，但他所说的大部分内容福克斯先生都没听进去。福克斯先生的目光被国王脑后那面墙上的时钟下的日期吸引了。今天是这个月的第四天，而不是第五天。他外甥女的信早到了一天。这一点甚至比搞笑的海浪或者国王的讲话更重要,仿佛宣告了世界正在发生变化。福克斯先生突然有一种几乎是眩晕的感觉,但也谈不上不舒服。这种感觉过去之后,吧台前的人都走光了,他向哈里森提出了建议,一如每天晚上打烊时:"也许你可以和我一起喝杯威士忌。"哈里森一如既往地回答:"我要是照办了的话你可不要介意。"

他倒了两杯贝尔斯威士忌。福克斯先生注意到,当其他顾客"请"哈里森喝酒,这位酒保拿过来酒瓶,把账单放进口袋的时候,威士忌是百世醇[1]。只有在打烊的时候,跟福克斯先生一起,他才会真正喝上一杯,而那时候总是苏格兰威士忌。

"敬你们的国王,"哈里森说,"还有板块构造学。"

"啥?"

"板块构造学,福克斯。你们的宝贝查尔斯解释此事原委的时候,你没有听吗?一切都与地壳运动之类的事情有关。"

"敬板块构造学。"福克斯先生说。他举起酒杯,掩饰自己的尴尬。事实上,他听到了,但他当时以为那些话与保护英国王室家庭珍宝的计划有关。

福克斯先生从来不买报纸,不过第二天早上在经过报摊时,他放慢了脚步阅读新闻标题。查尔斯国王的照片出现在所有报纸的头版上,自信地看着未来。

---

[1] 爱尔兰产的威士忌。

《英格兰以2.9节的速度航行；苏格兰、威尔士平静跟随；查尔斯牢牢"掌舵"联合王国》

这是《每日电讯》的标题。《经济学人》的观点就不那么乐观了：

《隧道完工时间推迟；欧共体呼吁召开紧急会议》

虽然北爱尔兰在法律上无疑是大不列颠及北爱尔兰联合王国的一部分，但英国广播公司当晚解释说，由于一些莫名其妙的原因，它显然要跟爱尔兰一起留下。国王敦促他在贝尔法斯特和伦敦德里的臣民不要惊慌。当局正在为所有希望撤离的人做出安排。

在接下来的几天里，国王的讲话似乎起到了安抚人心的效果。布赖顿的街道再次安静下来。滨海大道和木板路上仍有一些摄制组，使卖鱼和薯条的摊位一直有生意。但他们不买纪念品，礼品店又一家接一家地关门了。

"汪。"安东尼说。福克斯先生高兴地发现男孩们带着他们的风筝回到了板球场上。"事情正在恢复正常。"福克斯先生说。然而果真如此吗？据电视上的新闻记者说，东方海平线上模糊可见的是布列塔尼，接下来就将是公海了。这样一想真让人不寒而栗。幸运的是，欧登希尔德夫人那里有熟悉的环境和温暖的气氛，丽兹为了躲避尤斯塔斯家族的律师坎珀当先生，搬回了她在埃尔的城堡。福恩勋爵（在他家人的敦促下）坚称如果她不放弃钻石，他就不能娶她。丽兹的回应是用保险箱把钻石带到苏格兰。当周晚些时候，福克斯先生又看到了那个黑人。老西码头上有很多人，尽管下起了雨，福克斯先生还是走到了尽头，那里有一艘船正在卸货。那是一艘线条流畅的水翼船，船头绘有王室的徽章。两个摄制组正在拍摄，身穿雨衣的水手将一位坐轮椅的老太太从船上送到码头。有人递给她一把伞和一只小白狗。水翼船年轻英俊的船长挥舞着他的编织帽，开动马达驶离了码头。船用它蜘蛛腿似的支架撑起来，冲进雨中时，人群喊着"万岁"。

"汪。"安东尼说。其他人都没有留意那位老太太。她坐在轮椅上，腿上躺着一只湿漉漉、瑟瑟发抖的狗。她已经睡着了（甚至可能死了），伞也掉在了地上。幸运的是，这时已经不下雨了。"那是年轻的威尔士王子。"福克斯先生左边一个熟悉的声音说。是那个黑人。据他说（看来他了解这种事情），海峡群岛和大多数岛民都已经被抛弃了。王室动用私人资金派水翼船到根西岛接老太太。她是在最后一刻改变的主意，也许她还是想在英格兰叶落归根。"他将在5点前到达朴次茅斯。"黑人指着已经很远的那缕水雾说。

"已经4点多了吗？"福克斯先生问道。他意识到自己已经忘记了时间。

"没有手表吗？"女孩从壮硕的黑人旁边伸出头来问道。

福克斯先生没有看到她在那边藏着呢。"一直用不着。"

他说。

"想得倒挺美。"她说。

"准确地说，4点过20分钟了。"黑人说，"别理她，伙计。"以前从没有人喊过福克斯先生"伙计"。他很高兴，见证了这么多激动人心的事情，也没有错过下午茶。他匆匆赶到欧登希尔德夫人那里，发现波特雷（丽兹在苏格兰的城堡）的猎狐行动刚刚开始。他迫不及待地坐下来，阅读有关内容。一场猎狐行动！以"狐狸"这个词为姓氏的福克斯先生对名字的力量深信不疑。

天气开始变化，变得更暖和了，也变得更恶劣了。"猪与蓟"旅店吧台电视上显示的卫星图片中，英格兰的轮廓被云雾遮掩。虽说是图片，但也很容易被当成一幅画。在爱尔兰和布列塔尼之间挤过去之后，它就像一个不安分的孩子，从其古老的凯尔特人父母怀抱中滑落，朝着西南方向，进入开阔的大西洋。海浪不再是斜着过来的，而是直直地冲向海堤。多少令福克斯先生没想到的是，他比以往任何时候都更喜欢遛弯儿了，他知道自己每天看到的都是不同的海域，尽管它们看起来总是一样的。吹到他脸上的风强劲而稳定，木板路空荡荡的。就连新闻记者都走了——去了苏格兰，那边的人们刚刚注意到，赫布里底群岛与奥克尼群岛和设得兰群岛一起被抛在了后面。

"北极岛屿有自己的传统、语言和纪念碑，都是神秘兮兮的石头作品。"在乌伊格的现场远程播报的记者解释道。视频显示，一名邮递员正在风雨中用某种无法理解的语言喊叫着。

"他在说什么？"福克斯先生问，"会不会是盖尔语？"

"我怎么会知道呢？"哈里森说。

几天后，英国广播公司在苏格兰高地的一个摄制组提供了最后一个欧洲大陆景观：在一个明亮的晴天，从3504英尺高的本霍普顶峰上看到的渐行渐远的布列塔尼岬角。"好在，"福克斯先生第二天对安东尼开玩笑说，"欧登希尔德夫人备下了大量的熙春茶叶。"那是福克斯先生喜欢的绿茶。她还为安东尼准备了狗饼干。丽兹自己也离开了苏格兰，跟着最后一批房客回到了伦敦，因为她的旅店房间遭了洗劫，保险箱也被偷走了，这正是福克斯先生一直担心的事情。整整一个星期都在下雨。巨大的涌浪扑打着海堤。布赖顿几乎被遗弃了。胆小的人都去了朴次茅斯。在那边，怀特岛能为他们提供保护，遮挡住如今可能是名副其实的"不列颠船头"所遭受的风浪。

在木板路上，福克斯先生迈着从容而骄傲的步伐，仿佛船长走在自己的舰桥上。风力几乎算得上劲风了，却是稳定的劲风，他很快就习惯了。无非是走路和站立需要斜着身子而已。手掌下的栏杆似乎在活力四射地颤动着。尽管知道他们已经出海几百英里了，但是背靠整个英格兰的福克斯先生还是感到很有安全感。他几乎开始享受海水冲上布赖顿海堤时发出的轰鸣了。

那条继续劈水西行，进入大西洋的海堤。

* * *

彭赞斯与多佛之间的南海岸领头（或许应该说是做船头），苏格兰高地处于船尾，大不列颠及北爱尔兰联合王国的航速接近4节。准确地说，是3.8节。

"一个适中而合理的速度。"国王在白金汉宫的房间里对他的臣民说，他的房间里摆放着航海地图、海图、一个发光的地球仪和一个银色的六分仪，"大致相当于纳尔逊时代伟大战列舰的航速。"

实际上，英国广播公司的评论员纠正道（因为他们连国王都敢纠正），3.8节的速度比18世纪的军舰慢得多。不过这其实是好事，因为英国人顶多算是直言不讳。事实上，据估计，哪怕速度再高半节，堆积在普利茅斯和埃克塞特海峡的海水就会对码头造成破坏了。奇怪的是，受冲击最大的是远离顶头风和船头波浪的伦敦。经过马盖特的尾流，沿着曾经的英吉利海峡，泰晤士河的水位下降了将近2英尺，在维多利亚河堤和滑铁卢桥下留下了好大一片泥滩。新闻画面上，寻宝者们穿着胶鞋在泥浆里满城搜寻。"就像他们每天发掘的古代罪行一样恶臭的泥浆。"英国广播公司说。福克斯先生认为这是一则不那么爱国的报道。他从电视上转开视线，对着哈里森说："我记得你有家人在那边。"

"伦敦？没有啦。"哈里森说，"他们都去了美国。"

英格兰跑路了

当苏格兰的山顶本应忍受（或许可以用"享受"这个词，因为是山嘛，而且是苏格兰的山）冬季的第一场阵雪时，它们正在享受（或许是"忍受"）亚热带的雨，因为英国正在从亚速尔群岛的北边经过。英格兰南部（现在是西部）的天气像春天一般宜人。往年这个时节，板球场上的男孩们都已经把风筝收起来了，现在却每天都出来，给安东尼带来无尽的乐趣。它带着狗特有的简单而单纯的快乐，接受了这个世界上有的是跑来跑去的男孩这一事实。《我们一天的日志》是英国广播公司新推出的一档晚间节目，开头和结尾的镜头都是船头波浪在康沃尔郡的岩石上破碎。在节目里，拿着望远镜和摄像机的爱好者们登上了多佛的悬崖，在远远地看到亚速尔群岛的山峰时欢呼"有陆地"。事情正在恢复正常。公众（根据新闻报道）发现，哪怕是大西洋中部也没有什么可怕的。预计的城市晕船潮一直没有出现。航速稳定在3.8节的大不列颠没有受到海浪运动的影响，哪怕在最猛烈的风暴中：几乎让人感觉它就是为旅行而设计的，建造时的追求是舒适而不是速度。一些较小的苏格兰岛屿在航行中被剥离，而且令人惊愕地沉没了。不过唯一真正的破坏发生在东海岸（现在是南海岸），在诺福克质地松软的海岸，大如房屋的团块被滑流带走。在新闻中，人们看到国王穿着沾满泥巴的高筒防水长靴，在沼泽地参与修筑堤坝以抵御尾流的工作。在挖掘过程中，他趁着休息时间向他的臣民们保证，无论走向何方，英国都将保持主权独立。一位记者以令人震惊的无礼问道，这意思是不是他也不知道他的王国将走向何方。查尔斯国王冷静地回答，他希望他的臣民对他在这个角色中的表现感到满意，毕竟这个角色的宗旨是让他们满足于现状，而不是塑造乃至预测可能的状况。然后，他连句"失陪"都没有说，便又拿起带有皇家纹章的银铲，开始挖掘了。

与此同时，在欧登希尔德夫人的茶室里，整个伦敦都在为丽兹的损失而议论纷纷，或者说是假定的损失。只有丽兹（以及福克斯和特罗洛普先生）知道，钻石不在她的保险箱里，而是在她的枕头下。福克斯先生外甥女的信又提前了一天，3号就到了，它以自己平静的方式强调了英国确实正在跑路。福克斯先生像往常一样倒着读，信的末尾令人惊恐地写着"期待着见到您"。期待？他继续向前读，看到了"正在向美国前进"。美国？福克斯先生还没有想到过这一可能。他看了看信封上的回信地址。它来自一个名字相当不祥的小镇，巴比伦。

丽兹是一个立场坚定的人。尽管警察（和一半的伦敦社会）怀疑，是她为了不把钻石归还给尤斯塔斯家族，自导自演了钻石盗窃案，但她并不打算承认它们根本没有被盗。说实在的，她为什么要承认呢？随着这本书日复一日地被放回书架上，福克斯先生对这样一个人的人格力量深感惊异——她能够说服自己，对她有利的事情就是对的。第二天早上，西码头上有一小群人，挥舞着米字旗，指着海平线上的一个模糊斑点。福克斯先生毫不意外地在他们当中看到了一个熟悉的面孔（和发型）。

"百慕大。"黑人说。福克斯先生只是点了点头，因为他不想惹那个女孩,他疑心她就在黑人的另一边等着呛火呢。是他的想象吗?抑或海平线上的模糊斑点是粉红色的?那天晚上和随后的两个晚上,他在吧台电视上观看了经过百慕大的精彩节目。在布赖顿这边,那个岛屿几乎看不到,但它在距离多佛不到一英里的地方经过,成千上万的人出来观看穿着红外套的百慕大警察在珊瑚悬崖上一字排开,向经过的宗主国致敬。就连那些没有人群的地方——诺福克的低矮开阔地、约克郡的沙砾悬崖、苏格兰(前)北海海岸的岩石岬角——都受到了同样的礼遇。这次途经百慕大耗时接近一周,福克斯先生认为这是对百慕大人的毅力及爱国精神的一种褒奖。

在接下来的几天里,风向发生了变化,而且开始减弱。安东尼很高兴,它只注意到男孩们要跑得更卖力一些才能把风筝放起来,而且似乎比以前更需要一只狗在他们身边叫唤。但福克斯先生知道,如果风力继续下降,他们会完全失去放风筝的兴趣。据英国广播公司报道,短暂地一睹宗主国令百慕大人感到心满意足。但是英联邦的其他成员都怒火中烧,因为英国在经过百慕大之后急剧转向北方,走上了一条看起来通往美国的道路。与此同时,福克斯先生被卷入了一场没那么国际化的危机。这场危机很难讲完全出乎意料,但破坏性毫不打折:丽兹的钻石被偷了——这次是真的!身为可恶的卡本克尔夫人的房客,她已经把钻石锁进了她自己的房间的抽屉里。如果报告这起盗窃案,就是承认了它们并不在苏格兰被盗的保险箱里。她唯一的希望是,它们和小偷永远不会被发现。

《英联邦骚动不安》

《加勒比海地区成员提出强烈抗议》

《大英要撞大苹果？》

英国广播公司的节目上并排展示着英美两国的报纸。航海专家们带着指示器和地图被引荐给观众。他们估计，按照目前的航线，英格兰的南部（现在的北部）将扎进纽约港的弯道，长岛与新泽西的交界处。因此，多佛将看到纽约市的天际线；普利茅斯预计会停在蒙托克附近；布赖顿则会在中间某个卫星图片上没有标注名字的地方。哈里森在吧台下放了一张地图，用来裁决赌局。看完《我们一天的日志》，他把它拿出来时，福克斯先生惊恐（但并不意外）地发现，布赖顿的归宿是这样一座城市：它的名字会让人联想到某些骇人听闻到不能细想的画面。

巴比伦。

在丽兹第一次被警察找上门的那天，福克斯先生看到一艘包租渔船以约三节的速度稳稳地贴着岸航行。那是从艾斯利普开出来的"朱迪号"，栏杆上挤满了挥手的人。福克斯先生挥手回应，还抓着安东尼的爪子晃了晃。一架飞机拖着一条标语在沙滩上低空飞过。那天晚上在电视上，福克斯先生从卫星图片上看出来，布赖顿已经到了长岛的背风处。这就是为什么风力在下降。英国广播公司播放了《金刚》的片段。"纽约市正在准备疏散，"播音员说，"人们担心与古老的英格兰相撞带来的冲击会导致曼哈顿久负盛名的摩天大楼倾倒。"他似乎对这一前景感到高兴，就和他采访的加拿大地震专家一样。事实上，哈里森也是如此。纽约市的官员们就比较忧郁了。他们更担心恐慌，而不是实际的碰撞。第二天早上，有两艘船离开海岸，下午有五艘。海浪以一定的角度涌来，有大西洋中部的惊涛骇浪做对比，它们显得很拘谨。喝茶时，警察再次拜访了丽兹。她身上似乎有什么东西消失了，斗志，还有精气神。茶室外的空气也有一些不同，但直到和安东尼走到板球场，福克斯先生才意识到是怎么回事。是风，风已经完全消失了。男孩们正在努力把几天前还在热切地放着的风筝再次放起。只要他们停止奔跑，风筝就落下来。安东尼一边跑一边狂叫，仿佛在向上天求救，但是没等天黑，男孩们就厌烦地回家了。

那天晚上吃完晚饭后，福克斯先生在"猪与蓟"旅店外面走了一会儿。街道寂静得就像一直以来他想象中的墓地。所有人都离开了布赖顿，还是他们都在屋里待着呢？根据《我们一天的日志》，纽约市并没有发生官员们担心的恐慌。视频片段显示了可怕的交通堵塞，但这显然是正常现象。国王……但就在英国广播公司的节目准备切入白金汉宫的时候，画面开始闪烁，出现了一个美国游戏节目。"甲壳虫乐队是谁。"一个年轻女子站在灯火辉煌的讲坛上说。这是一个陈述句，而不是疑问句。

"电视已经比我们先到了。"哈里森说着，关掉了声音，但留下了电视画面，"我们是不是该用威士忌庆祝一下？今晚我请客。"

福克斯先生的房间是"猪与蓟"旅店的原主人辛格先生留给他的，位于顶楼的山墙下。房间很小，他和安东尼共用一张床。那天晚上，他们被一种有音乐感的神秘刮擦声吵醒了。"汪。"安东尼在睡梦中说。福克斯先生战战兢兢地听着。他起初以为有人，肯定是个小偷，正在从楼下的公共房间往外搬钢琴。然后他想起来，那架钢琴二十年前就已经被卖掉了。远处传来更低沉的隆隆声，然后是一片寂静。一阵钟声响彻全城。一阵喇叭声响起。一扇门被关上。福克斯先生看了看街对面银行分理处的表（他把床放在那里，以节省时钟的费用）：是东部标准时间凌晨4点36分。不寻常的声音没了，钟也不响了。安东尼已经昏昏欲睡，但福克斯先生却躺在床上，睁着眼睛。他过去几天（实际上是几年）的焦虑感神秘地消失了，他此时正在享受一种愉悦的期待感，而这种感觉对他来说是完全陌生的。

"别动。"福克斯先生对安东尼说。他给它梳理毛发，再给它套上小毛呢套装。天气越来越冷了。是他的想象，还是当芬兰人为他端来煮鸡蛋、烤面包、橘子酱和奶茶时，从早餐桌上的窗户透进来的光线有所不同？起雾了，这是几个星期以来的第一场雾。旅店外的街道上空无一人，而当他穿过国王滨海大道，爬上12级台阶时，福克斯先生看到木板路也几近没人。只有人数不多的两三群，站在栏杆边盯着雾，就像盯着一个空白屏幕。

英格兰跑路了

没有波浪，没有尾流。水拍打沙子的样子显得紧张兮兮而徒劳无益，就像老太太用手指拍打披肩。福克斯先生在栏杆边找了个位置。很快，雾气开始散去。在不远处，灰色的水面之外，如同电视第一次被打开时的画面一样，福克斯先生看到了一片宽阔、平坦的海滩。靠近中心的位置有一座水泥澡堂。一些人站在沙滩上，其中几位身旁停着汽车。有个人朝天放了一枪，另一个人挥舞着一面星条旗。福克斯先生冲着挥旗的人摇了摇安东尼的爪子。

美国（这只能是美国）看起来不是很发达。按照福克斯先生的期待，美国就算没有摩天大楼，至少建筑物也该比这多。一辆白色货车停在了澡堂旁边。一个穿制服的人下了车，点上烟，举着望远镜观察。货车的侧面写着"戈雅"。

"欢迎来到长岛。"一个熟悉的声音说。是那个黑人。福克斯先生点了点头，但没有说什么。他可以看到女孩正在黑人的另一侧用双筒望远镜看。他好奇她和那个戈雅人是不是在互相观察。"如果你想看摩天大楼，它们在此处以西50英里的多佛。"黑人说。

"西？"

"现在多佛在西边了，因为英格兰上下颠倒了。这就是为什么太阳在上比丁那边升起。"

福克斯先生点了点头。当然了，他从未看过日出，不过他觉得没必要说出来。

"大家都去了多佛。你可以看到曼哈顿、自由女神像、帝国大厦，在多佛都能看到。"

福克斯先生点了点头。女孩直到现在还没说话，让他感到放心，他小声问道："那么，这是什么地方？我们现在在哪里？"

"琼斯海滩。"

"不是巴比伦？"

"想得倒挺美。"女孩说。

福克斯先生已经筋疲力尽了。丽兹备受折磨，活似她自己在苏格兰带着那种嗜血的快感猎捕的狐狸。随着麦金托什少校的逼近，她似乎对自己无望的处境产生了乖谬的愉悦：仿佛这赋予了她从未拥有过的脆弱，一种对她来说比尤斯塔斯家族的钻石更珍贵的财富。"福克斯先生？"欧登希尔德夫人问道。

"福克斯先生？"她在摇晃他的肩膀。"哦，我很好。"他说。书已经从他的腿上滑落，她撞见了他在睡觉。欧登希尔德夫人拿着一封给他的信。（一封给他的信！）是他的外甥女寄来的，尽管今天才10号。除了打开它，他也没有什么可做的。福克斯先生像往常一样，从结尾开始读，以确保没有意外；然而这次有。"见面再叙。"他读道。往开头浏览的过程中，他看到对方提到了"一天两班船"，于是他读不下去了。艾米丽是怎么得到欧登希尔德夫人的地址的？她希望他到美国来吗？他把信折好，放进口袋。他读不下去了。

那天晚上，英国广播公司的节目恢复了。来自多佛悬崖

英格兰跑路了

上的实况转播中，可以看到灯火通明的曼哈顿在雨中熠熠生辉（因为英格兰带来了雨）。两国政府都在发放单日通行证，队伍已然排了六个街区之长。未来三周从福克斯通到科尼艾兰的东（现在是西）肯特渡轮都被预订一空了。还有人提到了往伊斯特本和布赖顿通航的服务。第二天早上吃完早餐，福克斯先生就着茶水端详他外甥女的一张照片。那是他在归档她最近（也是最令人震惊的）一封信的时候在信盒子里发现的。照片上她是一个神情很严肃的九岁孩子，浅棕色的头发上缠着一条黄色的丝带。她的母亲，也就是福克斯先生的姐姐克莱尔，用一件敞开的雨衣围着她们俩。这是三十年前的场景，现在她的头上已经夹杂着灰色的发丝。芬兰人收走了盘子，这也是在暗示福克斯先生和安东尼该离开了。在西码头附近的木板路上，有不少人在观看第一艘来自美国的渡轮"汽势咻咻"地驶过狭窄的海湾。不过它是蒸汽船吗？搞不好是由某种新型发动机驱动的。移民官员们无所事事地站在一旁，在残雾（因为英格兰带来了大雾）里拿着他们根本没打开的带夹写字板。福克斯先生惊讶地看到哈里森在码头的尽头，穿着一件风衣，拿着一个油乎乎的纸袋，好像装着食物。福克斯先生以前从未在白天，或在外面见过哈里森。事实上，他从未见过他的腿。哈里森穿着条纹裤，福克斯先生还没来得及跟他说话，他就像螃蟹一样侧身钻进了人群中。渡船靠上码头时，出现了一阵颠簸。美国人像侵略军似的开始走上坡道，福克斯先生向后退了一步。走在最前面的是青少年，他们旁若无人地互相交谈；年纪大的人跟在他们后面，差不多也是一样的吵闹。他们看起来并不比每年夏天来布赖顿的美国人差，只是衣着没那么光鲜。

"汪，汪！"

安东尼朝着他肩膀后面叫，福克斯先生转过身来，看到一个浅棕色头发缠着熟悉的黄色缎带的小女孩。"艾米丽？"他认出了照片上的外甥女，脱口喊道。或者说他是这么想的。"安东尼舅舅？"又一个声音从他身后传来。他转过身，看到一位穿着褪色的巴宝莉的女士。雾被吹散了，在她身后，单调的美国海岸当天第一次向他露出面目。

"你一点儿都没变。"那女人说。一开始福克斯先生以为那是他的姐姐克莱尔，就像三十年前她带着女儿到布赖顿来见他时那样。不过当然了，克莱尔已经死了二十年了，这个女人是艾米丽。她当年才将近十岁，如今已快四十岁了。那个女孩是她的孩子（外甥女不可阻挡地长大了），女孩快到十岁了。孩子们啊，好像总是快到多少岁了。

"安东尼舅公？"孩子伸出双臂。福克斯先生吓了一跳，以为她要拥抱他，然后看出来她想要什么，就把狗递给她。"你可以抚摸它。"他说，"它也叫安东尼。"

"真的吗？"

"反正也不会有人同时给我们两个打电话，所以不会造成混乱的。"福克斯先生说。

"它能走吗？"

"当然，它可以走路。只不过有时候不乐意走。"

英格兰跑路了

一声哨响，渡船带着满载的英国人动身前往美国。福克斯先生看到哈里森在船头，一只手拿着油乎乎的袋子，另一只手扶着栏杆，看起来有点儿不舒服，也可能是忐忑不安。然后他带着他的外甥女和甥外孙女在木板路上散步。女孩克莱尔——名字来自她的外祖母——和安东尼走在前面，福克斯先生和他的外甥女艾米丽跟在后面。其他美国人都已经随波逐流地进了城，寻找餐馆，除了那些十来岁的男孩。他们挤进了滨海大道沿线专为今天开放的游艺厅里。

"如果事情不如你所愿，你就得适应现状。"当福克斯先生问她路上可曾顺利时，艾米丽给了这么一个神秘的答复。她的棕色头发夹杂着灰丝。他现在认出了那件大衣。那是她母亲的，也就是他姐姐克莱尔的。他正在考虑带她们去哪里吃午饭。"猪与蓟"旅店的芬兰人做的牧羊人馅儿饼相当不错，但他不想让她们看到他住的地方。不过她们对木板路上卖的鱼和薯条很满意。当然，安东尼看起来很开心，小女孩一根接一根地喂它薯条。她的名字来自福克斯先生只见过两次的姐姐：一次是她在剑桥（还是牛津？他搞混了）求学，并准备嫁给一个美国人的时候，另一次是她带着女儿回来探望的时候。

"克莱尔的父亲，也就是你的外祖父，是一名防空警报员。"福克斯先生告诉艾米丽，"他在一次救援行动中因房屋倒塌而阵亡，而一周后他的妻子（好吧，其实并不算是妻子）在生下一对双胞胎后去世。两个孩子分别被他所救的人收留。那是一个寄宿家庭，里面都是单身人士，所以没有办法让他们

263

两个在一起,你知道的。我是说孩子们。哦,亲爱的,恐怕我是在絮叨些废话。"

"没有啦。"艾米丽说。

"总之呢,等到辛格先生去世,他的旅店被卖掉时,根据他的遗嘱,我的房间要留给我,永久性地,也就是说,只要我还住在里面。但如果我搬走,你知道的,我就会失去我的全部财产。"

"我明白了。"艾米丽说,"那么你去喝茶的地方是哪里?"

就这样,他们在蒙克顿街西端(以前是东端)那家挂着褪色紫窗帘的舒适茶室里度过了一个下午——一个下着雨的英伦午后。那里的欧登希尔德夫人把福克斯先生的全套特罗洛普著作放在一个高高的书架上,这样他就不用在各种天气下搬来搬去了。当克莱尔与安东尼分享欧登希尔德夫人的蛋糕,然后让它在她的腿上打瞌睡时,福克斯先生把那些精美皮质封面书卷逐一拿下来,给他的外甥女和甥外孙女看。

"我想这些是全卷的第一版。"他说,"查普曼和霍尔出版公司的。"

"那它们是你父亲的吗?"艾米丽问,"我外祖父的?"

"哦,不!"福克斯先生说,"以前是辛格先生的。他的祖母是英国人,而他祖母的曾叔父,应该是,曾和作者一起在爱尔兰做邮政工作,如果我没弄错的话,我的名字就取自这位作者。"他给艾米丽看了《尤斯塔斯的钻石》中当天下午他本该读到的位置。"如果不是,"他说,"如果不是碰上这次意外而欢乐的团聚的话。""母亲,他是不是脸红了。"克莱尔说。这是一个陈述句,而不是疑问句。

艾米丽看表的时候都快6点了——福克斯先生注意到那是一块男表。艾米丽说:"我们还是回码头吧,要不然就错过渡轮了。"当他们沿着木板路匆匆赶路时,雨势已经减弱成了蒙蒙细雨。"我必须为我们英国的天气道歉。"福克斯先生说,但他的外甥女拉着袖子没让他说下去。"别说大话了。"她微笑着说。她注意到福克斯先生在看她那块挺大的钢表,解释说那是在她母亲的遗物中发现的。她一直以为那是她外祖父的。的确,它有几个刻度盘,表面上写着"民防,布赖顿"。在海湾对面,透过蕾丝窗帘一般的细雨,能看到阳光照在沙滩上和停放的汽车上。

"你还住在,就那个……"福克斯先生几乎不知道怎样能不显粗俗地说出那个地方的名字,但他的外甥女解决了他的尴尬:"巴比伦?再住一个月。我离婚的事情一办利索,我们就搬到鹿苑。"

"我很高兴。"福克斯先生说,"鹿苑听起来对于孩子要合适得多。"

"我可以给安东尼买一份告别礼物吗?"克莱尔问。福克斯先生给了她一些英国货币(尽管商店都收美国货币),她买了一包薯条,然后一根接一根地喂给狗。福克斯先生知道安东尼会胀气好几天，但似乎不该提这事。渡轮已经靠岸了，今天去了美国的游客们正提着大包小包的廉价礼物纷纷下船。福克斯先生在寻找哈里森，但如果他在人群当中，他肯定是错过了。哨子吹了嘟嘟两声警告。"你们能来真好。"他说。

艾米丽笑了。"没什么大不了的。"她说，"反正主要是你的功劳。如果不是英格兰先到这里，我不可能一路走到英格兰。我不坐飞机。"

"我也不坐。"福克斯先生伸出了手，但艾米丽给了他一个拥抱，然后是一个吻，并坚持让克莱尔也那么做。这一切之后，她摘下了手表（它装有一根松紧表带），把它套到他那瘦得像棍子的手腕上。"里面有一个内置的指南针。"她说，"我相信这是你父亲的，而母亲总是……"

最后的登船哨声盖过了她最后的话。"你放心，我会爱惜它的。"福克斯先生叫道。他想不出还有什么可说的。"母亲，他在哭吗。"克莱尔说。这是一个陈述句，而不是疑问句。"咱俩都盯着点儿台阶。"艾米丽说。

"汪。"安东尼说，这对母女跑下（因为码头很高，船很低）踏板。福克斯先生挥着手，直到渡船退后并掉头，船上的每个人都进了船舱避雨，因为雨已经开始下得很急了。那天晚上吃完饭后，他很失望地发现吧台没有人照管。"有人看到哈里森吗？"他问。他很想给他看看那块表。

"我可以替他给你杯喝的。"芬兰人说。她把手里的扫帚斜靠在吧台旁，倒了一杯威士忌，说："要续杯就招呼我。"她认为招呼就是要求。电视上,国王和总统一起上了一辆长车。两人四周站满了武装人员。福克斯先生去睡觉了。

第二天早上,福克斯先生在安东尼之前起床了。家人的来访很愉快。确实,棒极了,但他觉得有必要恢复正常。遛弯儿的时候,他看着第一班渡船入港,希望(多少有点儿出乎他自己的意料)能在人群里看到哈里森,然而事与愿违。没有英国人,也没有几个美国人。雾气翻来滚去,就像一本书的同一页被翻来翻去。喝茶时,福克斯先生读到丽兹承认(他早知道她总有一天会承认)珠宝一直都在她手里,现在它们真的消失了。每个人似乎都松了一口气,甚至包括尤斯塔斯家族的律师。没有钻石的世界看起来更美好。

"你听到了吗?"

"什么?"福克斯先生从他的书中抬起头来。

欧登希尔德夫人指着他的茶杯,茶杯在茶托里摇摇晃晃。外面,在远处,有钟声在响。福克斯先生自己合上书,把它放在高高的书架上,然后穿上外套,抱起狗,低头穿过低矮的门,走到了街上。在镇子的某个地方,一个喇叭在鸣叫。"汪。"安东尼说。几天来第一次有了微风。对于自己将会发现什么,福克斯先生心里有数,或者至少有所怀疑。他匆匆赶往木板路。海滩上的波浪被抚平了,好像水被从岸边吸走了一样。渡船刚刚驶出,载着最后一批来一日游的美国人。他们看起来很烦躁。在返回"猪与蓟"旅店的路上,福克斯先生在板球场停了一下，但没有看到男孩们的身影，这点儿风力尚不足以放风筝，他想。"也许明天吧。"他对安东尼说。狗不会展望未来，没有叫唤。

那天晚上，福克斯先生再次独饮威士忌。他本希望哈里森会出现，但吧台后面只有芬兰人和她的扫帚。查尔斯国王出现在电视上，气喘吁吁的。他刚刚乘直升机从秋天的白宫赶过来。他承诺会派人去找任何被落下的人，然后命令（或者更确切地说，敦促）他的臣民保卫即将面临大西洋考验的王国。英格兰又在跑路了。第二天早上，微风拂面。福克斯先生和安东尼到达木板路时，他查看了手表上的指南针，意识到英格兰在夜间掉转了方向，布赖顿占据了作为船头的正确位置。一股强劲的顶头风吹着，2英尺高的卷流持续不停地冲刷着海堤。左侧很远的地方，长岛变成了北方低矮乌黑的一片模糊。

"不错的浪啊。"

"请再说一遍？"福克斯先生转过身来，很高兴地看到一个身穿斜纹软呢大衣的大个子男人站在栏杆边。他意识到，自己曾担心这个黑人会像哈里森一样改换门庭。

"看来我们这次好像跑到了四节多。"

福克斯先生点了点头。他不想显得无礼，但他知道只要他说点儿什么，女孩就会插话。这是个两难的问题。

"信风。"黑人说，他的衣领被翻起，辫子像藤蔓一样散落在衣领周围，"返程的时候会更顺利。如果我们确实在返程的话。我说，那是块新表吗？"

英格兰跑路了

"民防计时器手表[1]。"福克斯先生说,"有一个内置的指南针。我父亲去世时把它留给了我。"

"想得倒挺美。"女孩说。

"应该有用。"黑人说。

"我也这么想。"福克斯先生说着,在新鲜而带着咸味的风中露出了笑容。然后,他向黑人(和女孩)致敬,把安东尼塞到怀里,离开了木板路。英格兰很稳定,向着东南偏南的方向行驶。现在是4点20分,差不多该喝茶了。

---

[1] 一款由美国军方开发的防御计时器手表。它通常用于军事和特种部队中,设计用于在战场环境下提供精确的时间测量和计时功能。

凭证办事

BY PERMIT ONLY
(1993)

"那环境成本呢?"我的老板问道。我的老板,也就是曼宁先生,总是考虑到环境问题。他是个性漆料公司的一位环境控制官。现如今每家公司都有这么一个角色。

"这就是它的美妙之处了,曼宁。"推销员对他说(至少我认为他是个推销员),"我们的系统采用了科学的直通式烟道风格,这是最新的环境排放技术。烟气直接排放进大气中——"

"什么?你要我把个性漆料公司的有毒副产品直接排放到大气中,你还说没有环境成本?"

"我可没那么说过,我说的是'成本低'。"推销员说(至少,他说话像个推销员),"如你所知,这年头污染都合法了,只要你申请了合适的许可证并付费。而新政府已经把有毒颗粒物的费用降到了每吨25美分。如果算上你的资本增额信贷,以及你如果从美国公司购买新烟囱能得到的折扣,第一年，你节省的钱相当于目前使用的净烟系统开销的39.8%。反正凭我往窗外看到的景象判断，你们那套系统也没什么该死的效果。"

"嗯！好吧，你说得很有道理。都记下来了吗，小姐？"

"我已经结婚了，叫我罗宾逊夫人。"我说着，努力忽略曼宁先生放在我大腿上的手。他的性骚扰许可证（在总办公室存档）并不包括实际的生殖器触碰，所以我不必担心他摸到太高的地方，感谢上帝。"我正往速记本上写着呢。"（用回收纸做的本子，我也对环保出了份力。）

"反正我给你的资料里都有。"推销员接着说（我仍然认为他是个推销员），"不受限制的大气排放只是整个废物管理系统的要素之一，该系统还包括无限制的固体碎屑散布和全流式水载废料消除，获得所有这些都只需要向环保局支付一次低廉的费用。"

（环保局！这么说他是政府的人。）

"嗯，好吧，说得倒是挺好听的！"曼宁先生说，"但你能帮我们解决固体废物处理危机吗？我说的可是成堆的东西呢。"

"用上我们的新会计系统，你就不必再花费宝贵的资源，拉着一卡车垃圾到处寻找合法的垃圾填埋场了。"环保局的代表（这才是他的身份）说，"你只需要支付一笔一次性的污染罚款，就可以只管把垃圾全堆到城市的穷人区里。"

"我喜欢这个方案。"曼宁先生说，"但是，那些黏糊糊、臭烘烘的东西呢？我们还有大量的污染物，它们往空气里散发放射性蒸汽，还直接向地下水排放含二噁英的废水呢。你打算让我们把这些东西随便往哪里一扔？"

"不行，我们有责任保护公众。"环保局代表说，"真正的臭东西，你们要扔在树林里。"

"我也喜欢这个方案。"曼宁先生说，"但是那些濒危物种怎么办？你可不知道，最近那些环保公益人士向我们倒了些什么苦水。"

"别理他们。"环保局代表说，"要是办事都要顺他们的意，猫头鹰都能泛滥到把我们的屁股埋起来。"

"那句俗话说的是'把脑袋埋起来'。"我说。

"别拿你那个漂亮的小脑袋操这份心了。"曼宁先生说，他游走的手停在了我内裤的下边缘，那里是他的许可证许可范围的极限，"你只管把这些都记下来就行了。"

"反正我给你的资料中都有。"环保局代表说，"由于现在已经没有濒危物种，濒危物种费也就不再收取了。这让我们的直接环境罚款支付计划更有吸引力。根据最保守的数据——"

他喋喋不休的时候，我向窗外望去。从曼宁先生的23楼办公室可以看到美丽的河景，闪闪发光的油污看起来就像约瑟的彩衣。（我每天都读《圣经》，你呢？）

环保局代表正在向曼宁先生展示一张36英寸[1]管道的四色图

---

[1] 英美制长度单位，1英寸＝2.54厘米。

片。"科学的直通式系统的好处是,永远不会堵塞,也很少倒灌。"他说,"污水只用征税一次,然后直接排入河中,便利地流入大海,就像一个付费厕所。"

"这家伙是个诗人。"曼宁先生一边喃喃自语,一边摸索着我的屁股缝。我努力不理会他(现如今工作机会很少),继续看着窗外。这是一个美丽的日子。你几乎可以看到天空。镇子对面的放射性垃圾场散发着温暖的光芒,让我想起了家。由于垃圾场位于我住的街区,高盖革罚金(我们管它叫"滴答币"或者"突变钱")为我六个孩子中的五个提供了额外的安葬福利。

"另外,这一切都很爱国,因为环境罚款百分之百直接进入美国国库,而不是给什么高科技日本清理骗局买单。"环保局代表以此结束了他的演说。

"我喜欢。"曼宁先生说。

我偷偷地看了一眼手表。我那个好久没怎么工作的丈夫大比尔会不耐烦地等我回家为他自己和我们仅存的一个孩子做晚饭,那个畸形得可怕、精神错乱的小疯子,小蒂姆。

已经下午4点59分了。曼宁先生和环保局代表仍在制订季度污染罚款支付计划的细节,这意味着我只能加班了,无论我是否愿意。

当然,我会拿到加班费。

终于,在下午5点59分,他们签署了文件,我开始往家里赶。楼梯上很拥挤,电梯里却基本上没人。过去几周发生了那几次恐怖事件之后,很多人都不敢乘电梯了,但只要知道检验证书在楼长办公室存档(哪怕不让我们看),对我来说就足够了。

高速公路上,带着巨大尾鳍的仿50年代汽车挨挨挤挤。现在流行这种车,是因为又允许使用含铅汽油了。一想到所有进入健康、教育和福利部预算的乙基罚金,我心里就会泛起暖意。我知道那些钱在资助我那个精神错乱、学习能力失调、有双重阅读障碍的孩子小蒂姆的补习教育。

我开车时心不在焉地听着广告和霍华德·斯特恩——他又上节目了(他的电台显然又买了一个淫秽内容授权)。我很累,也不怎么想听,便把声音调到最低,渴望有一天我和大比尔能买得起一辆没有收音机的车。

不过点燃蜡烛总比诅咒黑暗要好,于是我集中精力欣赏多彩的汽车穿行在洋红色的空气中的美景。碳排放罚款无疑减轻了像我这样的工作主妇的税费负担。

到了机场附近,交通慢到几乎像爬一样。一开始我担心又坠机了(那有可能使高速公路堵塞好几个小时),不过这次只是一组起落架松动,掉到了高速公路上。自打联邦航空委员会开始向航空公司出售维修豁免权以充实他们的退休基金后,最近这样的事情发生得越来越频繁。

很高兴看到我们宁静的"中榆"小区的灯光。公园里燃烧的十字架将我的快乐破坏了一点儿(但只是一点儿)。看来三

K党[1]又买了一张偏见许可证——没有实际的暴力许可证那么贵。上周的私刑一定费了他们好多钱（如果你描述那样的残忍事件时能用"好"这个字眼的话）。

我把车开进车道时，已经快晚上9点了。我知道有麻烦等着我，便在门口尽可能地踯躅——直到隔壁邻居的猪圈发出的恶臭呛得我喉咙发紧。那气味很难闻，但我们有什么办法呢？格林夫人已经支付了她的粪便费，而那些钱毕竟要用来削减我们的财产税。另外，她养的动物都不是被吃掉的，而是为了科学研究被折磨至死的，我知道那些动物实验有助于提高我那身患绝症、满身流脓、半精神失常的儿子小蒂姆的生活质量。

芭芭拉（我才不会喊她的昵称芭布！）在她的门口，挥舞着一只橡胶手套，但我没有挥手回应。我倒不是傲慢，就是讨厌普通人摆出大公司的架势。

"你他妈的去哪儿了，贱人！"大比尔发牢骚道。他又喝了一口杜松子酒（标签上面写着"警告，喝酒会使一些人言行失序"，但他不理会）。他抓住我的屁股，当我挣脱时，他像拉尔夫·克拉姆登[2]（你不喜欢那部老剧吗？）一样握起拳头，不是指向月亮，而是指向了餐桌上方的墙上，我们的结婚证旁边，他那张装裱起来的打老婆授权证书。

我没理会他的荒唐举止，把鸡放进了烤箱，用力关上烤箱

---

[1] 美国最早的极端组织之一。
[2] 1955年开播的美国剧集《蜜月之旅》的男主角。

门,挡住了气味。我好奇它放了多少日子了,但无从得知。过期日期被美国农业部的官方逾期处罚贴纸盖住了,把它们撕下来是违法的,就像床垫标签一样。

小蒂姆在哪里?就在这时,我听到了自动武器射击的声音(现在每个人都有许可证),他冲进了门,或者不如说滚进了门,脸上全是血,他的轮椅已经变了形。

"你去哪里了?"我问道。(好像我不知道似的!自从镇上发行了一种债券,供人们购买忽略无障碍通道法规的许可,他最近不得不从一个糟糕的街区穿过。)

"被人打劫了。"他说着,把碎牙吐在一只爪子似的、伸不直的小手上。

"谁干的?"他爸爸说,"我要杀了他们!"

"他们有文件,爸爸!"我们遍体鳞伤的宝贝儿子哭着抱怨道,"他们把文件抽出来,在我面前晃来晃去,然后就啪——啪——啪——啪——啪!"

"可怜的孩子。"我一边说,一边尽量不去看他。他从来不是一个漂亮的孩子,现在的样子比平时还要糟糕。我转而看向窗外的夕阳。他们说现在的日落比以往任何时候都好看,因为污染已经得到了控制。当然,日落的颜色也花哨得跟鬼似的(原谅我的粗话)!

"上帝诅咒他们每一个人。"小蒂姆皱着他纽扣似的小鼻子的残余部分说,"晚饭吃什么?又是鸡肉?"

我的故事就讲到这里吧。如果你不喜欢它,你可以去死。

想投诉的话，请直接向全国作家联盟情节部纽约办事处提出，我的"高潮省略许可证"在那里存档，编号5944。

　　费用已付。

影子

知道

THE SHADOW KNOWS
（1993）

影子知道

就算狮子能说话,我们也无法理解它。

——维特根斯坦

一

一旦事关房地产业,老家伙们动作也能麻利起来。爱德华兹基地废弃还没有超过一年,来过冬的北方人就开始入住了。我们在六个月内把美国太空计划的骄傲改造成了拖车公园,曾经坐落着机库和营房的石板地面上,现在停放着各种品牌的拖车。

人们都把我视作某种非正式的市长,因为在被强制退役之前,我在爱德华兹进进出出(或者用地球这边的话说,上上下下)了大约二十年。在我退役之后又过了差六天到十年的时间，由于入不敷出的政府削减预算，基地本身遭到裁撤。我知道化粪池和水管曾经的位置，知道电线和道路被风沙埋在了哪里。由于我曾经在维修部门工作，我还知道如何接好电话线，乃至如何从洛杉矶到拉斯维加斯的干线上偷点儿电。我认不全板城的每个人，但差不多每个人都认识我。

因此，当一位穿着两件套西装的光头仔开始挨家挨户打听布利上尉时，街坊们都知道他找的是谁。"你说的肯定是上校。"他们会说。（我向来对军衔都拿捏得不太准确。）每个人都知道我当过老一辈人所说的"宇航员"，但没人知道我曾经是个月球仔，除了以前交往过的几任女友。我曾向她们展示过在微重力环境待上三年就能学到的那种技巧，不过那就是另一个——嗯，更加私密的——故事了。

这个故事也有其私密的一面，它要从我那辆有了年头但还不至于被人当成宝贝的2009年产"路爵"的车门被敲响讲起。

"布利上尉，大概你已经不记得我了，不过你在胡伯特的维修任务中做二把手的时候，我是初级值日官——"

"月球背面。飞行中尉J.B.'探头乔尼'·卡森。我怎么可能忘记部队里最……"我斟酌了一下能够委婉地表达"不起眼"的措辞，"招人喜欢的年轻月球仔。现在也没那么年轻了。而且我看你已经是平头百姓了。"

"不尽然，长官。"他说。

"别喊'长官'了。"我说，"说不定你的军衔已经高过我了，再说我已经退役了。就叫我'市长上校'吧。"

他没有听懂这个玩笑——探头乔尼向来听不懂玩笑，除非是他自己开的玩笑。他就站在那里，一副很不舒服的样子。这时我意识到他急于进门，好摆脱紫外线的照射，而我是一个没什么眼力见儿的主人。

"进来吧。"我说着，把无线电遥控模型放在一边。那东西是我为一个可以算是我孙子的小孩制作的——也许说"修理"更合适，他似乎掌握不了着陆的要领。我没有自己亲生的儿孙。一份在太空——或者像我们过去所说的"在外面"——的差事，有其不利的一面。

"看来你还保留了点对飞行的兴趣。"探头乔尼说，"那样我的工作就更好开展了。"

这显然给话头让我接呢，而由于我们月球仔从不认为拐弯抹角有多大用处（月球上也没有什么弯弯角角），我决定不再吊着探头乔尼让他作难。我这话是不是混用比喻了？月球上也没有比喻，那里的一切说什么就是什么。

总之，我顺着他的话说："你的工作，是——"

"我现在为联合国效力了，布利上尉。"他说，"他们接管了部队，你知道的。虽说我没穿制服，但我是来执行公务的。这是为了不暴露身份。他们有一份工作给你。"

"一份工作？我这把年纪？部队十年前就因为我太老而把我扫地出门了！"

"这是一份临时的工作。"他说，"一个月，最多两个月。不过这意味着你要接受新的官职，好让他们赋予你一定的权限，因为整个项目是顶级机密。"

我听得出来他在刻意强调"顶级机密"四个字，我想我该表现得受宠若惊。这要是五十年前，我就受宠若惊了。

"他们正在讨论把你晋升为少校，提高退休金和医疗福利。"探头乔尼说。

"那样实际上算是降级了，因为这里的人都已经叫我'上校'了。"我说，"不是跟你过不去，探头乔尼，但是你这趟白跑了。我已经为这把老骨头存够了医药费和退休金。对一个没有家属、没有什么恶习的76岁老头子来说，多那仨瓜俩枣算得上什么？"

"那么太空补贴呢？"

"太空补贴？"

探头乔尼笑了，我这才意识到他一直在拐弯抹角，而且乐在其中："他们想把你送回月球，布利上尉。"

在20世纪的惊悚小说中，当你被招募参加一项绝密的跨国行动（而我这次行动何止是跨国，还要跨行星，甚至是跨恒星。见鬼，跨星系），他们会派一架没有飞行灯的里尔喷气式飞机在一个没有标志的机场接你，然后把你送到一座加勒比海上的不知名的岛屿。你在那里与那些衣着考究、冷酷无情、在幕后管理着世界的家伙见面。

在现实生活中，至少在21世纪30年代，你要坐经济舱去纽瓦克。

我知道,至少在我宣誓就职之前,探头乔尼不能告诉我怎么回事,于是在返回东部的途中,我们只是聊聊闲天儿、追忆一下旧时光。我们在服役期间并不是朋友——年龄、军衔有差异,脾性也不相投,不过时间有办法抚平那些沟沟坎坎。我的老朋友多半已经不在人世,他的老朋友多半已经成了平民,就职于法国和印度的某家为通信和气象卫星网络提供服务的公司,那些卫星都是20世纪太空计划的遗产。我和探头乔尼所熟知的"部队"已被裁减为类似海岸警卫队的机构,负责运行轨道救援航天飞机和维护我曾经参与建立的月球小行星观察基地——胡伯特。

"我很幸运,被派到了胡伯特。"探头乔尼说,"要不然我可能三年前就主动退役了。50岁那年。"

我咧了咧嘴。就连孩子们都上年纪了。

我们乘出租车径直穿过通往中城的林肯隧道,前往皇后区的联合国大厦。在那里,一位穿着洋红色制服、百无聊赖的女士将我重新委任为太空部队的少校。我的新文件规定,等我在60天后再次退役时,我将领取少校级别的养老金,外加带有全套牙科计划的增强型医保。

这待遇还真挺棒的,因为我还有几颗牙齿没掉呢。我受宠若惊了,同时也感到疑惑。"好了,探头乔尼,"当我们走到屋外无可挑剔的10月的阳光里(到了我这个年龄,你会更多地注意到秋天而不是春天），我说，"说说吧。什么情况？出什么事了？"

他递给我中城一家酒店的房卡（部队向来订不起皇后区的房间）和一张机票——第二天一早飞往雷克雅未克的首个航班。他拿着一个棕色的信封，上面潦草地写着我的名字。

"这个信封里有给你的命令。"他说，"它能解释你的所有疑惑。问题在于，嗯……一旦我交给你，我就不能离开你左右了，直到明天早上把你送上飞机。

"而你有一个女朋友。

"我是想你可能会有。"

我还真有，一个老女友。到了我这个年龄，你所有的女朋友都老了。

纽约应该是世界上最肮脏的城市之一，也肯定是最嘈杂的。幸运的是，我喜欢噪声，而且像大多数老人一样，只需要很少的睡眠。探头乔尼肯定需要得更多，他迟到了。在我的航班最后一次登机通知几分钟之前，他在里根国际机场的冰岛登机口跟我碰了面，并把写有我名字的棕色信封递给我。

"登机之前不能打开它，上尉。"他说，"我是说，少校。"

"别着急。"我说着，抓住了他的手腕，"是你把我牵扯进来的。你肯定了解点儿情况。"

探头乔尼压低了声音，向两边看了看。和大多数月球仔一样,他喜欢秘密。"你知道齐配布韦松——那个清理轨道垃圾的法国企业吧?"他说,"几个月前,他们注意到在中高地轨道上有一个没见过的亮点。数据库里没有卫星丢失。它太大了,不可能是掉落的扳手。它又太小了,不可能是航天飞机的燃料罐。"

叮,门开了。我后退着进门,用一只脚撑着不让它关上。"接着说。"我说。

"还记得'旅行者号'吗,20世纪70年代发射出去的星际探测器?它携带了一张盘,上面有地球的数字地图和人类的照片,甚至还有音乐。莫扎特和那个叫什么的……"

叮,叮,门在响。"我记得那个笑话。'多送几首查克·贝里。'"我说,"但你在转移话题。"

不,他没有。就在门开始关闭,我不得不一步蹿进去的时候,探头乔尼喊道:"'旅行者号'回来了,带着一位乘客。"

我在飞机上打开了密封命令,它向我提供的信息并没有比探头乔尼多多少。我被正式分配到联合国SETI(寻找地外智慧生命)委员会的E组,暂时驻扎在月球的胡伯特。这很有意思,因为在我退役之前,胡伯特已经被裁减成自动运行,而且已经有将近十五年没有住过人了(据我所知)。

我将前往雷克雅未克接受体检,不得与任何人沟通我的目的地或者任务。就这些。密封命令没有说明E组是做什么的(不过当然有个线索),或者我要在其中担任什么职责,或者为什么选中我。

雷克雅未克应该是世界上最干净的城市之一，也肯定是最安静的城市之一。在一座崭新而光鲜的医院大楼里，我花了一下午和大半个晚上接受医疗检查，我似乎是那里唯一的病人，而相对于体格，医生们好像更加担心我的大脑、血液和骨骼状况。我不是医学专家，但是在接受癌症扫描时，我能看出来那是在干什么。

在体检项目的间隙，我通过视频电话见到了新老板，身在月球的SETI委员会E组负责人。她是一位五十多岁的胖女人，长着一副完美的牙齿（现在有了牙科计划，我又开始注意牙齿了）、金色的短发、目光锐利的蓝眼睛，说话带有几乎听不出来的斯堪的纳维亚口音。

她自我介绍说她是顺达·沃尔根博士，然后说："欢迎来到雷克雅未克，少校。我知道你以前在胡伯特服过役。希望你在我的家乡受到了良好的招待。"

"候诊室里的电影还不错。"我说，"我看了两遍《E.T.外星人》。"

"我保证你到了胡伯特会有正式的简报。只是想欢迎你加入E组。"

"意思是我通过了体检？"

她不耐烦地挂断了电话。我挂机时，突然意识到这次通话只是为了看我一眼。

全部项目到了晚上9点才搞定。第二天早上7点，我被装进一辆轮胎厚实的面包车，在一条硬质公路上向北跑了12英里，然后向东沿着一条线路穿过熔岩区。我是唯一的乘客。司机是纽芬兰最早的失落移居者之一"抓捕者哈格德"的后裔（反正他是这么说的）。一个小时后，我们通过了一座废弃的空军基地的大门。哈格德指着一道山峰尖利如齿的小熔岩山脊。在它后面，我注意到一枚比其他都要锋利的银齿。那是阿丽亚娜-大宇四型的保护锥体。

为了保持项目的保密性，委员会放弃了赤道发射的优势，这意味着燃烧时间几乎长达28分钟。我并不在意。我已经11年没有离开过地球了，六倍重力的压迫宛若老情人一般再次把我抱在怀里。而下面行星的曲线——嗯，如果我是一个感性的人，我会哭的。然而感性是中年的事，就像浪漫是青年的事。老年，和战争一样，有更冷酷的感情。毕竟，它是一场生死攸关的斗争。

高轨道站亮着灯，从着陆轨道的角度来看挺热闹，这让我感到意外。除了用来加油和停靠，该站几年前就已经关闭了。我们没有进去，只是利用通用气闸转到地月航天飞机上。这架脏兮兮但可靠的老"戴安娜号"，我曾乘坐过那么多次。它是探头乔尼的正式指挥所，不过他在轮休：大概是他把我活着招进来的奖励。

每每我们这些老家伙忘记了自己有多么衰弱和无趣，年轻人对我们的忽视都会提醒我们。"戴安娜号"上的三人机组始终不跟我交流,而且只说俄式日语。这让我孤独地度过了一天半,但我并不介意。飞向月球是最美好的旅程之一。你离开一个水球,前往另一个石球,而且路上总有风景可看。

由于机组成员们不知道我会说(至少能听懂)一点儿俄式日语,我得到了关于工作内容的第一条线索。我无意中听到他们中有两个人在探讨"ET"(不光英语,每种语言都用这俩字母表示"外星人"),其中一个人说:"谁会想到那个东西只跟老家伙打交道呢?"

那天晚上我睡得像个婴儿。中间只醒了一次,那是在穿过我们月球仔所谓的"狼溪山口"的时候——地球(相对)长而陡峭的引力井的顶部,以及滑向月球的短而浅的斜坡的开始。在零重力环境中,人不可能感觉到这种过渡:然而我醒来了,清楚地知道(哪怕已经过了11年)我在哪里。

我正在返回月球的路上。

胡伯特坐落在月球的另一面,永远背对着地球,面向宇宙。在一个更有想象力、更有智慧、更有活力的时代,它会是一座深空光学观测站,或者至少是一座修道院。然而在我们这个小气、吝啬、偏执的世纪,它只被用作一座半自动化的近地天体或小行星早期预警站。如果不是因为2014年近地天体2201号奥加托险些撞上地球,它根本就不会运行到现在,因为只有赤裸裸的恐怖才能抠出联合国的资金。

胡伯特位于背地面巨大的科罗廖夫撞击坑的中心附近。它脚下那片灰色的风化层平原周围，围绕着未曾被水、风或冰打磨的锯齿状山脉，它们如同冰岛的熔岩山一般陡峭，高度却有几英里而不是几米。奇绝之状能让你每看一眼都被提醒一遍，它们属于月球而不是地球。你在它们的地盘上，而且这可不是容得下生命的地盘。

我喜欢胡伯特。我曾参与了这座基地的建造，随后维护了它四年，所以我很了解它。在那片不毛之地，没有生命的承诺，也没有生命的记忆，甚至没有它的传言。事实上，再次看到那里时，我立刻意识到自己为什么退役后留在沙漠里，而没有回到田纳西州了——尽管我在那里还有熟人。因为田纳西州太他妈绿了。

胡伯特的布局就像一个海星，五个小的外围穹窿结构（分别被命名为四个方向和一个"其他"）。它们都由四十米长的管道连接到较大的中央穹窿——名为"中央车站"。沃尔根在南区的气闸处迎接我，那里仍然是工具和维修区。我马上就有了到家的感觉。

看到她坐在轮椅上，我有点儿惊讶。除此之外，她的样子和屏幕上一样。在没有蓝色的月球上，那双蓝色的眼睛甚至显得更蓝了。

"欢迎来到胡伯特，"握手时她说，"或者我该说'回到'。以前南区就是你的办公室吧？"重力只相当于地球0.16倍的月亮总是吸引着更多的残疾人。根据她转轮椅，以及让轮椅向后倾斜、两轮行驶的样子，我能看出来这里蛮适合她的。我跟随她沿着管道向中央车站走去。

我曾经担心胡伯特会像高轨道站一样沦为废墟，但它最近刚被粉刷过，空气闻起来很清新。中央车站明亮宜人。沃尔根的月球仔团队装点了一下，但也没弄得过于花哨。他们都很年轻，穿着亮黄色的外衣。当沃尔根把我作为胡伯特的先驱之一介绍给他们时，没引起他们任何人的反应，哪怕我是在主气闸里面一块名牌上留名的22个人之一。我对此并不惊讶。部队就像一块霉斑，是一种永生不死但没有记忆的有机体。

一位年轻的月球仔将我领到北区，来到我没有窗户的饼状"斗室"。吊床上放着一件叠好的宽松橙色外衣，上面缝着"SETI"的字样。但搞清楚沃尔根在做什么之前，我不打算穿上她给的制服。

回到中央车站，我见到了在咖啡机旁等待着的她。那是一部巨大的俄罗斯机器，像哈哈镜似的映出我们的脸。看到自己的样子让我吃了一惊。到了一定的年龄，你就不再照镜子了。

机器上方的一张手绘张贴画上写着"$D=118$"。

"那是距离'戴安娜号'回归还有几小时的意思。"沃尔根说，"月球仔们把这看作一项艰苦的工作，真让人想不到。他们只习惯每次在这里待一两天。"

"你答应过要做简报。"我说。

"我答应过。"她给我倒了杯咖啡，指了一个座位。"我想，既然部队的运转仍然离不开闲言碎语的刺激，那么就算我们已经尽力保密，你也肯定设法打探到了些许信息。"她皱了皱眉头,"如果你没有,你就太笨了,不适合共事。"

"有一个传言,"我说,"说的是一个ET。"

"一个异常物体,简称AO。"她纠正道,"目前为止,它还只能被归类为AO。尽管它事实上不是一个物体,更像是一个物体的猜想。如果我的工作——我们的工作——取得成效,进行了接触,它就将被升级为ET。它是大约16天前在地球轨道上被发现的。"

我深感震撼。探头乔尼并没有告诉我整个项目组织得有多么迅速。"你们动作够快的啊。"我说。

她点了点头:"你还听说了什么?"

"'旅行者号'。"我说,"'多送几首查克·贝里。'"

"其实是'旅行者二号'。大概是1977年发射的吧。它在1991年离开日光层,成为第一个进入星际空间的人造物体。上个月,在发射五十多年后,人们在地球高轨道上发现了它。它的电池已经耗尽,核动力已经失效,看起来被废弃了。太空垃圾。它在那里待了多久,谁或者什么东西把它送回来的,以及为什么——我们还没有答案。当它被送上回收船'让·热内号'时,一个看起来像是影子的东西附在了一位名叫赫克托·默尔索的乘员身上,显然是趁着他们脱下宇航服的时候钻进来的。他们起初没注意,直到发现默尔索坐在气闸里,衣服脱了一半,神情呆滞,好像刚从麻醉中醒来。他抱着自己的头盔,影子就在里面。显然,我们的AO喜欢狭小空间,活像一只猫。"

"喜欢？"

"我们允许自己有某些拟人的表达，少校。以后会改的，如果有必要。再来点儿咖啡吗？"

她续杯的时候，我环顾了一下房间。不过在月球仔当中，很难区分欧洲人和亚洲人，男性和女性。

"那么这位默尔索在哪里？"我问道，"他在这里吗？"

"不在。"沃尔根说，"第二天早上他走出了气闸。不过我们的朋友AO仍然和我们在一起。来吧。我给你看看。"

我们喝完了咖啡。我跟着沃尔根沿管道前往叫作"其他"的外围穹窿。她赶路的时候，轮椅向后倾斜，前轮离地几乎有1英尺。我后来才了解，这个仰角反映了她的心情。其他区被分为两个半球形的房间，用来种植我们曾经称为"杂草和豆子"的环境作物。在这两个房间之间有一个小储物棚。我们直奔那里而去。一个拿着用于仪式的（希望如此）钢索枪的月球仔打开了门，让我们进入一间小得像牢房的灰色封闭斗室。门在我们身后关上了。里面只有一把塑料椅，对着一个齐腰高的架子。架子上放着一个透明玻璃碗，像个鱼缸似的，里面装着——

呃，一个影子。

它大约有键盘或者哈密瓜那么大。你很难把视线投到它身上。它像是在那里，又像是不在那里。当我向一边看时，碗里仿佛空无一物。不管里面有（或没有）什么，都没有出现在我的视野中。

"我们的生物团队一直在研究它。"沃尔根说,"它在任何仪器上都留不下记录。它无法被触摸、称量或者以任何方式测量,就连电荷都没有。你甚至没法说它不存在。要我猜的话,它是某种反粒子汤。不要问我我们的眼睛是怎么看到它的。我想我们只是看到了它的不存在,如果你明白我在说什么。"

我点了点头,尽管我不明白。

"它不会出现在视频上,但我希望它能被模拟设备记录到。"

"模拟?"

"化学胶片。我们正在拍摄它。"沃尔根指着临时固定在墙上的一个枪状物,它呼呼作响地跟着她的手转动,然后又瞄准了碗,"我安排人专为这项工作运来了这个古董。我们的AO所做的一切都被拍了下来,一天24小时都在拍。"

"胶片!"我说,我又被震撼了,"那么它到底在做些什么呢?"

"待在那个碗里。这就是问题所在。它拒绝……不过'拒绝'这个词在你看来是不是太拟人化了?我重新说。就我们所知,它只会与活体组织互动。"

我打了个寒战。活体组织?那就是我啊,反正几年内还是,我开始明白,或者至少开始怀疑,我为什么在这里了。但为什么是我呢?"你说的'互动'到底是什么意思?"我问道。

沃尔根皱了皱眉头。"别一副忧心忡忡的样子。"她说,

"虽说默尔索出了事,但这绝非自杀任务。我们再去喝杯咖啡吧,我会解释的。"

我们把AO留在它的碗里,让拿着钢索枪的月球仔把它锁起来。回到中央车站,沃尔根又倒了两杯浓稠的月球咖啡。我开始把她看成一部靠这东西运转的有轮装置。

"SETI项目是在20世纪中期建立的。"她说,"在某种意义上,'旅行者号'是该项目计划的一部分。美国国家航空航天局在世纪末接管了它,还给它改了名,但目标还是跟以前一样。他们寻找智慧生命存在的证据,其假设是在如此遥远的距离上不可能开展实际的交流。接触被认为更加没谱。但如果真的发生了,我们设想大概也不会是飞船降落在伦敦或者东方,'带我去见你们的领导'之类的情景。情况应该会比那更复杂,而且应该在系统中为人类的敏感性和直觉留出足够空间,有一些灵活性。因此,SETI的主管们成立了E(代表Elliot)组,该组将在第一次接触[1]时开始运作,并在严格保密的情况下运作仅仅21天。不通知媒体,不牵涉政治。也就是说不让大人物掺和,你可以这么理解。它将由一个人而不是一个委员会管理。一个人道主义者而不是一个科学家。"

"一个女人而不是一个男人?"

"那只是巧合。你将会意外地发现,在这种情况下,这样

---

[1] 在科幻作品中指人类与外星生物的初次接触。

的安排是如何适得其反的。"沃尔根再次皱起眉头,"不管怎么说,当我得到这份工作时,E组更像是抛给软科学的一包安慰剂,而不是一个工作岗位。一段简短的指导,一份津贴,和一台从来没人指望它会响的传呼机。但这些机制仍然在枕戈待旦。当我接到电话时——当时'让·热内号'事件刚发生几个小时,我正离开雷克雅未克大学,开始休假,在加州大学戴维斯分校做客座心理学教授。默尔索死亡时,或者说是自杀时,我已经在去往高轨道站的路上了。"

"或者说默尔索被杀时。"我提出。

"谁知道呢。我们以后再谈这个。无论如何,我行使了联合国授予E组的特殊权力——我敢说他们本来觉得这权力永远派不上用场呢——让人在胡伯特组织起了整个项目。"

"因为你不想把AO带到地球上。"

"至少在搞清楚我们在对付什么东西之前,那听起来不是一个好主意。而高轨道站的状况那么糟糕,再说很难找到能够长期忍受零重力的人。我了解月球,因为我在这里做我的博士项目,所以我们就安排在这里了。默尔索死后所发生的一切都是基于我的决定。我的E组任务授权只剩6天了。在那之后,我们的外星朋友要么作为ET去SETI全体委员会,要么作为AO去Q组——量子奇点小组。时间非常关键。我的时间相当有限,你要明白。因此,当我在高轨道站上等待月球仔们在胡伯特做准备时,我自己开始了第二次接触。我把我的手——我的右手伸进了碗里。"

我看着她，崇敬之情油然而生，且越燃越烈。

"它从碗里流出来，流到我的手臂上，到了我肘部上方一点儿。它就像一只长手套，我的曾祖母曾经戴着去教堂的那种手套。"

"然后呢？"

"我写下了这个。"她给我看了一张标签，上面写着：

blómhnappur

"这是冰岛语，意思是'新增长'。我带了便签和铅笔，还有一台磁带录音机。我还没反应过来呢，一切就已经结束了。它甚至没让我产生什么奇怪的感觉。我就那么拿起铅笔，写了起来。"

"这是你的笔迹？"

"完全不是。我是右撇子，而这是我用左手写的，因为我的右手在碗里。"

"然后呢？"

"然后它流淌着——有点儿像波纹，这很奇怪，但你会看到的——顺着我的手臂流回碗里。这些都发生在零重力的高轨道站上，你可要记着，没有什么能把我们的小ET困在碗里，除非它想待在里面。"

"你现在叫它ET了。"

"你不觉得这就是交流，或者至少是交流的尝试吗？站在非官方的立场上来说，这件事加上它到达的方式足以让我信服。除了ET，你还能说它是什么？"

"通灵板上的印记？"我心里想着，但我什么也没说。我开始觉得整件事情都很疯狂。碗里的黑色非物质看起来也就与我杯子里剩下的咖啡智力相当。我对这位坐轮椅的女人也有点儿没信心了。

"我看得出来你不相信。"沃尔根说，"没关系。你会改主意的。无论如何，这件事之后，我在接下来的几个小时里都会被人看管着，就像奥德修斯被绑在桅杆上一样，免得我步默尔索后尘走出气闸。然后我又试了一次。"

"把你的手伸进碗里。"

"还是我的右手。这次我用左手拿着铅笔，做好了写字的准备。但这次我们的朋友，我们的ET，我们的别管什么，非常不情愿。在尝试了几次之后，它才荡漾到了我的手臂上，然后只在我的手腕上方1英寸左右停留了一小会儿。但那也起作用了，就像它直接与我的肌肉组织而不是我的意识进行交流。我甚至没有思考，就写下了这个——"

她翻开那一页便签，我看到：

"这是'老人'的意思。"

我点了点头:"于是你自然而然地派了探头乔尼去找我。"

沃尔根笑出了声,又皱了皱眉头,我这才明白,她的皱眉是一种微笑。她只是把这个表情上下颠倒了。

"你想得太多了,少校。我把这一切解释为它不愿意与我交流,而这与我的年龄或者性别有关,或者与两者都有关。由于我们还没有动身来月球,我利用我有点儿奢侈的权力,把航天飞机送回了地面。我招募了一位老朋友,我以前的一位教授——事实上是SETI的一位退休顾问——他曾在胡伯特待过一段时间,并带着他一起来到月球。这又从我的宝贵时间里耗掉了三天。"

"那么他在哪里?我猜是在气闸外,否则我不会在这里。"

"倒是还没有走出气闸呢。"沃尔根说,"跟我来,你就知道了。"

我从未见过金洙李博士,但听说过他。他身材矮小,一头白发就像爱因斯坦的白发一样长而飘逸。他是一位天文学家,是深空光学小组的组长。胡伯特变成一个半自动化预警站的时候,小组被淘汰掉了。金博士获得过诺贝尔奖。有一个星系以他的名字命名。现在他占据了东区透明穹顶下的医务室中两张床中的一张,另一张没人睡。

我在房间里闻到了死亡的味道,并意识到那是平静宝,给临终患者使用的洋甘菊鼻腔喷雾。这种香气对我来说可谓一言难尽，同时蕴含着爱与失的意味。我对这种奇怪的组合熟悉起来是在第一任妻子去世前的最后几周里。我在她临终时回到了她的身边。不过那完全是另一个故事。

金博士看起来很高兴，他一直在期待我们的到来。

"我很高兴你们来了。我们现在也许可以开始交流了。"他操着剑桥口音的英语说，"你大概已经知道了，影子不愿意和我说话。"

"影子？"

"我对它的称呼，来自你们美国以前的广播连续剧。'谁知道人的心中潜藏着什么邪恶？影子知道！'"

"我看你不像那么老的样子。"我说。

"是没那么老。到下周'戴安娜号'回来的时候满72岁，如果我不幸能撑那么久的话。"他从一个仿乌木喷管中快速地吸了一口平静宝，然后继续说，"我上大学时养成了收集旧收音机磁带的爱好。就算在当年，也就是45年前，它们就已经有45年的历史了。我想你应该不记得天王和他的电台牧场吧？"

"谁也没那么老，金博士。我才76岁。你得有多大年纪才能受这个碗中鬼的青睐？"

"影子。"他纠正说，"哦，你已经够老了。其实我也够老了，我想。或者说本来应该够了，如果不是因为……"

"从头开始说吧，金博士。"沃尔根说，"请吧。少校需要知道所有的来龙去脉。"

"从头？那我们就从最后开始吧，那才是影子开始的时候。"他神秘地笑了笑,"我至少明白了一件事:语言在肌肉组织里的存在就和大脑里一样多。第一次,我像顺达那样,把手伸进碗里,然后当影子拿起我的手,用我的手拿起一支铅笔时,我的大脑在一旁观望,仿佛和我的手相互独立——"

"它用你的手给你写了个词。"我说。

"给我画了张画。"金博士纠正道,"韩语至少有一部分是表意的。"他把手伸到床下,拿出一张纸,上面写着:

바지를 벗어 주세요.

"带我去见你们的领导?"我猜测道。

"它的意思大体上就是'好吧',然后暗示建立一种更亲密的关系,而我立即付诸执行,可以说,然后——"

"更亲密?"

"结果是这样的。"

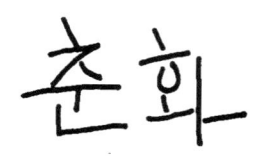

춘희

"和顺达的信息一样,它的意思是'新增长'。"他说,"具体到我身上呢,我认为是'癌症'的意思。"

"哦。"

我一定是表情扭曲了一下,因为他说:"哦,没事的。我已经知道了。结肠癌。我已经知道四个月了。我只是没有告诉顺达,因为我认为那不重要。"

"那么说并不是影子——?"我问道。

"让我得癌症的?不是的。"金博士说,"影子的能力可以说就是探测到它,就是这样。"他咧了一下嘴,要么是笑了笑,要么是痛苦地龇牙(很难看出来),又吸了一口平静宝:"别忘了,'影子知道'。"

年轻人才会忧生忧死,老人却没有这样的问题。"不简单啊。"我说。

"没有圆满的结局,"金博士说,"至少,多亏了影子,我得到了回月球的机会。如果运气好的话,我甚至可能在这里撒手死去。难道月球不是一个很好的墓碑吗?它高悬在天上,比一千座金字塔还大,而且还有亮光。对所有韩国人良好品味的诽谤可以永远平息了。"他停顿了一下,又吸了一口:"但问题是,由于癌症——显然——影子不肯与我交流了。我认为它把癌症误认为是年轻的象征。它和我的接触就只有这两次。所以明天就轮到你了,对吗?"他转脸看向沃尔根。

沃尔根和我对视了一眼。

"所以我是下一个。"我说,"二号老人。"

"此时此刻我要给你一个退出的机会。"沃尔根说,"虽然我很不情愿。但如果你拒绝,我还有时间再争取一位。你的候补队员这会儿正在雷克雅未克体检。"

我看得出来她在撒谎。如果她只剩下六天,我是她唯一的希望。"一开始为什么会选择我呢?"我问道。

"在这么短的时间内,年纪最大、健康状况说得过去,还有太空资质的男性,我能找到的也只有你了。我知道你来过胡伯特。另外我喜欢你的长相,少校。直觉。你看起来像是敢于冒险的人。"

"冒险?"金博士笑了,她向他投去一个鄙夷的眼神。

"当然,我也有可能看错人。"她对我说。

她在掂量我的胆子,不过我并不介意。我已经有好多年没有被掂量过了。我看了看沃尔根,看了看金博士。我看着远处的亿万星辰,心想豁出去了。

"好吧。"我说,"我想我可以为了科学把手伸进鱼缸。"

金博士又笑了起来,沃尔根向他投去愤怒的目光。"有一件事你应该知道——"她开始说。

金博士抢了她的话:"影子并不想和你握手,布利少校。它想爬进你的屁股,四处看看,就像它爬进我的一样。"

二

第二天早上,我出现在中央车站,身穿带有SETI标识的亮橙色外衣,只为了向沃尔根证明我已经入了她的伙。我们喝了咖啡。沃尔根问:"害怕吗?"

"你不会害怕吗?"我说,"首先,这个影子是个癌症检测器。然后,默尔索那档子事……"

"我们在雷克雅未克的那帮人不太可能有什么漏检。另外有迹象表明,默尔索可能有与此无关的自杀倾向。齐配布韦松雇了一些怪人。但你说得对,少校,谁也说不准。"

我跟她沿着40米长的管道来到东区。我们在医务室启动了第一次接触环节,好让金博士可以参与,或者至少可以观察。沃尔根简直是蓄势待发:椅子向后倾斜得很厉害,她骑坐在上面,几乎是趴着的。

五个外围穹窿里有三个种着木兰花——这些藤蔓植物喜欢月球,但东区的木兰花是最茂盛的,它的叶子从撞击坑底部的风化层中提取了月球的色彩,将其加工成一种前所未见的复杂灰色。

金博士的床在树下。他已经醒了,正在等我们。他用手指抚摩着喷管,就像抚摩一个吉祥物。"早上好,同事们。"他说。

沃尔根把轮椅滚到他的床边,亲吻了他沧桑的脸颊。

两个月球仔推进来一张有轮子的桌子,影子就在桌子上的碗里。另一个月球仔扛着胶片相机,还有一个抬着一把亮黄色的塑料椅子。那是给我的。

重要的时刻到了。沃尔根和我一起走近桌子。当她拿起碗时,我注意到影子远离了她的手,移向中心。那种涟漪般的运动方式难以分辨,却又让我禁不住想看。

她把碗放在椅子前面的地板上。"我们开始吧。"她说着，按下了放在自己腿上的录像机。我褪下裤子，搁到鞋子上，仅着上装赤裸裸地站在那里，与此同时胶片录影机呼呼作响。墙上的时间是9点46分HT（休斯敦/胡伯特时间）。

　　我感到害怕。我觉得很尴尬。更糟的是，我觉得很可笑，尤其是在那些坐在空床上的年轻月球仔——有男有女——的注视下。

　　"哦，少校，请不要有什么顾虑！"沃尔根说，"女人都习惯了两腿之间被人又戳又捅的。男人偶尔忍受一下也无妨。坐下吧！"

　　我坐了下来。黄色的塑料椅子贴在我的屁股上的感觉很冷。沃尔根一言不发地把我的膝盖分开，把碗推到我的双脚之间，然后退到金博士木兰花下的床头。我一只手攥着铅笔，另一只手握着纸。沃尔根和金博士已经解释了会发生什么，但事到临头我还是惊愕不已。影子移动了——从碗里扭出来，在我的两腿之间向上流动，消失在我的屁股里。

　　我入迷地看着它，感觉不到恐惧或害怕，没有这样的"感觉"。它真的就像一个影子。为了保持体面，我一直用外衣遮住自己，但是影子进入我体内的时候，我一下子就知道了，因为……

　　房间里还有一个人。他站在房间对面，离金博士的床脚不远。他不是实体的，也不完全和真人大小一样，就像坏灯泡一样闪烁着。但我立即知道那是"谁"。

是我。

我稍微移动我的手臂,看他是否会像镜像似的移动他的手臂,但他没有。他闪烁着,每一次闪烁要么变大,要么离我更近,或者既变大又变近。没有参考系,无法判断他的大小。但不知何故,我非常清楚地知道,他或它并没有和我们一起在房间里,没有占据同一个空间。这让我后脑勺的头发都竖了起来,从房间里明显的寂静来看,其他人也是如此。

我们看到了一个幽灵。

最终是沃尔根开了口:"你是谁?"

没有回答。

我试图再次移动手臂,但影子(因为我已经这样理解那个形象了)对我的动作无动于衷。不知何故,这让我感觉更好,就像我在看一部自己演的电影,而不仅仅是一个倒影。但这是一部老电影,我看起来更年轻。当我稍稍看向一边时,那个形象就消失了。

"你是谁?"沃尔根又说了一遍。这与其说是一个问句,不如说是陈述句。"他。""它。"——影子开始闪烁,越来越快,我突然感到胃部不适。

我弯下腰,几乎要吐出来。我捂住嘴,然后尝试朝椅子腿旁边的碗瞄准。但其实没必要——什么都没有吐出来,尽管我看到影子流回了碗里。

我摇了摇手,看了看它们。它们一干二净。

幽灵离开了。

一轮环节结束了。沃尔根正盯着我。我看了看表，9点54分。整个过程持续了6分钟。

我弄掉的便签和铅笔在地板上。便签是空白的。

"嗯，这个嘛，有点儿意思。"金博士说着，猛吸了一口平静宝。

* * *

沃尔根让月球仔们离开，并让人送来了咖啡，我们吃着清淡的午餐讨论了整个环节。午餐非常清淡，我吃的是高蛋白、低纤维的月姬"宇航员饮食"。另外，我仍然有点儿恶心。

我们一致认为，那个形象是我，或者是我的近似物。"但是更年轻。"金博士说。

"那么它想表达什么呢？"沃尔根问。金博士和我都没有回答。猜测看来是没有用的。她打开了录像机。屏幕上出现的不是全息图像，而是一团明亮的静电。她快进了，但没有任何变化。

"妈的！就跟我怀疑的一样。"她说，"我们要想得到任何图像，就得用胶片。但是胶片必须经过化学处理，那就是说它必须先一路返回地球，然后我们才能知道它有没有管用。在这期间——"

"在这期间，"金博士说，"我们为什么不再试试呢？"

沃尔根接通了她的轮椅电话。很快，月球仔们带着碗里的影子、胶片相机和其他工作人员来到了这里。他们大概已经听说了上午的环节。此时是1点35分（HT）。令人惊讶的是，第二次让我感到同样的屈辱。但科学就是科学，我脱下了裤子。胶片录像机在一个月球仔的肩膀上呼呼响个不停。我一手拿着便签和铅笔，准备就绪。沃尔根退回了金博士的床边。我坐在冰冷的塑料椅子上，张开双腿。当影子扭动着从它的碗里出来，往上流动，直至消失，我忘记了我的尴尬。

它又出现了。影子。和上次一样，这个身影开始时很小，后来越闪越大，直到它相当于和我们一起站在房间里的人的一半大小。尽管我们都知道，它没有那么大。它离我们很远。

这一次它在说话，尽管没有声音。它停止说话，然后又开始说。它穿着蓝色的连体工作服，和我以前在部队里穿的一样，而不是橙色的外套。不管我怎么找，都看不到它的脚，就好像我的目光对不准一样。我戴着服役戒指，但我看不到戒指，因为影子的手模糊不清。我想问它是谁，但我觉得这不是我的职责。我们之前说好了，除了沃尔根，谁都不能说话。

"你是谁？"她问。

那个声音一出现，让我们都感到惊讶："不是谁。"

房间里的每个人都转过头来看我，尽管那不是我的声音。若非我成了众人目光的焦点，我自己也会转过身来。

"那你是什么？"

"一个通信协议。"这声音与图像的嘴完全不同步。而且，这声音听起来不是来自任何地方。我是直接用我的头脑而不是耳朵听到的。

"来自何处?"沃尔根问。

"一个双设备。"

在床上坐成一排的月球仔们保持着绝对静止。房间里所有人都屏住了呼吸,包括我。

"什么是双设备?"沃尔根问。

这一次,嘴唇几乎与话语同步。"一个和……"影子以一种几乎有宫廷气派的典雅、奇怪的姿态向我们倾斜,"另一个。"

这声音似乎源自我的大脑,仿佛声音的记忆。和记忆一样,声音似乎非常清晰,但没有特征。我想知道这是不是我的声音,就如同那个图像是"我的",但我无法判断。

"什么另一个?"沃尔根问道。

"只有一个另一个。"

"你想要什么?"

仿佛是为了回答,图像又开始闪烁,我突然感到胃部不适。我知道的下一件事是,我正在往碗里看,看我们称为"影子"的那团最初的黑暗非物质。虽然它仍然是黑暗的,但似乎更清晰了一些,又冷又深。我突然感知到头上穹顶之外寒光闪烁的繁星、周遭冷酷的真空、屁股下面冰冷的塑料椅子。

"少校?"

沃尔根抓住了我的手腕。我抬头看了看——床上传来了掌声。月球仔们坐在那里,就像亮黄色小鸟排成了一排。

"谁都不许离开！"沃尔根说。她在房间里转了一圈。对于影子说了些什么话，大家达成了一致。所有人都认为声音在他们的脑子里，更像是对一个话语的记忆，或者想象中的话语，而不是一个声音。所有人都认为那不是我的声音。

"现在大家都离开吧。"她说，"金博士和我需要谈一谈。"

"包括我吗？"我问。

"你可以留下来。它也可以留下。"她指了指那只碗。月球仔正把它放回桌子上。他们把它留在门边。

"妈的！"沃尔根说。她疯了似的摇晃着录像机，然而影子的话语没有留下记录，一如没有它的图像。"问题是，我们根本就没有任何沟通的确凿证据，然而我们都知道有过沟通。"

金博士吸了一口平静宝，有点儿高深莫测地笑了："除非我们认为这位少校在对我们进行催眠。"

"我们不这么认为。"沃尔根说。当时快到傍晚了。我们在木兰花下又喝了些咖啡。"但我不明白的是，"她说，"它怎么能让我们听到，而不必在空气中形成一个印记，一个轨迹。"

"很明显，它直接作用于大脑中的听觉中心。"金博士说。

"没有生理事件？"沃尔根说，"没有物质上的联系？那是心灵感应！"

"完全是生理事件。"金博士说，"或者完全不是。那东西是物质的吗？也许它以视觉形式进入我们的大脑。当我们听到它说话时，我们都在看着它。大脑是物质，就像空气一样。光是物质。意识是物质。"

"那么，为什么要进行身体接触呢？"我问道，"影子并不在这里。我感觉不到它，我们无法触摸它，甚至无法拍摄它。它为什么一定要进入我的身体？就算确有必要，它为什么不能通过皮肤或者眼睛溜进去，而不是……它的方式？"

"也许它是在扫描你，"沃尔根说，"为了生成那个形象。"

"而且也许它只能扫描某些类型。"金博士说，"或者也许它被限制了。就像我们可能被禁止与石器时代的部落成员开展贸易一样，它们——不管它们是谁或者是什么——搞不好对某些阶段或种类的生命有禁令。"

"你是说'新增长'那个事？"我问。

"对。也许老人看起来不那么容易受到它们的伤害。也许这种接触对生长中的组织有破坏性，甚至是致命的。看看默尔索出的事情吧。不过我只是猜测！另外我还有一个猜测，你还没有完全结束更年期，对吗，顺达？"

她笑了。就像她的皱眉是微笑一样，她的微笑是苦笑："没呢。"

"看到了吧？而在我这儿，也许迅猛发展的癌症与癌症对生命的过分贪婪被误认为是年轻人。总之……也许我们正在对付的是禁令。走走过场。也许连那种充满创意的接触方式也是一种过场,就像握手。还有什么解释能比这更符合逻辑呢?"金博士又吸了一口平静宝,使医务室里充满了浓重的香甜气息。

"很难把那看作一种握手。"我说。

"为什么?肛门,俗话说的屁眼,是个笑话,但在我们的内心深处,对我们所有人来说,肛门可以说是我们物理存在的所在地。它也可能被这位'另一个'视为意识的所在地。我们对它的意识要比,比如说,对心脏的意识强得多。从生理角度来说我们对它显然比对大脑更有意识。它通过收紧来提醒我们注意危险。它甚至偶尔会说话……"

"好了,好了。"沃尔根说,"我们明白了。咱们还是接着工作吧。再来一次怎么样?"

"不带月球仔吗?"金博士问。

"有何不可?"

"因为在没有视频或者声音映像的情况下,只有他们能佐证这里发生过沟通。我知道这个项目由你负责,顺达,但如果我是你,我会更谨慎地行事。"

"你说得对。快5点了。咱们等一等,吃完晚饭再去。"

我独自吃了晚饭。沃尔根在打电话,和一个叫希德拉特的人争论。她头顶的墙上贴着一张海报,上面写着$D=96$。沃尔根听起来是在恳求,接着是讽刺,然后又是恳求。我觉得自己像个偷听者,于是没有喝咖啡就离开了,独自走到东区。

金博士已经睡着了。影子躺在它的碗里。看着它令人感到神迷。它静静地躺着,但不知怎的,又仿佛在以极快的速度移动。它是黑暗的,但我能感觉到它背后的光,就像星光穿透稀薄的云层。我很想触摸它,我伸出一根手指……

"是你吗,少校?"金博士坐了起来,"顺达在哪里?"

"她在和一个叫希德拉特的人打电话,和他争论了快一个小时了。"

"他是Q组的负责人。他可能正在高轨道站上布置,以备影子过去。他们正在组装各种花哨的设备。他们认为我们在这里对付的是某种反物质,这就是为什么他们不能把它带到地面。"

"你认为它是什么?"我问道。我把塑料椅子拉过来,和他一起坐着,透过透明的穹顶和深色的木兰树叶,仰望着星空。

"我认为它很不寻常,令人惊讶。"金博士说,"这就是我这些日子对生活的全部要求。我不再试图去理解或领悟事物。死亡很有趣,就像你第一次意识到读不完但丁的作品了,然后你放弃了。"他吸了一口平静宝:"你有没有想过为什么影子看起来比你年轻?"

"你有见解?"

"罗伯特·路易斯·史蒂文森[1]有过一个见解。"他说,"他曾经说过,我们的真实年龄只是一个侦察兵,在我们的心理年龄这支'军队'之前先被派出去,而这支军队总是落后几

---

[1] 罗伯特·路易斯·史蒂文森(Robert Louis Stevenson,1850—1894),苏格兰作家,诗人,新浪漫主义代表。

年。在你的内心里，少校，你仍然是一个年轻人，最多五十来岁。这就是影子从你那里得到的形象，因此也是它向我们展现的形象。"

我听到他的吸管再次发出咝咝声。

"我可以给你吸一口，不过……"

"不用啦。"我说，"我知道，我是一只小白鼠。"

"你们准备好了吗？"说话的是坐着轮椅穿过门口的沃尔根。又该干活了。

塑料椅子还在原地。两个月球仔把放着碗的桌子推了进来。其余的月球仔也陆续进来，有的坐在床上，有的聚集在门口。晚上7点34分，沃尔根清了清喉咙，不耐烦地看着我。我脱下裤子，坐在椅子上，分开我枯萎的老腿——

这一次，影子没有在我的两腿之间上升，而是在它的碗里扭动了一下，然后就消失了。这个动作不知为何让人恶心，我干呕起来——

就在那里，它出现了。是我的想象，还是我的形象——那个影子，比以前更清晰、更确定了？它似乎散发着一种光芒。它笑了。

沃尔根这次没有空等。"你来自哪里？"她问。

"不是从何处来的。协议是一个哪里。"

"你想要什么？"

"正在调整协议。"那个声音说。它现在很清晰，以至于我认为它一定是一种声音。但我看到沃尔根的录像机上的声音指示灯对它毫无反应。和先前一样，这个声音只存在于我们的脑海中。

"另一个在哪里？"沃尔根再次问道。

"只有协议是哪里。"影子说，"一个时空点。"它似乎很喜欢回答她的问题。它已经停止了闪烁，它的语言和它的嘴唇动作现在是同步的。它的动作看起来很熟悉，温和而优雅。因为我知道它是我的一个理想化版本，我对它有某种特殊的感情。

"它们想要什么？"沃尔根问道。

"沟通。"

"通过你？"

"沟通将结束协议。连接是一次性的。"影子直接朝我们的方向看来，但不是看我们。它似乎总是在看我们看不到的东西。它沉默不语，仿佛在等待下一个问题。

到了没有人说话的时候，图像开始褪色，再次变成幽灵一般——

而影子扭动着出现在我脚下的碗里。它似乎比以前更清晰了。我可以看到它背后的星星，就像看到星星倒映在水池中一样，只是我明显地（和不安地）感觉到我在仰望。我甚至摸了一下我的后颈。

第一天就到此为止。我们进行了三轮，沃尔根认为足够了。金博士要求我们和他一起玩四维《大富翁》。他很喜欢这个游戏，因为它有大起大落的抵押贷款利率和慢慢落下的骰子。我们玩的时候，月球仔们在中央车站看电影。我们可以听到枪声和蓝草音乐从管道里远远传来。

悠闲的早餐开启了新的一天。我还是吃月姬，但无论如何我都没有胃口。咖啡机上方的海报上写着 D=77。

"离日出还有多少个小时？"我问道。

"我不确定。大概不到77个小时吧。"沃尔根回答。但这并不成问题。尽管胡伯特已经不再专门针对月球白昼进行环境优化，但除了月球"正午"的六天之外，其他时间都很舒适——而且即使那时，在紧急情况下大概也是可以应付的。按照沃尔根的计划，探头乔尼将在日出后不久到达并带我们离开。

沃尔根率先沿着管道向医务室走去，我紧随其后，然后是月球仔们。东区弥漫着平静宝的味道，表明金博士已经起床一段时间了。他建议由他向影子问一个问题，沃尔根同意了。

至于我，我只是一个被雇用的屁股。我脱下裤子，碗被放在了我的两脚之间。碗里的影子无视我（或者说看起来如此），扭动着消失了。这一次，我没有感到恶心。事实上，它很美，光滑而快速，就像潜泳的鲸。

"有消息给我们吗？"

这是沃尔根的问题。我从空碗中抬起视线，看到影子站在房间的另一端，或者说宇宙的另一端。

"一次沟通。"

"你有意识吗。"

"协议有意识,我是协议。"

"谁在与我们沟通?"

"是'他者'。并非'谁'。"

"它有意识吗?"

影子说:"你有意识。协议有意识。他者不是时空弦[1]。"

出现了长时间的沉默。"金博士——"沃尔根说,"你有问题吗?"

"你是一个费曼装置吗?"金博士问道。

"协议是一个双设备。"

"距离是多少?"金博士问道。

"不是一段距离。是一个时空圈[2]。"

"能量从哪里来?"

仿佛是为了回答,影子开始闪烁并消逝,我靠到碗的上方(尽管我不再相信影子在我身体里)。就像一条暗色的鲸浮出水面,影子扭到了它的碗里。我好奇那么小的空间怎么能容纳这么大的存在。

月球仔们清理房间时,沃尔根匆匆赶到中央车站打电话,我把椅子拉到床边,和金博士坐在一起。

"我看它不再通过你的屁股进入我们的宇宙了。"他说,

---

1 原文为wherewhen string。
2 原文为wherewhen loop。

"也许它已经得到了它需要的东西。"

"但愿吧。"我说,"与此同时你先跟我说说——什么是费曼装置?"

"你听说过EPR悖论吗?"

"与理查德·费曼有关的东西?"

"间接相关。"金博士说,"EPR悖论是由爱因斯坦和他的两位同事提出的。他们本来打算推翻量子物理学,结果事与愿违。两个相互纠缠的粒子被分开。每个粒子的'自旋'或者说方向都是不确定的(正儿八经的量子风格),直到一个被确定,向上或向下,然后另一个便是相反的方向。瞬间确定。"

"哪怕它在一百万光年之外,"沃尔根在门口说,她进入房间,把身后的门关上,"我向希德拉特提到了你的问题。他很欣赏。"

"并没有得到回答。"金博士耸了耸肩。

"换句话说,我们正在谈论超光速通信。"我说。

"对。"金博士说,"从理论上讲,这是一个悖论。是费曼证明了这个悖论根本就不是一个悖论。它是真实的。而且,至少在理论上,超光速通信是可能的。"

"所以这就是我们的小小'非存在'。"我说,"一座缪子[1]桥。"

"安塞波。"沃尔根说,"一种用于超光速通信的设备。

---

[1] 自然界的基本粒子之一。

正如我所说，希德拉特表示认同。看来我们拿到了一台某种版本的费曼装置。在这里发生在它身上的一切，都同时发生在另一个'末端'，也许是以镜像的形式。"

"横跨银河系。"我说。

"哦，比那要远得多，我认为。"金博士说着，又吸了一口平静宝，"有可能我们面对的是与我们的时空甚至都不相交的领域。我认为，可以肯定的是，我们正在应对非生物的生命形式。"

中午时分，我要了个三明治。"我不会再担心我的下肠了。"我说，"影子都已经不担心了。"

"我们不确定。"沃尔根说，"再吃一顿月姬。今天下午，我们会尝试让你穿着裤子来一轮，看看会怎样。"

影子似乎并没有注意到。（我有点儿不开心。）它在碗里扭动着，潜入——另一个形式（我自己的），它像以前一样出现在房间的对面。

"这次沟通何时发生？"沃尔根问。

"不久。"影子说这个词的方式，听起来几乎像一个地方——就像"月球"。

"什么时候算是不久？"

"等协议得到调整。"

长时间的沉默。

"会是什么样的沟通？"金博士问道，"我们会听到吗？"

"不会。"

"看到？"

"不会。"

"你为什么只在我们提问时说话？"沃尔根问。

"因为你们是协议的一半。"影子说。

"我就知道。"沃尔根说，"我们一直在跟自己说话！"

影子开始闪动。我忍住了俯身到碗上方的冲动，看着它渐渐消失。

我累了。我回到我的斗室睡觉，多年来第一次梦到了飞行。我起床时，沃尔根仍然在东区，和金博士在一起。他们正在与高轨道站和皇后区进行电话会议。他们拿不准该称呼影子为ET还是AD（外星设备）。

我没有掺和他们的事情。我一个人吃了饭（又是一个三明治），然后和月球仔们一起看了《雌雄大盗》的前半部分。他们对迈克尔·J.波拉德有些崇拜。现在我明白了，为什么每次车站那一片儿出了问题，他们中总会有一个人说"污了"。

沃尔根在将近晚上9点时来到中央车站。"我们今晚的环节不搞了。"她说，"希德拉特和Q组不想错过这次得到了保证的沟通。他们担心我们会加快事情的进展，或者把影子耗干净了，就像橡皮擦一样。"

"但你是管事的啊。"我惊讶地发现自己很失望。

"没错，但只是形式上的。事实上，希德拉特和探头乔尼已经在来这里的路上了,就为了防备沟通在他们把影子带回高轨道站前发生。我们各退一步。我同意将环节限制在一天一次。"

"一天一次!"

"我想我们已经学到了能在这里学到的一切。它只是在回答同样的问题,可以说就是在绕圈子。我们明天早上再去,少校,像往常一样。这会儿你要不要玩《大富翁》?"

那天晚上我又梦见自己在飞。这种飞翔的感觉本身也在飞翔,速度快到我不得不追赶它,要不然自己就会消失。第二天早上,吃完早餐(香肠和鸡蛋)后,我跟着月球仔沿着管道来到东区,沃尔根和金博士已经在那里等着了。

沃尔根坚持让我坐在老位置上。她像参加仪式的女祭司一样,把碗放在我脚边,然后退回到金博士的床边。影子在碗里扭动着消失了。影子再次出现,一身蓝色的连体工作服,比我记忆中的更蓝。

"另一些是谁?"沃尔根问。

"不是另一些,是另一个。"

(也许沃尔根限制环节数量的做法是明智的,我想。这听起来开始像文字游戏了。)

"另一个什么?"沃尔根问,"另一个文明?"

我听到一个像咆哮的声音。那是金博士的声音,他在打鼾。他用一只手肘支撑着,手里拿着喷管,已经睡着了。

"不是一个文明。它们不像你们是复数,不是生物。"

"不是物质的?"沃尔根问。

"不是时空弦。"影子说。

"沟通准备好了吗?现在可以进行了吗?"

"不久。协议已经完成。沟通发生时,协议就会消失。"

我想知道这是什么意思。我们据说是协议的一部分。我正准备举起手申请提问,但影子已经开始闪烁,已经朝它的碗里扭动起来了。

沃尔根小心翼翼地把所有人都赶出了医务室,免得惊醒金博士。我们去中央车站吃了一顿晚早餐。我没有告诉她我已经吃过了。我就着汤吃了些饼干。

海报上写着 $D=55$。我在月球上只剩下不到两天的时间。

"金博士是不是用了很多那东西?"我问道。

"他现在非常痛苦,"沃尔根说,"我只希望他能坚持到这次沟通,不管是什么样的沟通。与此同时——"

"找你的。"一个月球仔拿着电话对沃尔根说,"是'戴安娜号'。他们刚刚完成地月转移,正在路上。"

我回到我的斗室睡了一觉,又梦到了飞行。自从凯蒂死后,我还没有做过这么多梦。我没有翅膀,甚至没有身体,我就是飞行本身。运动就是我的实质,对此我完全理解,只是我一坐起来,这种理解就消失了。

斗室很冷。我从未感到过如此孤独。

我穿好衣服,去了中央车站,发现有两个月球仔在看《雌雄大盗》,沃尔根正蜷在轮椅里跟希德拉特聊电话。我已经忘记了月球背面是多么孤独。它是宇宙中唯一一个你永远看不到地球的地方。外面除了星星、石头和尘埃,什么都没有。

我去了医务室。金博士已经醒了。"顺达在哪里?"他问。

"在跟希德拉特和探头乔尼通话。他们午饭后就完成地月转移了。你当时在睡觉。"

"那好吧。"金博士说,"你跟我们的朋友打招呼了吗?"

我看到了角落里,木兰花下,床脚近旁的影子。我感到一阵颤抖。这是它第一次在我们没有召唤它的情况下出现。桌子上的碗是空的。

"你好啊——该这么说吧。"我说,"你和影子谈过了吗?"

"它不说话。"

"我不该去喊沃尔根吗?"

"无所谓。"金博士说,"这说明不了什么。我认为它只是想要存在,你知道吧?"

"我还是来了。"沃尔根出现在门口说,"怎么回事?"

"我认为它只是想要存在,"金博士又说了一遍,"当你在运行一个程序时,你是否曾有过这样的感觉,就是它喜欢运行?喜欢存在?它全然存在于联系当中,在粒子的舞蹈中。我认为我们的朋友影子感觉到它不会存在很长时间了,而且——"

他的话都还没有说完，影子就开始消逝了。与此同时，黑暗的事物在碗里扭动着现身。我低头看了看它。它是黑暗的，却又是清晰的，又是无限深邃的，就像无限本身。我可以看到其中层层叠叠的繁星。

影子离开以后，沃尔根似乎松了一口气。"等'戴安娜号'来了我会很高兴。"她说，"我不知道下一步该往哪儿走，该怎么进行了。"

我坐在床脚上。金博士又吸了一口平静宝，把管子递给我。

"金博士！"

"放松。他不是小白鼠了，顺达。"他说，"他的肠子也不再是星星之间的通道了。"

"话虽如此。你知道平静宝只用于临终的人。"沃尔根说。

"我们都是临终的人，顺达。我们只是在不同的站点下车。"

那天晚上吃完晚饭后，我们玩了《大富翁》。影子又出现了，还是什么都没有说。"如果不是我们把它召唤出来的，它就不说话。"沃尔根说。

"也许仪式、椅子、看热闹的月球仔，都是协议的一部分。"金博士说，"就像那些问题一样。"

"那么另一些呢？你认为我们会看到它们吗？"我问道。

"我的猜测是，根本没有什么'它们'可看。"金博士说。

"什么意思？"

"想象一下,有一个比恒星系统更大的存在,在亚原子层面上操控万物,在那个层面上牛顿宇宙是一个不合逻辑的梦,无法被概念化。一个为了生存而将自己复制成波的存在,它是一个,但又是许多。一个不是影子所谓的'时空弦',而是一系列一次性事件的存在……"

"金博士。"沃尔根说。她玩了一个保守但致命的游戏。

"怎么了,亲爱的?"

"专注点儿。你刚刚落在了我的城市。现金还是信用卡?"

"信用卡。"他说。

那天晚上我做了一个梦。我睡得很晚,醒来的时候疲惫不堪。我在中央车站找到了沃尔根。她正和希德拉特打电话,一如最近之常态。一个月球仔正在把海报从 $D=29$ 改为 $D=11$。

"探头乔尼和希德拉特刚刚越过狼溪山口。"沃尔根说着挂了电话。

"他们来得够快的。"我说。

"他们正在使用助推器。"她说,"我们都有一种感觉,我们的时间已经不多了。"

根据共识,这将是我们最后一次接触环节。所有的月球仔都到场了。他们穿着黄色的外衣,像一群蜜蜂,彼此之间都差不多。我坐在老位置上,这似乎是协议的一部分。我喜欢待在这个显眼的位置上——尤其是考虑到我可以穿着裤子了。

沃尔根把碗放在地上,潜游其间的"黑鲸"从它的碗里优雅地扭了出来——影子以人形现身。

沃尔根看着我："你有问题吗？"

"沟通之后会发生什么？"我问道。

"我不再存在。"

"我们会不会也不再存在？"

"你是一个时空弦。"

"你是什么？"金博士问。

"不是一个什么。一个时空点。"

"什么时候进行沟通？"沃尔根问。

"不久。"它在重复自己的话。我们都在重复自己。是我的想象，还是影子看起来很疲惫？

沃尔根掉转轮椅，极富民主精神地对聚在门口和床上的月球仔们说："你们中有想提问的吗？"

没人回应。

沉默了很久，影子开始消逝。我觉得这会是我最后一次见到它，我感到一种失落感。我的形象在渐渐消失……

"等一下！"我想说，"说话！"但我什么也没说。很快，影子回到了它的碗里。

"我必须睡一觉。"金博士吸了口平静宝说。

"来吧，少校。"沃尔根说。我们离开了，带着月球仔们。

我自己做了午餐，然后和月球仔们一起看了会儿《雌雄大盗》。和他们一样，我也厌倦了月亮。我厌倦了影子，厌倦了等待沟通的发生，或者"戴安娜号"的到来——这两件事我们都无法控制。

我沿着很少有人走的外围通道，从南区经过西区走向北区。里面很冷，还有一股子味道。在我面前，我看到了一团先前没有的光亮。我急忙向西区走去，思忖着那会是什么。四万米外，科罗廖夫西侧边缘17 000英尺高的锯齿状山峰被阳光照亮了。

黎明还有几个小时才会来临，但它已经触及了无名山脉的顶峰。山顶在天空中像新月一样明亮，月亮的月亮，在撞击坑的地面上投下暂时的反向倒影。一切看上去都颠倒了。

我站在那里观看着，感觉像是过了几个小时。黎明像时针一样缓慢，我越来越冷。

我从西区直接赶往东区，尽管没人请我过去。沃尔根还在打电话，我想找个人谈谈。也许金博士会醒着。

医务室闻起来就像田纳西州的干草场，一下子带回了童年和夏天的记忆。影子站在木兰花下的阴影里，看起来很疲惫。它就像一个老人，我想，正在油尽灯枯。

金博士直直地盯着天上的星星。喷管已经从他的手指间掉在了地上。他已经死了。

金博士在一枚标有"顺达"的信封里留下了四个号码，并要求一旦他去世就给号码的主人打电话，尽管他们分别生活在地球上四个不同的时区。他们是博士的孩子，大多是在睡梦中被唤醒的，但他们并不惊讶。因为金博士已经跟他们告别过了。

看着沃尔根打电话时，多年来我第一次因为自己从未拥有过家庭而感到孤独。我从中央车站逛回东区。金博士的遗体已经被放在气闸里慢慢减压，房间里除了影子之外空无一人。它静静地站在床脚边，像个吊唁的。我躺在金博士的床上，透过木兰花向上看，试图想象他在最后时刻看到的景象。曙光仍未抵达穹顶，星系高悬夜空，犹如燃烧的城市迸出的火花。

沃尔根过来找到我，我们在中央车站举行了简短的葬礼。金博士的遗体还在气闸里，但是桌上那本便携版的《但丁》和喷管代表了他。月球仔们轮流参加，因为他们正在为进站做准备。沃尔根读了一些话，先是用旧北欧语，接着用韩语，然后是英王钦定版的《圣经》中关于死亡之谷的内容。

然后我们穿上了宇航服。

根据至少三个互有交叠的法律体系，在月球上埋葬死者是非法的，但沃尔根似乎并不在意。探头乔尼和希德拉特做了入月变轨，并要求她在他们着陆前完成，以免他们因为她不守规矩而受到牵连。

当我们锁闭舱门来到外面时，曙光已经照亮了山腰。很快，没有遮拦的阳光就会飞驰着——至少也是急行着——横扫撞击坑底。站里还可以再住上几个星期，至少住到月球上的早晨过半。但由于我们没有适合阳光下舱外活动的服装，哪怕只是黎明舱外活动，我们必须抓紧时间。

这是我多年来的第一次舱外活动。我和一个月球仔是抬棺人（在月球上只需要两个人），而沃尔根坐着她那张粗轮舱外活动轮椅跟在后面。我们已经尽可能缓慢地给金博士的遗体减压，但他在真空中仍然膨胀了。他的脸被膨胀抹平，看起来几乎像个年轻人。

我们按照在信封中找到的指示，在撞击坑底把他抬过了一百米，抬到一块相当平坦的石头上（平坦的石头在月球上很罕见）。金博士在东区的床上选好了他的墓地。

我们把他脸朝上放在桌子形状的岩石上，就像从前印第安人把逝者放在那里，好让秃鹫俯冲下来吃掉他们的心脏。只是这里的天空对秃鹫来说太高了。沃尔根又读了一些话，我们就开始往回走。撞击坑底在西边山脉的映照下已经发亮。阳光从山顶一直照到了山脚。因此我们投下了长长的影子——朝着"错误的"方向。几周后，随着正午的临近，250摄氏度的高温将把金博士烤成骨头、灰烬和蒸汽。在那之前，他将躺在那里，让他研究了半个多世纪的群星研究他。

我们返回室内再次锁闭舱门时，入站的钟声响起。探头乔尼和希德拉特把时间掐得很准。沃尔根抬着前轮冲出去迎接他们，我倒不着急。我到达中央车站时，那里已经空无一人——所有人都在南区跟"戴安娜号"打招呼。我沿着通道走回东区。碗不见了。为了迎接希德拉特的到来，它已经被送回给另一个，但影子似乎并没有注意到。它站在床脚边，不再褪色。这是第一次，它仿佛在直视着我。我不知道是该打招呼还是该说再见。影子好像在越来越快地远去，而我也跟着它。我失去了平衡，单膝跪地，就在这时我"感觉"到了很久以后在全世界被称为"轻拂"的东西。

三

还差四天，时间就过去11个月了，我的"路爵"的门被敲响了。

"布利少校？"

"叫我上校。"我说。

是探头乔尼。他穿着一件仿皮的衣服。这副行头不知怎的让我意识到他已经提前退役了。我并不惊讶。他要去洛杉矶跟他姐姐一起生活，正在赶往那里的路上。探头乔尼说："你不打算请我进去吗？"

"何止啊。"我说，"今晚你就住这儿了。"

几乎感觉我们是朋友，而在我这个年龄，这就差不多算是真正的朋友了，差不多。我在沙发上清出一个位置（我的照片——同一张——塞在18英寸厚的一摞杂志里），他坐下来。探头乔尼已经胖了20磅，这在月球仔永久性回到地面环境后乃是常事。我新煮了一壶咖啡。一定是咖啡的味道让我们俩都想到了沃尔根。

"她在雷克雅未克。"探头乔尼说，"看到胶片上什么东西都没有，她觉得受够了。最后一根稻草。她把剩下的事情交给了希德拉特和委员会。"

"剩下的什么？"影子已经不在了。那个形象和碗里的东西都随着"轻拂"的到来消失了。正如影子先前所言。我说："他们还有什么可做的？"

"就是那些调查、采访、人口采样什么的。你读到的关于'轻拂'的所有内容，全都来自希德拉特和委员会。不过沃尔根并没有参与。你也没有，我碰巧注意到了。"

"我自己也受够了。"我说，"我觉得我们都变得有点儿疯狂了。那个星期就像一场梦。再说了，在当时好像也没有什么可说的。我所经历的，你也知道——我们现在都知道，是真正意义上的无法言表。既然我的合同到期了，我就抓紧抽身跑路，因为我不想被什么为了搞清楚这一切而精心策划的项目拴住。"

"当时你以为你是唯一的一个。"

"这个嘛，我们不都是这么想的吗？反正一开始是的。"

经过几个月的研究，人们才确定了，地球上和地球外的每个男人、女人和孩子（另外，现在认为还有大部分的狗）都在同一时刻经历了"轻拂"。我们描述它的能力并不比狗强。它是强烈的感官感受但又与肉体绝无关系，色彩绚烂但不可见，旋律悠悠但算不上是声音——一种全新的感觉，既无法描述，也令人难忘。我听到的最到位的描述来自一位印度电影制片人，他说就像有人用光来粉刷他的灵魂。当然，那是诗意的发挥。它发生在不到一瞬间，但在几天后才有人谈论它。又过了几个星期，SETI委员会才意识到那便是对方曾向我们承诺过的沟通。

到了那时，它只剩下记忆了。幸好我们都感受到了它：否则我们中的一些人就会在接下来的几个世纪里试图向那些没有感受到的人描述它，搞不好会形成一个新的宗教。事实上，这个星球上的大多数人继续行事如常，仿佛它从来没有发生过，而少数人仍在试图弄清楚"轻拂"会对孩子们造成什么影响，还有对狗的影响。

"这让沃尔根失望透顶。"探头乔尼说。天色已晚，我们坐在外面，喝着威士忌，等着看夕阳。

"我知道。"我说，"对她来说，这是一种侮辱。她称为'轻视'。我能理解她的观点。我们终于跟另一个，也许是宇宙中唯一的其他生命体联系上了，它却没有说什么。除了一句问候，一句'你好吗'。一艘路过的船激起的波浪，按她的说法。"

"也许是因为每个人都感受到了。"探头乔尼说。

"这我也能理解。"我说，"我们都以为那应该专属于我们。"

一个算是我孙子的孩子骑自行车带来了一只乌龟。我给他1美元把乌龟买了下来，放进拖车下一个聚酯板盒子里，里面还装着另外两只乌龟。"我花钱买孩子们在路上捡到的乌龟。"我说,"等到太阳落山,我再跑到远离公路的地方放生。"

"我,我比较乐观,"探头乔尼说,"说不定经历过'轻拂'的孩子长大后会有所不同。说不定比我们聪明,或者没那么暴力。"

"说不定狗也会不同。"我说。

"你怎么看?"他问,"毕竟第一次接触的是你。"

"我只是协议用到的模式。"我说,"我接收到的沟通和其他人一样,不多也不少。我对这一点深信不疑。我只是被用来调试的,你明白的。"

"你不失望吗?"

"我失望的是金博士没能体验到。但谁知道呢,也许他也体验到了。至于我,我是一个老人。我不指望凡事都有意义,只管乐在其中罢了。看那边。"

在西边,一片荒芜的山峰正横亘在板城和最近的恒星之间,为我们的拖车罩上了一层新的黑暗。光子的冲撞在头顶的天空中铺设了一幕绚烂的光华。我们默默地看着太阳落山,然后我拿着箱子的一头,探头乔尼拿着另一头,我们把箱子拖到沙漠边缘的一堆巨石上,把乌龟放在仍然温暖的沙子上。

"你每天晚上都干这个?"

"有何不可呢?"我说,"搞不好下面全都是乌龟呢。"

然而探头乔尼没有听懂这个笑话。这就说明了,正如查克·贝里所说,你永远说不准。

后记
AFTERWORD

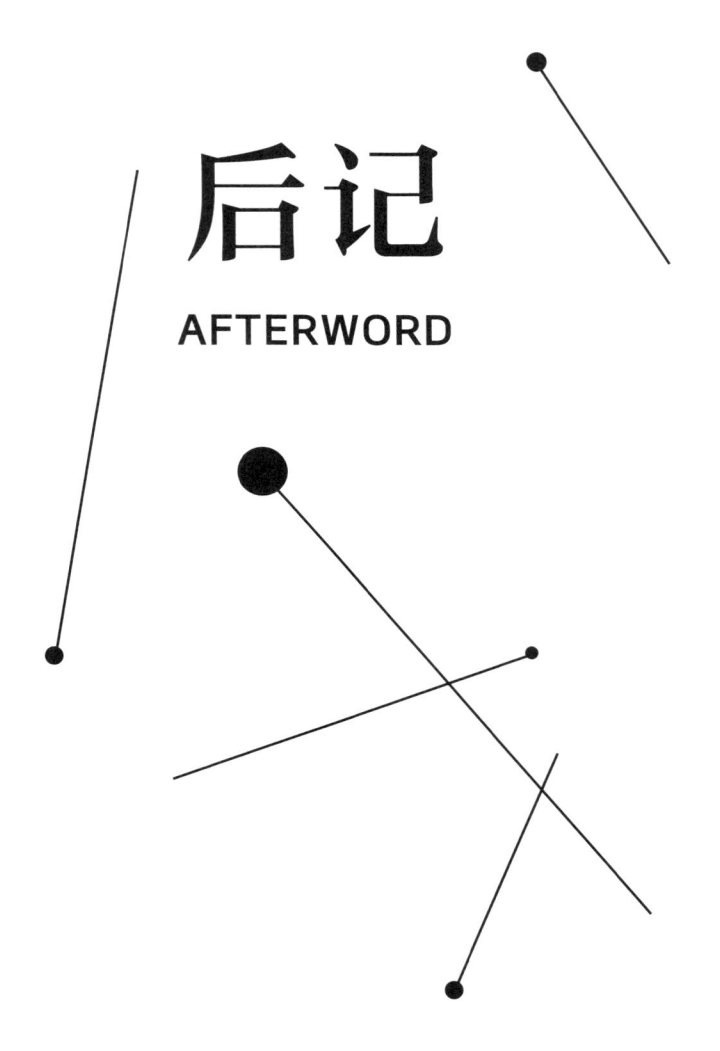

后记

我从事短篇小说的创作说早也早，说晚也晚。1964年，我的大儿子纳撒尼尔出生后，我写了一篇关于一个天生长翅膀的孩子的故事。《乔治》赢得了《故事》杂志竞赛的荣誉奖，为我挣了50美元。不过，经历了几次失败之后，我完全放弃了这种形式。

然后到了1988年，已经出版了两三部长篇小说的我写了《平山上》。在我看来，那不是一则真正的故事，而是对一个奇思妙想的虚构性展现——阿巴拉契亚山脉全部隆起成了一座山。写这篇小说就是用来消磨时间的，可以这么说。这时，我已经是一个有作品出版的科幻和奇幻作家，当埃伦·达特洛问我有没有尝试过短篇小说时，我给她发了这篇，并警告说它"并不是一个脑洞大开的故事"。

她告诉我，是不是脑洞大开的故事要由她来判断，非常感谢，然后她买下了它。没有什么比1800美元的稿费更能重新唤起一个作者对短篇小说的兴趣了。

本书中的其他篇目写于1988年至1993年。

和《平山上》一样,《两个珍妮特》也是对一个奇思妙想的虚构性展现,不知不觉地就被扩展成了一则短篇故事。欧文斯伯勒是我的故乡。

《它们是肉做的》的灵感来自艾伦·金斯伯格对一个采访者的回答,后者一直在喋喋不休地谈论他们的灵魂交流。"我们只是肉与肉之间的对话。"诗人纠正了他。

25年前,我开车经过肯塔基州奥尔德姆县时,在一个生动的白日梦中构想出了《浣熊服》的故事,从此未再忘记。我发现大多数恐怖作品都是无意中的搞笑。这个故事,我觉得很有趣,却被选入了一本恐怖选集。

某年的圣诞节前夕,我在马德里欣赏街头歌手表演时感受到了无法解释的感伤。《正宗的古老地球歌曲》是我捕捉这种感伤的尝试。它是我最喜欢的作品之一(大概这也是无法解释的)。

《卡尔的草坪和花园》是我写给花园州(新泽西州)的赞美诗。

我在开车经过一个箱子时想出了《残缺人》。

《有什么问题吗?》是那种你也许会称为"宣传读物"的作品。

我在阅读雪莉·杰克逊传记的时候,听说芝加哥有一个被称为"有毒的甜甜圈"的环形污染区。这两件事对我的影响交汇在了同一篇故事中。

《凭证办事》又是一则环保微短篇。它创作于圣诞节期间，这也许能解释其过度的感伤。

我的许多环保故事都是微短篇，这并不是巧合。拯救一棵树！哪怕在纸张之外，想想有多少虚幻的木材被浪费在情节、背景、人物、行动和气氛上。最好把它们都省掉！就像《周六夜现场》中的柠檬奶油派（"不要柠檬，不要奶油，只要派"），这些微短篇都是小说。

本书同名篇目与我的女儿克里斯汀有关系。我们在一条用美丽的树林做隔离带的州际公路上开车时，我说："我刚刚有了一个故事的想法。""是什么？"她问。"我只定下了标题。"我说。我同意泰德·穆尼——被忽视的科幻（好吧，算是）杰作《轻松旅行到其他星球》的作者——的观点，即标题是（或者说可以是）你以故事为箭去射击的目标。具体到本篇，出色的标题"熊发现了火"让我射出了最棒的一箭。它获得了星云奖、雨果奖和斯特金奖，在日本、德国和俄罗斯出版，甚至进入了大学文学选集。

《它们是肉做的》获得了星云奖提名；《选择"安"》获得了雨果奖提名；《下一位》获得了电视节目《慢性裂变》令人梦寐以求的圆桌奖（一个用比萨盒装着的塑料装置）。《两个来自未来的人》改编为舞台剧后，由唐娜·金特里在纽约西岸剧院导演和制作（与《它们是肉做的》和《下一位》一起）。

《两个来自未来的人》是我对经典的时间旅行悖论轻浪漫

喜剧的致敬。

多年前在路易斯维尔，就在写就《乔治》之后，我写了一篇题为《宗恩先生》的故事，讲述了一个从未发生过任何事情的人。那个作品没有发表，但人物以福克斯的身份出现在了《英格兰跑路了》里。

《阿西莫夫科幻小说》杂志的希拉·威廉姆斯一直很友好地称我的短篇小说温暖而迷人。《异界旅人》是我破坏这一印象的尝试。它源于艺术家韦恩·巴洛的一个项目。我们俩曾经尝试构思出一则故事，来诠释他称为"地狱指南"的一系列画作。对我来说，这则故事令我再次确认我们都要感谢玛丽·沃斯顿克拉夫特·雪莱。

《讯息》更像是老式疯狂科学家题材的作品，或者也许它是没有狗的《浣熊服》，或者是没有火（和毛发）的《熊发现了火》。

每隔一段时间，我都会发现自己不得不重访硬科幻的古老领地——我的老家，哪怕不是作为作者，也要作为读者。在我的小说中，《红色星球之旅》便是一例。在短篇中，它是《影子知道》。不知何故，这些写"回家"的作品似乎总是用一个老家伙回到太空起头。我最长的短篇小说《影子知道》和最短的短篇小说之一《它们是肉做的》都是关于同一个古老的科幻主题：第一次接触。

后记

正是在创作这些故事的过程中,我在我以前的文学作品档案中发现了《乔治》。时隔多年后第一次读到它,有些惶恐不安。我很高兴地发现,虽然我不会再写那样的作品,但我也不会改动其中的任何一个字。由于它被《故事》杂志的惠特·伯内特注意到(尽管从未出版),它是我与另一个文学时代的联系。这也让我感到高兴,而且它以另一种方式给予了我勇气。

我有时觉得自己是科幻世界中的一个不速之客,用奇怪的主流作品冒充奇幻和科幻小说,以便让它们出版。《乔治》令我确信,事实上,无论怎样,我从一开始就是奇幻作家,走在一条漫长的回家路上。

我希望你喜欢这些故事,这些我心中的奇思。

读客®
科幻文库

跟着读客读科幻，经典科幻全看遍。

太空歌剧、赛博朋克、奇幻史诗……
中国、美国、英国、俄罗斯、波兰、加拿大、日本、牙买加……
读客汇聚雨果奖、星云奖、轨迹奖获奖作品，
精挑细选顶尖的科幻奇幻经典，
陪伴读者一起探索人类文明的过去、现在和未来，
亿亿万万年，直至宇宙尽头。

打开淘宝，扫码进入读客旗舰店，
下一本科幻更经典！